SF

ねじまき少女

〔上〕

パオロ・バチガルピ

田中一江・金子 浩訳

早川書房

6862

THE WINDUP GIRL

by

Paolo Bacigalupi

Translated by
Kazue Tanaka and Hiroshi Kaneko
First published 2011 in Japan by
HAYAKAWA PUBLISHING, INC.
This book is published in Japan by
arrangement with
MARTHA MILLARD LITERARY AGENCY
through TUTTLE-MORI AGENCY, INC., TOKYO.

アンジュラに

ねじまき少女

〔上〕

1

「そうじゃない！　マンゴスチンは要らん」アンダースン・レイクは身を乗り出して指をさす。「ほしいのはそっちだ。その果物を売ってくれ(カーイ・ポンラマーイ・ニー・クラプ)。皮が赤くて緑の毛が生えてるやつだ」

　農婦は、檳榔子(ビンロウジ)の種を噛んでいるせいで黒ずんだ歯をむき出して笑い、かたわらに積まれた果物の山を指さす。「これですか？(アン・ニー・チャイ・マイ・カッ)」

「そう。それだ。それをくれ(カップ)」アンダースンはうなずき、ぎこちない笑顔を見せる。「なんという果物だね？」

「ンガウっていうんです」外国人にも聞き取れるようにゆっくりと発音しながら、女は試食用の一個を手渡した。

　アンダースンはそれを手に取り、不審げな顔をする。「穫れたてだろうね？」

「そうですよ」女は肯定の印にうなずく。

アンダースンは手のなかでその果物をころがし、ためつすがめつしてみる。果物というより、派手なイソギンチャクか毛深いフグのようだ。表面に突きだした硬い緑色の巻きひげが掌に当たってちくちくする。果皮は瘤病かと思うような赤茶けた色をしているが、においを嗅いでみても不快な腐敗臭はまったくしない。見かけは悪いが、なにも問題はなさそうだ。

「ンガウ」農婦はアンダースンの懸念を読み取ったかのように、もう一度そう繰り返した。

「穫れたてですよ。瘤病じゃありませんからね」

アンダースンは上の空でうなずく。周囲の市場は、朝の買い出しに来たバンコクの客でにぎわっている。路地には屋台に山と積まれたドリアンの悪臭が充満し、桶の中ではライギョだのヒレの赤い魚だのが水を跳ね散らかしている。頭上には椰子油ポリマーの防水シートが南国の太陽の強烈な熱気に焼かれてたわみ、帆を張った商船や尊い子供女王の顔の手描きの絵が市場に影を落としている。捌かれると知ってか知らずか必死に羽をばたつかせて鳴き声を張りあげる朱色のトサカの鶏を両手に掲げて、男が人混みをかき分けていくかと思えば、屋台の商人たちと笑顔でやりとりしながら、横流し品のユーテックス社の米や新種のトマトを値切る色鮮やかな筒型スカート姿の女たちもいる。

アンダースンはそんなことにはまるで無関心だ。

「ンガウ」農婦がもう一度そういって、アンダースンの気を引こうとした。

長い毛が掌をちくちく刺激して、その起源を認識しろと促す。市場の屋台にあふれているトマトやナスやトウガラシとおなじく、これもまたタイでの遺伝子操作の成功例だ。グラハマイト聖書の予言が現実になりつつあるかのように。聖フランシスが墓の中でそわそわと身じろぎし、歴史から失われたカロリーという贈り物をもって地上に踏み出す準備を整えているかのように。

「そしてトランペットの音とともにイエスがよみがえり、エデンの園が復活し……」

アンダースンは、その見慣れない毛だらけの果物を手のなかでころがす。チビスコシス病特有のいやな臭いはしない。瘤病の瘤も見あたらない。皮には遺伝子操作（ジーンハック）されたゾウムシが刻んだ傷もない。アンダースン・レイクの頭には、世界中の花や野菜や樹木や果実の所在地を網羅した地図があるが、この果物の品種特定につながりそうな目印はどこにも見つからない。

ンガウか。謎の果実だな。

味見をしてみたいと身振りで伝えると、農婦は果実を取り返した。茶色い親指で難なく毛だらけの外皮をむくと、青白い果肉が現われる。半透明で幾本もの筋があり、デモインの研究クラブで飲んだマティニにはいっていたタマネギのピクルスそっくりだ。

農婦が果実を戻してよこす。アンダースンはおずおずとにおいを嗅ぎ、花のような蜜の香りを吸いこむ。ンガウ。こんなものが存在すべきではない。きのうは存在しなかったのだ。きのうは、バンコクじゅうの屋台をさがしてもこんな果実を売っているところは一軒もなかったのに、いまではうずたかく積まれている。防水シートの影が中途半端に落ちる地面にしゃがみこんだこの薄汚い女のまわりはンガウの山だ。女は殉教者セウブ師の魔除けのネックレスを首にかけていて、それがちらちらと輝いてアンダースンにほほえみかける。カロリー企業の農作物病から身を守るための魔除けだ。

この果実が木にぶらさがっているか、草の葉に隠れて揺れているところを見られないのが残念だ。もっと情報があれば、何種の何属か見当がつくかもしれないし、タイ王国が発掘しようとしている遺伝子的過去が多少なりともわかるかもしれない。だが、ほかに手がかりなどないのだ。アンダースンはつるりとして半透明な丸いンガウの実を口に入れた。甘く芳醇な熟した果実のひと握りの香り。ねっとりした豊かな花の香りが舌にからみつく。まるでアイオワのハイグロウ時代に逆戻りした気分になる。裸足でトウモロコシ畑を駆け回る農家の子供だったあのころ、アンダースンはミドウェスト・コンパクト社の研究者に初めて小さなあめ玉をもらったのだった。それっきりすっかり忘れていた風味——作り物ではない風味に、一瞬、爆弾を食らったかのようなショックを受ける。

太陽がふりそそぐ。買い物客たちが行き交い、値段の交渉をしている。だが、そのどれもアンダースンには関係ない。彼は目を閉じ、口のなかでンガウをころがしながら過去を味わう。きっとこの果実があふれていた時代、チビスコシスとニッポン・ジーンハック・ゾウムシと瘤病と疥癬黴（かいせんかび）が地表を蹂躙するまえの時代を味わう。

熱帯の太陽の、叩きつけるような強烈な熱気のもと、水牛の低い声や屠（ほふ）られる鶏たちの鳴き声に囲まれながら、アンダースンは天国にいる。もしグラハマイト信者だったら、ひざまずいて、復活したエデンの園の風味に恍惚として感謝を捧げていただろう。

アンダースンは笑みを浮かべて、掌に黒い種を吐き出す。歴史上の植物学者や探検家、新種を求めて人跡未踏の奥深いジャングルへ分け入った男女の旅行記を読んだことがある——だが、彼らの発見など、この一個の果実に比ぶべくもない。

彼らはみんな、なにかを発見しようとした。アンダースンは復活にたどりついたのだ。

農婦が、これは売れると確信して満面に笑みを浮かべた。「どのくらい要りますか？（アオ・ギー・キロ・カッ）」

「安全なんだろうね？」アンダースンはたずねた。

農婦は敷石に置いてある環境省発行の証明書を指さして、検査の日付を指でなぞる。

「最新の証明書ね。最高級品ですよ」

アンダースンはきらきら光る証明書をじっと見つめた。チビスコシス・ウィルス111・mt7およびmt8に耐性があり、なおかつ八世代にわたって瘤病に免疫があることを保証するための検査プロセスを全部通過したというより、おそらくは、この農婦が役人に賄賂（わいろ）をわたして許可証をもらったというところだろう。アンダースンのシニカルな部分は、そんなことはほとんどどうでもいいと思う。太陽に輝く込み入ったデザインの許可マークは、検査の有効性よりはお守りに近く、油断のならない世界に暮らす人びとに安心感を与えるためのなにかだ。じつのところ、もしもチビスコシスがふたたび蔓延したら、こんな許可証などはなんの役にも立たない。新型が流行れば従来の検査はすべて無益になり、人びとはセウブ師の魔除けやラーマ十二世の肖像画に祈り、市の柱(ラク・ムアン)神社に供物(くもつ)を捧げるだろう。いくら環境省の許可証が彼らの商品を保証したところで、みんな肺の中の肉を吐き出して苦しむことになる。

アンダースンはンガウの種をポケットにしまう。「一キロくれ。いや、二キロもらおう。二(ソーン)だ」

値切りもしないで麻袋を差し出す。相手がいくらというにせよ、安すぎる値段だ。奇跡は世界と引き替えにする価値があるのだから。カロリー病に抵抗力をもっていたり、より有効に窒素を活用するユニークな遺伝子があれば、利益は急激にあがるだろう。いま市場を見回してみれば、その真実がいたるところで目につく。路地は、ユーテックス社の遺伝子操作米から朱色種の鶏までありとあらゆるものを買うタイ人でいっぱいだ。だが、それらはどれも、アグリジェン社、パーカル社、トータル・ニュートリエント社による過去の遺伝子操作にもとづいた昔の先端技術商品だ。ミドウェスト・コンパクト社の調査研究施設の奥深くで作られた過去の科学の産物。

ンガウはちがう。ンガウはミドウェスト社が生み出したものではない。タイ王国には、他国が持ちあわせていない賢さがある。インドやミャンマーやベトナムといった国ぐにがドミノのように倒れ、飢えて、カロリー独占企業に科学的先端技術を乞い求めているあいだも、タイは栄えつづける。

なにを買っているのか足を止めて見る人もいたが、アンダースンが安いと思う値段でも彼らには高すぎるらしく、そのまま行ってしまう。

農婦からンガウを受け取って、アンダースンはうれしさのあまり笑いだしそうになる。これは一個たりとも存在するはずがない毛だらけの果実だ。アンダースンは、三葉虫がはいった袋を手にしているも同然なのだ。ンガウの起源がアンダースンの推測したとおりだとしたら、それはスクンヴィット通りをティラノサウルスが跋扈しているくらい衝撃的な絶滅種の復活を意味する。とはいえ、市場にあふれるジャガイモやトマトやトウガラシについてもそれは真実だ。どれもこれもふんだんに積みあげられ、何世代にもわたって目にしたことがないふっくらしたイヌホオズキがずらりと並んだ通路もある。この混乱した都市では、あらゆることが可能に思える。果物や野菜が墓所からよみがえり、通りには絶滅した花ばなが咲き乱れ、その背後では、環境省が失われた世代の遺伝物質を使った魔法を使う。

ンガウを入れた袋を持って、アンダースンは混雑する市場を外の街路へ抜けていく。行き交う車の喧噪が彼を迎え、通行人でごった返すラーマ四世通りは洪水状態のメコン川さながらだ。自転車やリキシャ、青黒い水牛、重たそうな足取りのメゴドントたち。

アンダースンが到着すると、ぼろぼろのオフィスビルの物陰からラオ・グーが現われて、慎重な手つきで煙草の先端をつまんで火を消した。ここにもまたイヌホオズキがある。どこへ行ってもイヌホオズキだ。世界中のどこにもないのに、ここにはいやというほど生えている。ラオ・グーは火を消した煙草をみすぼらしいシャツのポケットにしまいこみながら、アンダースンの先に立って自分たちのリキシャのほうへむかった。

老中国人はボロをまとった案山子（かかし）のようだが、それでもまだ幸運だ。ほとんどの同国人は死んだのに生きている。仲間のマレーシア難民たちがうだるような暑さの拡張タワーに、食肉処理場の鶏よろしく詰めこまれているのに、雇ってくれる人がいる。ラオ・グーは痩せた体に筋張った筋肉がついていて、シンハー煙草を吸う贅沢ができる金をもっている。ほかのイエローカード難民たちからみれば、彼は王様なみに幸運な男だ。

ラオ・グーは脚を広げてリキシャの自転車のサドルにまたがり、アンダースンがうしろの客席によじ登るのを忍耐強く待つ。「オフィスまで」アンダースンは指示を出す。「やってくれ（バイ・カップ）」それから中国語に切り替える。「ゾウ・バ」

老人が腰をあげてペダルを踏みこみ、リキシャは走る車列にまぎれこむ。まわりの自転車が行く手を邪魔されたことにいらついて、チビスコシスの警告のようにベルを鳴らす。

ラオ・グーはそれにはかまわず、さらに深く車の流れに分け入ってゆく。

アンダースンはンガウにまた手を伸ばそうとして、自分をおさえた。取っておかなければ。食い意地の張った子供じゃあるまいし、むさぼり食うには貴重すぎるのだから。タイ人は過去を掘り起こす新たな方法を発見したのであり、それを証明してうまい汁を吸うことだけがアンダースンの望みだ。ンガウを入れた袋を指で叩きながら、彼は必死に自制しようとする。

気を紛らわそうと、煙草のパックを出して一本火をつける。深々と吸いこんで焦げくさいにおいを楽しんでいると、タイ王国がどれほど成功しているか、イヌホオズキがどれほど広がっているかを初めて知ったときの驚きがよみがえる。そして、煙を吸いながら、イエイツのことを思った。おたがいのあいだにくすぶる復活した歴史をかかえて、向かい合わせにすわったとき、あいつが見せた失望感を思い出す。


「イヌホオズキだ」

薄暗いスプリングライフ社のオフィスにイエイツが擦ったマッチの火が明るく躍り、その火をつけて強く吸いこむと煙草の先端が赤く光った。薄い紙がぱりぱりと音を立てる。イエイツは吸った煙を上にむかって吐き出した。天井ではガタのきた扇風機が気息奄々(きそくえんえん)で、蒸し風呂のような空気をかきまわしていた。

「ナス。トマト。トウガラシ。ジャガイモ。ジャスミン。葉煙草」イエイッツは煙草を持ちあげて、片眉をひそめた。「煙草か」

もう一度吸いこんで、目を細めて煙草の火に見入った。あたりを見回しても、暗がりのデスクやコンピュータは鳴りを潜めていた。日が暮れて、工場も閉まっているので、人のいないデスクは、うっかりすると出来損ないの地形図ではないなにかに見えないこともなかった。従業員は帰宅しただけなのかもしれない。明日はまたきつい仕事が待っているのだから休息をとらないと。ほこりの積もった椅子や足踏み式のコンピュータを見れば、それがまやかしであることはわかる——けれども、あたりは暗く、デスクやコンピュータは影に覆われていて、チーク材の鎧戸からうっすらと月明かりが漏れこんでくる状態では、妄想をめぐらすのも無理な話ではない。

頭上ではファンが相変わらずのろのろと回転しつづけている。ラオス製のゴムのモーターバンドが天井から鎖でつながっていて、一定の間隔でギシギシと音を立てている。工場の中央改良型ゼンマイから安定的な運動エネルギーが引きいれられているのだ。

「タイ人は研究所にいてツイてたよ」イエイッツがいった。「で、ここにきみがいる。おれが迷信深い人間なら、連中がトマトを作るついでに魔法できみをこしらえたんだと思うだろうな。すべての生物には捕食者が必要だ。それはわかっている」

「彼らがどんなに進歩していたか、きみは報告すべきだったな」アンダースンはいった。

「この工場はきみだけが責任を負えばいいわけじゃないんだから」

イエイッは渋い顔をした。その顔は熱帯の日に焼けて崩れたスケッチのようだ。頬には赤らんだ川の支流のように切れ切れの血管が走り、その中心に団子っ鼻が鎮座していた。イエイッはどんよりした青い目をまたたいて、畜糞だらけのこの町の空気のようにぼうっとアンダースンを見返した。「きみがおれのささやかな居場所を切ると知っておくべきだったな」

「個人的なことじゃない」

「たかがおれの一生の仕事だからな」イエイッは笑い声をあげた。チビスコシスの初期症状を思わせる乾いた笑い声だ。アグリジェン社の職員の例に漏れず、イエイッも新種のウイルスに対する予防接種を受けていることを知らなかったら、その声を聞いてアンダースンは部屋から逃げ出していただろう。

「おれは何年もかけてここを作った」イエイッはいった。「それをきみは個人的なことじゃないという」下の階の生産ラインが見下ろせるオフィスの監視窓のほうへ手を振った。「ここには、おれの拳ほどの大きさで一ギガジュールのパワーをもつ改良型ゼンマイがある。市場に出回っているほかのゼンマイの四倍もの容量対重量比。エネルギー備蓄の革命が目前だというのに、きみはそれを捨てろというのか」身を乗り出して、「これほど手軽な動力源はガソリン以来なかったんだぞ」

「ただし生産が可能ならの話だがね」

「もう一歩なんだ」イエイツは言い張った。「海藻タンクさえあればいい。その問題さえ克服すれば」

アンダースンが無言でいると、イエイツはそれを励ましと受け取ったらしかった。「基本的な考え方は間違ってはいない。海藻タンクでじゅうぶんな量が生産できるようになれば——。市場で最初にイヌホオズキを見たとき、きみはわれわれに報告するべきだった。タイ人がトマトの生産に成功してから、少なくとも五シーズンはたっている。彼らが種子バンクのトップに立とうとしているのは明らかなのに、きみはなんの報告もしなかった」

「それはわれわれの担当じゃない。おれの担当はエネルギー備蓄だ。生産じゃないから」

アンダースンは鼻で笑った。「穀物が獲れなかったら、ご自慢の改良型ゼンマイとやらを巻くカロリーをどこで調達するつもりだ？ 瘤病は三シーズンごとに突然変異するんだぞ。面白半分の遺伝子(ジーン)リッパーどもが、トータル・ニュートリエント社やソイプロ社に雇われて、われわれのデザインをハッキングしようとしてる。このまえ開発したハイグロウ・コーンの品種は、ゾウムシ被害を六十パーセントしか防げなかったというのに、遺伝子の金鉱の上にすわってると寝耳に水の話をされてもね。人が飢え死にしているというのに——」

イエイツが笑い飛ばした。「おれのまえで人の命を救う話なんかしないでくれよ。フィンランドの種子バンクがなにをやらかしたか、おれはこの目で見たんだ」

「金庫を吹っ飛ばしたのはわれわれじゃないぞ。フィンランド人があそこまでトチ狂ってるとはだれにもわからなかった」

「町で生活してれば、どんなバカにも予想はついたさ。カロリー企業には、たしかにとかくの噂があるからな」

「あれはおれの工作じゃない」

イエイツはまた笑い飛ばした。「いつもの逃げ口上か？　会社がどこかで問題を起こしても、おれたちはひっこんで手を汚しもしない。わたしには責任はありませんってなふりでな。会社がミャンマー市場からソイプロを引きあげても、われわれは知らん顔で、知的財産の問題は担当外ですという。おれたちがどういおうと、みんなはやっぱり飢え死にしていくんだけどな」煙草を吸って、煙を吐き出した。「正直な話、あんたみたいな人間がどうしたら夜寝られるのかと思うよ」

「簡単なことだ。ノアと聖フランシスにちょっとお祈りして、きょうもまた瘤病の一歩先を行くことができましたと神に感謝するのさ」

「やっぱりそうなんだな？　工場は閉鎖するつもりなんだろう？」

「いいや。もちろんそんなことはしない。改良型ゼンマイの製造は続ける」

「ほほう？」イエイツは期待をこめて身を乗り出した。

アンダースンは肩をすくめた。「カモフラージュにはもってこいだからな」

煙草の火がアンダースンの指に達する。彼は煙草を路上に落とした。火傷した親指と人差し指をこする。そのあいだもラオ・グーはリキシャのペダルをこいで込み合った道を走り抜けてゆく。神の都市バンコクをどんどんあとにして。

黄色い法衣姿の僧侶たちが、黒い日傘をさしてのんびりと道を歩いていく。仏教の学校へ通う子供の集団が、じゃれ合いながら、笑ったり、たがいに名前を呼び合ったりして走っていく。屋台の売り子たちが、寺に供えるマリーゴールドの花輪をかけた腕を伸ばし、キラキラ光るありがたい僧侶の魔除けを掲げて見せる。不妊から疥癬までどんな災厄からも守ってくれるお守りだ。食べ物屋の屋台からは煙が立ちのぼり、揚げ油や発酵した魚のにおいがぷんぷんする。客の足下には、どこからともなく現われたチェシャ猫たちがからみつき、甘い声で食べ残しをねだっている。

仰ぎ見ると、バンコクの古い拡張タワー群がそびえ立っている。ツタとカビに覆われ、窓はとっくの昔に吹っ飛ばされて頑丈な骨組みがはっきりと見える。空調設備もエレベーターもないので住めたものではないから、ただなすすべもなく太陽に焼かれている。窓からふわりと立ちのぼる違法な畜糞を燃やす黒煙は、マレー人難民が、蒸し暑い塔に役人どもが押しかけてきて不法占拠で追い出されるまえにチャパティを焼き、コーヒーを淹れている証拠だ。

車線の真ん中で、石炭戦争からの北部難民たちが両手を差し上げてひれ伏している。極端にへりくだって人に助けを乞うているのだ。自転車やリキシャやメゴドントに引かれた荷車が、岩をよけて流れる川のように彼らをかわして素通りしていく。物乞いたちの鼻や口は、ファガン・フリンジがカリフラワー状に広がって傷になっている。歯はビンロウジが染みついて真っ黒だ。アンダースンはポケットに手をつっこんで、難民たちの足下に小銭を放ってやり、合掌（ワイ）して感謝する彼らに軽くうなずいて見せた。

それからしばらくすると、西洋人（ファラン）製造地区の白茶けた壁と路地が見えてくる。塩分と腐った魚の異臭が漂う倉庫や工場の密集した地域だ。路地の端から端まで物売りたちがカビのようにたむろして、叩きつけるような強烈な日差しから身を守ろうと防水シートや毛布の切れっ端を頭上に広げている。そのすぐむこうに、国王ラーマ十二世の防潮壁と閘門（こうもん）が見えてくる。それは青い大洋の重みを押しとどめるシステムだ。

高い防壁と、そのむこうにある海の圧力をつねに意識するなというのはむりな話だ。聖なる神々の都市を、災厄を手ぐすね引いて待ち構える都市以外のなにかと考えるのはむずかしい。だが、タイ人たちは頑固で、聖なる都市クルンテープを水没から守ろうと苦闘し続けてきた。石炭燃焼式ポンプと堤防建設の苦役とチャクリー王朝の先見の明ある指導力への忠誠心を武器に、彼らはニューヨークやラングーンやムンバイやニューオーリンズを飲みこんでしまった災厄をいままで食い止めてきた。

ラオ・グーは、幹線にたむろする苦力(クーリー)や肉体労働者たちに苛立ってベルを鳴らしながら路地を突っ走る。ウェザーオール社の竹籠をかついだ労働者たちがふらふらと移動する。チャオチョウ中華社の新型ゼンマイ、松下の抗菌ハンドルグリップ、ボー・ロック社のセラミック浄水フィルターのロゴが前後に揺れるのは、のろのろした歩きのリズムと相まって眠くなる。工場の壁には仏陀(ブッダ)の教えと尊い子供女王の図が所狭しと描かれ、過去のムエタイの手描きの絵と場所を取り合いしている。

スプリングライフ社の工場は、街路の喧噪を見下ろす高い壁の要塞ともいうべき建物で、上階の通気孔のなかでゆっくりまわる巨大なファンが特徴だ。市場の向かい側には、ここ とそっくりなチャオチョウ社の自転車工場があり、そのあいだには労働者たちにスナックや弁当を売る種々雑多な屋台が並んでつねに工場の出入り口の邪魔になっている。

ラオ・グーは中庭にリキシャを止め、工場の中央ドアのまえでアンダースンをおろす。アンダースンはリキシャをおりてンガウを入れた麻袋を手に取ると、メゴドントも通行可能な幅八メートルもあるドアを見上げて一瞬立ちつくす。この工場は、《イエイツの愚行》と改名すべきだな。あの男は始末に負えない楽観主義者だ。遺伝子操作海藻の驚異について熱弁し、デスクの引き出しをあさってグラフやメモを引っ張りだしてはアンダースンに反抗しようとするイエイツの声はいまも耳に残っている。

「オーシャン・バウンティ・プロジェクトが失敗に終わったというだけで、おれの仕事を評価されては困る。きちんと治療をほどこせば、海藻の回転効果吸収力は劇的に上昇するんだ。カロリー・ポテンシャルのことは忘れてくれ。産業への応用のことだけ考えろ。もうすこしだけ時間をくれれば、エネルギー備蓄マーケットを丸ごときみにやれるんだから。せめて試作品のゼンマイをためしてみてくれよ。決断するのはそれからでも遅くない……」

工場にはいると耳をつんざくばかりの操業音がアンダースンを包みこみ、必死で楽観論をわめきたてるイエイツの声をかき消してしまう。

メゴドントたちがスピンドル・クランクにむかって唸り声をあげる。巨大な頭を低く下げて、柔軟な鼻で地面をこすりながら、パワースピンドルのまわりをゆっくりと歩いている。遺伝子操作によって生まれたメゴドントは工場の駆動システムの生ける心臓部であり、ベルトコンベア、換気ファン、そして製造機械にエネルギーを供給しているのだ。メゴドントたちが前進すると、ハーネスがリズミカルにカチャカチャと音を立てる。赤と金色の服を着た組合の調教師たちが担当のメゴドントに寄り添って歩きながら、ときどき声をかけて指示を与え、この象由来の動物たちをより働かせる。

工場の反対側では、生産ラインから新しく梱包された改良型ゼンマイがつぎつぎと送り出され、品質保証を経て搬出口へと送られていく。ゼンマイはそこでパレットに載せられ、輸出の準備ができるまで置かれている。アンダースンがおりていくと、従業員たちが作業を中断し、合掌した手をひたいまで持ちあげて挨拶（ワイ）し、敬意の波が滝のように奥へと広がっていく。

品質保証部門の主任のバニヤットがニコニコ笑いながら駆けつけて、合掌の礼をした。

アンダースンも形だけの礼を返した。「品質はどうかね？」

バニヤットはにこやかに、「いいですよ（ディーカップ）。グッドです。以前よりも。来て見てください」ラインの最初のほうにシグナルを送ると、昼番の現場監督をしているナムが全ラインの停止を告げる警報を鳴らす。バニヤットはアンダースンに身振りで合図して先へ進む。

「おもしろいものがあります。気に入ってもらえると思いますよ」

アンダースンはぎこちない笑みを浮かべる。バニヤットがいうものがほんとうに気に入るとは考えにくい。麻袋からンガウを一個取り出して、バニヤットに差し出す。「なにか進展があったのか？　ほんとうに？」

バニヤットはうなずいてンガウを受け取ると、軽く一瞥して皮をむき、半透明な実を口に放りこむ。驚いたようすはない。特別な反応もない。ためらいもなく果実を食べるだけだ。アンダースンは眉をひそめた。西洋人（ファラン）はいつだって、この国に起こった変化をいちばん最後に知る。ホク・センがその妄想的な頭で、アンダースンが自分をクビにしようとしていると疑いだしたときに好んで指摘する事実だ。ホク・センは、おそらくこの果物のことも知っているだろう。あるいは、知っているかと訊けば知っているというふりをするだろう。

バニヤットはンガウの種をメゴドントの餌入れに放りこみ、アンダースンをラインの奥へと案内し、「切断圧縮機の問題を解決しました」という。

ナムがまた警報を鳴らすと、従業員たちが持ち場から離れる。三度目の警報ベルで組合の象使いたちが竹の棒で軽く叩いて合図し、メゴドントたちが歩みを止める。生産ラインのスピードが落ちる。工場の奥で、はずみ車からパワーを送りこまれた産業用の改良型ゼンマイドラムがきしむような音を立てる。アンダースンの点検がすんだらラインを再開するのだ。

バニヤットは沈黙したラインの奥へとアンダースンを案内する。ここでも緑色と白の制服を着た従業員たちが合掌(ワイ)の礼をし、バニヤットが清浄室の入口を仕切っている椰子油ポリマー製カーテンを押し分ける。ここでイエイツの産業的発見物がたっぷりスプレーされ、遺伝子的な幸運の残留物で改良型ゼンマイをコーティングしている。三重フィルターのマスクをつけた女と子供の工員たちが顔をあげ、急いでマスクをはずすと、自分たちを食わせてくれている男に深々と礼をした。顔についた白い粉が汗で流れて筋になっている。浅黒い肌はマスクで保護されていた口と鼻のまわりにみえるだけだ。

アンダースンとバニヤットは作業室を抜けて、むっとする裁断室にはいる。テンパーランプが煌々とともり、繁殖中の海藻が発する磯だまりのにおいが充満している。見上げると、乾きかけの網のラックが天井まで積みあげられ、網にこびりついた遺伝子操作海藻が熱に当たってしなび、どす黒いペースト状になりつつある。汗まみれの技術者たちは裸同然の姿だ――身につけているのはパンツと袖なしのシャツと、保護用のヘッドギアのみ。ファンが全速力で回転し、大がかりな排気システムもあるというのに、裁断室はさながら溶鉱炉のようだ。アンダースンの首筋に汗が伝い、たちまちシャツがぐっしょりと濡れてしまう。

バニヤットが指をさし、「これです。見てください」取り外してメインラインの横に置かれた裁断バーをなぞって見せる。アンダースンは膝をついて、その表面をたしかめた。

「錆びてる」バニヤットがつぶやく。

「それは検査済みのはずだが」

「塩水のせいなんです」バニヤットはバツが悪そうに苦笑いする。「海が近いので」

アンダースンは渋い顔で、水がしたたる海藻のラックを見上げた。「海藻タンクや乾燥網じゃダメだな。廃棄熱を利用しさえすれば海藻が治療できるなんて考えたやつはバカもいいところだ。エネルギー効率が聞いてあきれる」

バニヤットは今度もまた困ったように微笑したものの、なにもいわない。

「で、裁断ツールを交換したんだな?」

「いまは二十五パーセントの信頼度です」

「そんなに良くなったのか？」アンダースンはおざなりにうなずく。ツールリーダーに合図すると、男は清浄室の外にいるナムにむかって怒鳴る。また警報ベルが鳴り、システムに電力が流れこむにつれて、熱圧縮機やテンパーランプが輝き出す。アンダースンは熱量の突然の上昇にひるむ。燃えるランプと圧縮機は、輝き始めるごとに一万五千バーツの炭素税がかかることを表わす。タイ王国自体の包括的炭素予算の一部を流用するために、スプリングライフ社は気前よくその税金を支払うのだ。イエイツのシステム操作は巧妙で、おかげで工場は国の炭素配分を利用できるのだが、そうはいっても、そのために必要な賄賂にかかる支出は、やはり莫大なものだ。

メインのはずみ車が回転数を上げ、床下のギアがかみあって、工場が振動する。床板が揺れる。運動によって生じる動力が閃光となってシステム全体をアドレナリンのように駆け抜ける。生産ラインにエネルギーが注ぎこまれる直前の、ぞくぞくするような期待感だ。メゴドントが不服そうに声をあげ、鞭打たれて黙る。はずみ車はスピードが上がるにつれて耳をつんざくような音を立て、やがて、ジュールがドライヴ・システムにどっと流れこむと同時にパタッと止まる。

ライン監督のベルがふたたび鳴る。工員たちが進み出て、裁断ツールを調整する。彼らが作っているのは二ギガジュールの改良型ゼンマイで、より小さいサイズのものは機械を使って特別手間をかけて作らなければならない。つぎのラインでは、巻き取り作業にとりかかり、交換したばかりの精密ブレードをつけた切断圧縮機が、耳障りな音をたてながら水圧ジャッキで宙にもちあがる。

「あなたはこちらへ」バニヤットは保護ケージの奥へはいれとアンダースンを促す。ナムが最後のベルを鳴らす。ラインが重たげに動き出す。アンダースンは、システムが稼働する瞬間の興奮をおぼえた。工員たちがそれぞれのシールドのうしろにかがみこむ。改良型ゼンマイのフィラメントが調整器の出口からシュッという音と共に飛び出してきて、一連の高温ローラーのあいだを抜けていく。錆色のフィラメントは異臭を放つ反応物質が吹きつけられ、つるつるした油膜で覆われる。こうしておくと、イエイツの海藻パウダーがむらなく付着するからだ。

圧縮機が勢いよくおりてくる。重い物が落下した衝撃で、アンダースンは歯が痛む。改良型ゼンマイのワイヤがきれいに断ち切られ、切断されたフィラメントはカーテンをくぐって清浄室へと流れていく。三十秒後、ふたたび出てきたときには、海藻パウダーで灰青色に変色している。フィラメントは新たな高温ローラーのセットにすべりこみ、最終的な構造に変化していく。自然と輪になり、回転を繰り返してさらに緊密な螺旋形に圧縮されていく。より小さなゼンマイへと作り上げられていくにつれて、その変化は分子構造内にあるすべてに作用を及ぼす。拷問される金属の、耳を聾する悲鳴が響く。ゼンマイが圧縮されるとき、皮膜についた潤滑油と海藻パウダーがはがれて、工員たちや機械類に雨あられと降り注ぐ。そして、圧縮された改良型ゼンマイは素早く運び出され、きちんとケース詰めされて品質保証ラインにむかう。

黄色いLEDランプが光って異常なしと告げる。工員たちが防護シールドのむこうから飛び出すと、つぎの錆色の金属が調質室から飛び出してくるのに備えて圧縮機をセットし直す。ローラーがガタガタと音を立てる。ストッパーのかかった潤滑油ノズルは、つぎのフィラメントが来るまえに空中に細かい霧を噴出して自己洗浄する。圧縮機を調整しおわると、工員たちはふたたびシールドのむこうにひっこむ。もしシステムが故障しようものなら、改良型ゼンマイのフィラメントは高エネルギーの刃物と化し、この部屋のなかを縦横無尽に跳ね回るだろう。アンダースンは、工場でシステムエラーが起き、人の頭が軟らかいマンゴーのように切断されるのを見たことがある。切断された人体、ジャクソン・ポロックの絵のように飛び散った血しぶき——。

圧縮機が勢いよくおりてきて、またも改良型ゼンマイを切断する。一時間に四十個生産される改良型ゼンマイのうち、最終的に七十五パーセントは環境省の管轄する処分場行きだ。この工場は莫大な金をかけてゴミを作り出し、そのゴミを処分するには、さらに莫大な金がかかり——どっちに転んでも痛い目を見る諸刃の剣だ。偶然にせよ計算ずくの破壊工作にせよ、イエイツはなにかをぶちこわしにした。問題の奥深さに気づき、改良型ゼンマイの革命的なコーティング剤を生む海藻タンクを精査し、ゼンマイのギア・インターフェイスを封入するトウモロコシ樹脂を作り直し、品質保証業務を変更し、一年中湿度百パーセント近くをうろちょろしている気候が、もっと湿気の少ない地域でのゼンマイを製造するのとどう違うのかを理解するには一年がかかったのだ。

カーテンで仕切られた清浄室からひとりの工員がはいってくる拍子に、薄青いほこりがどっと舞いこんでくる。ほこりと椰子油スプレーだらけの浅黒い肌に、汗が筋になっている。揺れるカーテンの隙間からむこうに目をやると、一瞬、吹雪のなかの人影よろしくもうもうたるほこりのなかで工員たちが作業しているのが見えるのだ。重圧がかかってゼンマイからまないようにフィラメントにパウダーを吹きつけている。工員たちの汗も、カロリーも、炭素配分も——すべては、イヌホオズキとンガウの謎を解くまでアンダースンにとっての信頼できる隠れ蓑となってくれる。

まともな企業なら、工場を閉鎖してしまうだろう。この次世代の改良型ゼンマイを製造するに至るいきさつを完全に理解しているわけではないアンダースンですら、そうしようと思ったほどだった。だが、工員たちや組合や白シャツ隊どもやあまたいる耳ざといタイ人たちに、アンダースンを熱心な起業家だと信じさせるためには、工場は操業を続けなければならない。それも大車輪で。

アンダースンはバニヤットと握手して、よくやったとほめてやる。

じつに残念だ。成功の可能性はある。イエイッのゼンマイのひとつがじっさい動くのを見ると、ハッとする。イエイッは狂っているがバカではない。小さな改良型ゼンマイのケースからジュールがあふれ出し、何時間も平気で動きつづけた。ほかのゼンマイは、二倍の重さがあっても十五分もエネルギーがもたないか、どんどんのしかかるジュールの重圧に耐えかねて縮こまり、ただのかたまりになってしまうのに。ときどきアンダースンは、ほとんどイエイッの夢に誘惑されそうになる。

アンダースンは深呼吸して、また清浄室にもぐりこむ。海藻パウダーと煙の雲がただよう反対側に出てくる。メゴドントの糞の臭いがする空気を吸って、自分のオフィスへと階段をのぼる。背後でメゴドントがまた金切り声をあげた。虐待された動物の声だ。アンダースンは振りかえって、工場を見下ろし、ひとりの象使いに目を留めた。四番のスピンドル。スプリングライフ社の長いリストにまたひとつ問題が追加される。彼は管理オフィスのドアをあける。

なかへはいると、室内は初めてここへ来たときとほとんど変わらない。いまも薄暗く、物言わぬデスクやコンピュータが影になっておかれているだけでがらんとしたものだ。チーク材の鎧戸から日光が細く差しこんで、神さまに捧げる線香の煙を照らし出す。どの神さまに祈ったところで、マレー半島にいたタン・ホク・センの中国人一族を救ってはくれなかったのだが。白檀(びゃくだん)のお香でむせかえるようだ。片隅にある仏壇からも、たおやかな煙が立ちのぼっている。仏壇には、数体の微笑する黄金の像がまつられており、ユーテックス社の米とハエがたかったマンゴーが供えてある。

ホク・センはすでにコンピュータのところにすわっている。骨張った片脚で、ひっきりなしに踏み板を踏んで、マイクロプロセッサーを動かし、十二センチのスクリーンを光らせるエネルギーを送っているのだ。スクリーンの灰色の光で、アンダースンはホク・センの目がぎらっと光るのを見た。ドアがあくたびに、情け容赦なく殺されるのではとおびえている男の反応だ。この老人のおびえは、チェシャ猫が姿を消すのとおなじように幻覚にも似ているが――いまここにいたかと思うと、次の瞬間には消えているので見まちがいかと思う――、アンダースンはイエローカード難民たちをよく知っているから、いくら隠そうとしても恐怖を見て取ることができる。アンダースンがドアを閉めて工場の激しい操業音が聞こえなくなると、老人は落ちついた。

アンダースンは咳きこみながら、漂う線香の煙を払う。「こんなものをたくのはやめろといったはずだが」

ホク・センは肩をすくめながらもペダルを踏み、キーをタイプし続ける。「窓をあけましょうか?」竹が砂をこするようなしゃがれ声でたずねる。

「いやいや、ごめんこうむるね」鎧戸の外の焼けつく日差しにアンダースンは顔をしかめた。「線香がたきたければ家でやれ。ここではごめんだ。これが最後だぞ」

「はい。もちろんです」

「本気でいってるんだ」

ホク・センは一瞬アンダースンを見上げ、スクリーンに目をもどす。モニターの照り返しで、突きだした頬骨と落ちくぼんだ目の凹凸が際だつ。蜘蛛のような指でキーを叩きつづけながら、「縁起かつぎですよ」とつぶやいた。そして、低くあえぐような声で小さく笑う。「異国の悪魔にだって縁起をかつがないと。工場はトラブルつづきだし、ひょっとしてあなたも神さまの助けがほしいと思われるんじゃないかと」

「ここではダメだといってるんだ」アンダースンは買ってきたンガウをデスクに置いて、どっかと椅子に腰を下ろした。眉についた汗をぬぐう。「家でたけ」

ホク・センは了承の印に軽く頭を下げた。頭上では、縦に並んだファンがのろのろと回っている。竹製の羽根が蒸し暑いオフィスの熱気と悪戦苦闘中だ。ふたりは、イエイツのグランドデザインに囲まれてぽつんとすわっている。声もなくずらりと並んだ無人のデスクとワークステーション。本来なら、この部屋には、販売員や発送業務にたずさわる従業員や派遣社員、秘書などがいるはずだった。

アンダースンはンガウをより分け、緑色の毛がついたのを一個、ホク・センに見せた。

「こんなのを見たことがあるか？」

ホク・センはちらりと目をあげる。「タイ人はンガウと呼んでます」作業にもどって、けっして報告されることのない収支計算表を整理しつづける。

「タイ人がそう呼んでるのは知ってるよ」アンダースンは立ちあがって、老人のデスクへいった。コンピュータの横にンガウを置くと、ホク・センは、サソリでも見るようなおびえた目でンガウを見る。アンダースンはいう。「市場でこれを売ってた女が教えてくれた。マレー半島にもあるのか？」

「わたしは——」ホク・センはいいかけて口をつぐむ。必死でこらえているのが目に見えるが、その表情にはくるくるとさまざまな感情がよぎっていく。「わたしは——」またいいかけてやめる。

アンダースンはホク・センの顔に恐怖が表れては消え、また表れるのを見つめる。例の事件を免れたマレー半島の中国人は、一パーセントにも及ばなかった。どう考えても、ホク・センは幸運な男なのだが、アンダースンは彼に同情する。簡単な質問をされ、たった一個の果物を見せられただけで、この老人は工場から逃げ出しそうな顔をしている。

ホク・センは息をあえがせながらンガウを凝視していたが、ついにこうつぶやく。「マレー半島にはありません。こんなことができるのは利口なタイ人だけです」そしてふたたび作業にもどり、小さなスクリーンに視線を集中し、記憶を閉め出してしまう。

ホク・センがもっとなにか明かしてくれるかと待ってみたが、老人は二度と視線をあげない。ンガウの謎解きはおあずけだ。

アンダースンは自分のデスクにもどって郵便物をふるいにかけ始める。デスクの片隅にホク・センが置いてくれた領収書や税金関係の書類が、注目を要求している。アンダースンはその書類の山を片づけはじめ、メゴドント組合の支払い明細にサインし、廃棄物処理許可証にスプリングライフ社のスタンプを押す。部屋がますます暑くなってきたので、シャツをひっぱって風を入れた。

やがてホク・センが顔をあげる。「バニヤットがさがしていましたよ」

アンダースンは書類に気を取られたままうなずく。「切断圧縮機に錆を見つけたんだ。交換したら、五パーセント信頼性が向上した」

「では、二十五パーセントに？」

アンダースンは肩をすくめ、書類をめくって環境省の炭素アセスメントにスタンプを押す。「バニヤットの話では、そうなるな」書類をたたんで封筒にもどす。

「それでもまだ利益の出る数字ではないですね。ゼンマイはどれも巻くばかりで伸びない。ソムデット・チャオプラヤがいまだに子供女王を引きとめているように、ジュールを離そうとしないんです」

アンダースンは苛立った表情になったものの、品質が安定しないことをわざわざ説明しない。

「バニヤットは栄養タンクのことも言ってましたか？」ホク・センがたずねる。「海藻用の」

「いいや。錆のことしか聞いてないが。なにかあったのか？」

「汚染されてるんです。なかには生産していない海藻もあります……」ホク・センはいいよどむ。「スキムがね。生産性を失ってしまって」

「聞いてないな」

ホク・センがまたわずかに躊躇して付け加える。「きっといおうとしたんでしょうが」

「汚染の程度はどのくらいだといっていた？」

ホク・センは肩をすくめる。「スキムが仕様に合わないとだけ」

アンダースンは顔をしかめた。「バニヤットはクビにしよう。悪いニュースを報告できないような品質保証担当は必要ない」

「あなたがもっと注意していればよかったのかもしれませんよ」

自分からいい出したことをなぜか失敗する従業員たちについて、いいたいことは山ほどあったが、階下でメゴドントが叫ぶ声がして気をそらされる。窓がビリビリ揺れるほどの大音声だ。アンダースンはなにもいわず、さらに声がするかと耳をすます。

「四番のパワースピンドルだな。あの象使いは使えん」

ホク・センは顔もあげずにキーをタイプし続ける。「タイ人ですからね。使えるやつなんかいませんよ」

イエローカード難民がタイ人を批判するとは。アンダースンは笑いをかみ殺した。「まあ、あいつは特に役立たずだ」郵便物の仕分けを再開する。「代わりをさがしたい。四番スピンドルだ。おぼえておいてくれ」

ホク・センは脚のリズムを止めた。「それはむずかしいと思いますよ。糞の王ですら、メゴドント組合のまえでは下手に出ないとならないんです。メゴドントの力がなければ人力に頼るしかないから、強気で交渉できる立場じゃありません」

「だからなんだというんだ。あいつをクビにしたい。暴走されてはかなわんからな。ことを荒立てずにやめさせる方法を見つけてくれ」アンダースンは署名が必要な小切手を、また一束引っ張りだす。

ホク・センは粘った。「そうはいっても、組合と交渉するのは容易じゃありません」

「それがきみの仕事だろう。代理人なんだから」アンダースンは書類をめくりつづける。

「ごもっともです」ホク・センは無表情に答える。「ご指示をどうも」

「きみは、なにかというと、わたしにはここの文化がわかっていないというじゃないか」アンダースンはいった。「だから、ここはきみに任せる。あの象使いをやめさせろ。無難にやるもよし、みんなの面目がつぶれてもかまわんから、あいつのクビを切る方法を考えてくれ。パワートレインにああいうやつがいるのは危険だ」

ホク・センは不服そうな顔をしたものの、それ以上反論しようとはしない。いうとおりにするということだなとアンダースンは思う。環境省の許可書類をめくりながら、顔をしかめた。賄賂をサービス協定に見せかけるのに、こんなに手間をかけるのはタイ人だけだ。人から金をまきあげるときでさえ、彼らは礼儀を失しない。あるいは、海藻タンクに問題があるときにも。バニヤットは……。

アンダースンはデスクの上の書類をぱらぱらとめくる。「ホク・セン？」

老人は顔もあげず、デスクの上の書類をぱらぱらとめくる。と、キーを打ちながらいう。

「ボーナスの交渉を強いられることになるにせよ、片づけます」

「それを聞いてほっとしたが、訊きたいのはそのことじゃないんだ」アンダースンはデスクを叩く。「バニヤットが海藻のスキムについてこぼしていたといったな。新しいタンクのことか？　それとも古いやつか？」

「それは……はっきりしません」

「先週、アンカーパッドで新しい設備を手に入れたといわなかったか？　新しいタンク、新しい栄養培養組織を？」

ホク・センがキーを叩く手が一瞬止まる。アンダースンは困惑したようなふりで、ふたたび書類をめくる。領収書も、検疫証も、そこにないのは承知の上で。「どこかにリストがあるはずだ。たしかきみから、もうじき届くと聞いたよな」顔をあげる。「考えれば考えるほど、汚染問題の話なんか聞くんじゃなかったと思えてくるな。新しい設備がほんとうに税関を通過して設置されたのなら話は別だが」

ホク・センは返事をしない。聞こえなかったような顔でキーを打ちつづける。

「ホク・セン？　なにか話し忘れていることがあるんじゃないか？」

ホク・センは灰色に光るモニターに目をむけたままだ。アンダースンは待った。静かな室内には、換気ファンのリズミカルな騒音と、ホク・センが踏み板を踏む音が聞こえるだけだ。

「なにもありませんよ」ようやく老人は口をひらく。「積み荷は、まだ税関にあります」

「先週通過するはずだろう」

「遅れてるんです」

「きみは問題ないといっていたじゃないか」アンダースンは指摘する。「そう断言していたぞ。自分が税関の手続きをせかしているからと。確実にそうなるように多めに現金も渡したんだ」

「タイ人の時間の感覚は独特ですからね。たぶん今日の午後か、明日には通過するでしょう」ホク・センはにやりと笑う。「タイ人は、われわれ中国人とはちがうんです。怠け者なんで」

「ほんとうに賄賂を払ったのか？　通産省はすっぽかして、下っ端の白シャツ検疫官に直接払うという話だったな」

「払いました」

「ケチったりしなかったか?」

ホク・センは顔をあげ、眉をひそめた。「払いました」

「半分だけ払って、残りの半分は上前をはねたりしなかっただろうな」

ホク・センは神経質そうに笑い飛ばす。「もちろん全額払いましたよ」

アンダースンは一瞬、イエローカード難民の老人をじっと見つめる。ほんとうだろうか。

そして、あきらめて書類を放り出す。なにがひっかかるのか自分でもよくわからないが、こんなにあっさりだましおおせる相手だと思われているのが腹立たしい。アンダースンはンガウを入れた袋に目をやった。ひょっとしたらホク・センは、アンダースンが工場のことなど二の次だと思っているのを察して……。その考えをむりやり払いのけて、アンダースンは念を押す。「じゃあ、明日だな?」

ホク・センはうなずいた。「そう思ってまずまちがいないでしょう」

「楽しみにしているよ」

ホク・センは皮肉に応じない。ちゃんと皮肉が通じたのだろうか。この男は並外れて英語が達者だが、話が通じないこともちょくちょくある。原因は語学力というより文化的なものだ。

アンダースンは書類の整理にもどる。税金の申告関係はこっち。給与明細はこっち。工員たちには、本来の金額の二倍もの給料を払っている。これもまたタイ王国で仕事をするときの問題だ。タイ人労働者にはタイ人の仕事があり、マレー半島からのイエローカード難民たちは路上で飢えているのに、雇ってやることはできない。本来、ホク・センも、例の事件を生き延びた仲間たちとおなじように、職にあぶれて飢えているはずなのだ。ずば抜けた語学力と経理の才能と、イエイツのいい加減さがなければ、ホク・センはいまごろ空きっ腹をかかえているだろう。

アンダースンはつぎの封筒で手を止めた。彼宛の私信なのに、どう見ても封が開いている。ホク・センには、他人の手紙はあけてはいけないというのがわからないのだ。この件は何度も言って聞かせたのだが、老人はいまだに「うっかり」をやらかす。

封筒には、小さな招待状がはいっていた。ローリーからだ。

アンダースンはデスクに軽く招待状を打ちつけて、考えこんだ。旧拡張時代のガラクタだ。石油が安価で、人びとが、いまのように数週間がかりではなく数時間で地球を移動していた時代、高潮に打ちあげられてそのまま置き去りになったたちっぽけな廃材。

最後のジャンボジェットがスワンナプーム空港の冠水した滑走路を後にするとき、ローリーは上昇する海面に膝まで浸かって、飛び立つ飛行機を見送った。彼はタイ人の女に食わせてもらい、その女が死ぬとまたつぎの女をつかまえて、高級アヘンに溺れる生活を続けている。もしその話がほんとうなら、ローリーは度重なるクーデターや、カロリー病や飢餓を生き延びてきたということになる。しみだらけのヒキガエルのような老人は、最近ではプロエンチットにある自称「クラブ」に陣取って、したり顔でにたにた笑いながら、新参の外国人に収縮以前のエロチックな失われた芸術を案内してまわっている。

アンダースンは招待状をデスクに放り出す。ローリー老人の意図はどうあれ、その招待状にはなにもそそられない。タイ王国にこんなに長く住んでいるローリーは、きっと彼なりにある種の妄想を増長させているはずだ。アンダースンは薄ら笑いを浮かべてホク・センを見上げる。このふたりはいい組み合わせだろう。母国を遠く離れた根無し草で、機知と妄想で生き延びてきたふたり……。

「わたしが仕事するのを見ているしかすることがないなら」ホク・センが切り出す。「メゴドント組合のほうから、賃金の再交渉の申し入れがきてますけど」

アンダースンはデスクに積みあげた書類を見やった。「あいつらがそんなに丁重なことをするかね」

ホク・センが手を止める。「タイ人はいつだって丁重ですよ。相手に脅しをかけるときでもね」

階下でまたしてもメゴドントの叫び声があがる。

アンダースンはホク・センにいわくありげな目をむけた。「いまので、四番の象使いをクビにするいい口実ができただろう。あいつをなんとかするまで、組合にはびた一文払ってやるもんか」

「組合の力は強大ですよ」

またも、工場を揺るがす絶叫がとどろき、アンダースンはたじろぐ。「おまけにバカだ！」監視窓に目をやって、「やつら、メゴドントになにをしてるんだ？」ホク・センに身振りで指示を出す。「行って見てこい」

ホク・センは文句をいいたそうだったが、アンダースンににらまれて腰をあげる。老人がなにをいいかけたにせよ、その声はふたたび鳴り響いた抗議の絶叫で中断される。

監視窓がはげしく揺れた。

「いったいなにごと――」

ふたたびビル全体を揺らすほどのメゴドントの絶叫がとどろき、つづいて機械が甲高い音を立てた。パワートレインの異常だ。アンダースンはあわてふためいて椅子から立ちあがり、監視窓へ駆けつけたが、ホク・センのほうが先だった。ホク・センはぽかんと口をあけて窓のむこうを凝視する。

皿ほどの大きさもある黄色い目玉が監視窓の高さにあった。メゴドントがふらふらと後ろ足で立ちあがっているのだ。安全のために四本の牙は切断されているとはいえ、体高四・五メートル、体重は十トンもある筋肉質のモンスターだ。それが後足で立ちあがって、回転するスピンドルに体を結んでいるチェーンを引っぱる。鼻を高くもたげ、ぱっくりあいた口が丸見えだ。アンダースンは両手で耳をふさいだ。メゴドントの絶叫がガラスを叩きつける。アンダースンは愕然として膝をついた。「くそっ！」耳がジンジン鳴った。「あの象使いはどこへ行った？」

ホク・センはかぶりを振る。果たしてこっちの声が聞こえたかどうか怪しいものだ。自分の声すら、壁を隔てたようにこもって聞こえるありさまなのだから。よろめきながらアンダースンがドアを乱暴にあけたちょうどそのとき、メゴドントが四番スピンドルを踏みつけた。パワースピンドルが粉砕され、割れたチーク材が、あたり一面に吹っ飛んだ。飛んできた木片をよけそこなって、細い木ぎれが肌を焼く。

下を見ると、象使いたちが必死でメゴドントのチェーンをはずし、狂った一頭から引き離そうと、声をからしていうことを聞かせようとしている。メゴドントたちはかぶりを振って低い声で抗議し、同族を救おうとする本能的な衝動に駆られて、逆らいつづける。ほかのタイ人工員たちは外の通りへ逃げようと駆け出している。

狂ったメゴドントが、また回転するスピンドルを攻撃した。スポークが砕け散る。このモンスターを従わせるはずの象使いは、骨が砕け、血みどろになった姿で床の上につぶれていた。

アンダースンはオフィスへ逃げもどると、無人のデスクをよけ、そのむこうのデスクに跳び乗って表面をすべり、会社の金庫のまえに着地した。

ダイヤルを回して数字を合わせようとするも、指がすべる。冷や汗が目にはいる。右に23。左に106……。数字をまちがえて一からやりなおしにならないようにと祈る気持ちでつぎのダイヤルに手をかける。また工場の床に木が砕け散る音がして、逃げ切れなかったらしいだれかが絶叫した。

ホク・センがすがるように、そばへやってきた。

アンダースンは老人を追いやる。「みんなにここを出ろというんだ！　全員退避！　みんな逃げろ！」

ホク・センはうなずいたものの、アンダースンが鍵の数字を合わせるのに悪戦苦闘しているあいだも、なかなか立ち去らない。

アンダースンは老人をにらみつける。「行け！」

ホク・センはひょこっと頭をさげて、大声で叫びながら出ていった。その声は、逃げ惑う工員たちの悲鳴とスピンドルが壊れる音にかき消されてしまう。アンダースンは最後のダイヤルを回して金庫の扉を勢いよくあけた。なかには、書類や色鮮やかな紙幣の束、極秘記録、コンプレッション・ライフル……ゼンマイ銃。

イエイツのやつ。

アンダースンは顔をしかめる。今日び、どこをむいてもイエイツがつきまとうような気がする。まるでアンダースンの肩にイエイツの怨霊（ピー）が乗っているようだ。アンダースンは銃のゼンマイをパンピングして、ベルトにはさみこむ。コンプレッション・ライフルを抜きとる。背後でまた悲鳴があがるのを聞きながら、装塡されていることを確認する。すくなくともイエイツはこうなったときのために備えていたのだ。あいつは単純だが、バカではなかった。アンダースンはライフルをパンピングして、ずかずかと戸口へむかう。工場の床を見ると、ドライヴ・システムから品質保証ラインまで血しぶきが飛んでいた。だれが死んだのか判別がつかない。象使いひとりではなさそうだ。人間の臓物の甘ったるいにおいがあたりに充満している。細長い腸が、スピンドルのまわりをぐるぐる回っているメゴドントを飾り立てている。遺伝子操作を加えられたメゴドントは、スピンドルに自分を縛りつけている最後のチェーンを断ち切ろうと、山のような巨体でふたたび立ちあがった。

アンダースンはライフルを構える。視界のすみで、別のメゴドントが立ちあがり、仲間に同調するように甲高く鳴いた。象使いたちにはもう手に負えない。アンダースンは精神を集中し、広がる混乱を無視してライフルのスコープに目を当てた。

照準器の十字マークで、錆びた壁のようなしわだらけのメゴドントの皮膚をさっとなぞる。スコープを通して拡大されたメゴドントはとてつもなく巨大で、狙いをそらすことなどありえない。ライフルをフルオートにセットし、息を吐いて、撃つ。

ライフルから雲のように針が飛び出す。まばゆいメゴドントの皮膚にぱっとオレンジ色の点が散って、命中したことがわかる。アグリジェン社の研究によってスズメバチの毒から抽出した毒素がメゴドントの体内に送りこまれ、中央神経系を集中攻撃する。

アンダースンはライフルをさげる。スコープで拡大されていないと、メゴドントの皮膚に刺さった針はほとんど見えない。ものの数秒もすれば、死んでしまうだろう。

メゴドントが振り返ってアンダースンに注目した。氷河期の生き物さながらの憎悪で目をぎらつかせている。アンダースンは、思わずメゴドントの知性に感動した。ほとんど、アンダースンがなにをしたかを知っているかのようだ。

メゴドントは気力を奮い立たせてチェーンを引っ張る。鉄の輪がはじけ飛び、空を切ってコンベアラインに命中する。逃げていた工員が倒れる。アンダースンは役立たずなライフルを捨てて、ゼンマイ銃を引っ張りだす。体重十トンもある怒り狂った獣が相手では、おもちゃのようなものだが、武器はそれしかない。突進してくるメゴドントにむかって、アンダースンは指が動く限り素早く引き金を引いて発砲する。役に立たない刃のついたディスクが、獣にむかって振りかかる。

メゴドントが長い鼻でアンダースンの足下をかっさらう。柔軟な鼻が大蛇のように脚にからみつく。アンダースンはドアの側柱をつかもうとあがき、脚を蹴って逃れようとした。メゴドントの鼻が締めつけてくる。頭に血がのぼる。この化け物はおれを血を吸って腹がふくれた蚊のように叩きつぶすつもりだろうかと思ったが、相手は彼を引きずってバルコニーから落とした。アンダースンは最後になんとか柱につかまろうとしたものの届かず、宙に投げ出され、真っ逆さまに落下する。

落下するアンダースンを尻目に、勝ち誇ったようなメゴドントの叫び声がひびく。工場の床がぐんぐん迫り、アンダースンはコンクリートに叩きつけられる。目の前が真っ暗になった。立つな、くたばれ。アンダースンは意識を失うまいとあがいた。さっさと死ね。なんとか起き上がろう、這いずってでも逃げよう、なんでもいいから動くんだ。そう思ってはみるが、動けない。

視界がぶれて、はっきり見えない。メゴドントはすぐそこにいる。その息のにおいがした。

ぼやけていた視界が焦点を結ぶ。メゴドントの巨体がのしかかっている。錆色の皮膚で、古代の怒りをたたえて。アンダースンをぺちゃんこにしようとメゴドントが片足を持ちあげる。アンダースンは横ざまにころがったものの、足がいうことをきかない。這いずることすらできなかった。氷に載せられた蜘蛛のように、両手でコンクリートをひっかくばかり。こんなのろのろした動きじゃダメだ。ちくしょう、こんなふうに死にたくない。ここで死ぬなんてごめんだ。こんな死に方は……。尻尾をつかまれたトカゲも同然だ。立ちあがることも、逃げることもできないなら、死ぬしかない。巨大な象の足に踏みつけられて。メゴドントが唸った。アンダースンは肩越しに振り返る。メゴドントは足をおろし、酔ったようにふらふらと体を揺らす。鼻を鳴らしていたかと思うと、とつぜん後ろ足の力が抜ける。尻をつき、子犬のようにきょとんとした。ほとんど戸惑っているといってもいいような表情だ。薬がまわって、もはや体の自由が利かない。

前足をゆっくりと投げ出して、メゴドントはうめきながら糞まみれの藁にへたりこむ。頭をさげたので、アンダースンはメゴドントと目があった。じっとこちらをのぞきこむその目は人間じみていて、戸惑い気味にまたたきする。長い鼻を伸ばしてぎこちなくアンダースンを叩く。大蛇のような筋肉と本能がいまや協調しなくなっている。口を半開きにして息をあえがせる。溶鉱炉のような熱い息がどっと吹きつけてくる。鼻がアンダースンをつつき、揺するが、うまくつかむことはできない。

アンダースンはのろのろと体を引きずってメゴドントから離れた。膝をつき、やっとのことで立ちあがる。めまいがしてふらついたが、やがてどうにかこうにか両足をついて直立できた。メゴドントは黄色い片目でアンダースンの動きを追っている。怒りの消えた、まつげの長い目をまたたく。この獣はなにを考えているのかとアンダースンは思った。もうじき死ぬのだとわかっているのか、それとも、ただ疲れただけだと思っているのだろうか。

じっと見ていると、アンダースンはほとんど哀れみをおぼえた。かつては牙が生えていた四つのいびつな楕円形は、手荒く縫い合わせた直径三十センチ足らずの象牙色のつぎはぎだ。膝は傷になっててらてらと光り、口には点々と疥癬ができている。近くで見る瀕死のメゴドントは、筋肉も麻痺して苦しげに胸を波打たせている、ただの使い方をまちがえた動物だ。この化け物は、戦うために生まれてきたわけではなかったのに。

メゴドントは最後の息を漏らす。全身の力が抜けた。

まわりでは、工員たちがわらわらと集まってきて、けが人を助けたり、死んだ仲間をさがしたりしている。そこらじゅう人でいっぱいだ。赤と金色の服を着た組合員、緑色の制服のスプリングライフ社社員、メゴドントの巨体に群がる象使いたち。

一瞬、アンダースンはイエイツがかたわらに立っているような錯覚をおぼえる。煙草代わりにイヌホオズキをくゆらしながら、この惨状にほくそ笑んでいる。「で、あんたは一カ月したらいなくなるといったっけな」だが、隣にいたのはホク・センだ。ささやくような声と黒いアーモンド形の目をしたホク・センが骨張った手をあげてアンダースンの首をさわると、手が真っ赤に染まった。

「血が出てますよ」ホク・センがぼそりといった。

2

「エレベーターを！」ホク・センが叫ぶ。ポムとヌーとククリットとカンダが総がかりで砕けた回転スピンドルに体重をかけ、巨人の体から肉を剝ぎ取ろうとするかのように、クレードルからスピンドルを引きはがそうとしている。持ちあげて隙間を作り、少女マイをもぐりこませるためだ。

「見えないわ！」マイが怒鳴る。

スピンドルがまたはまってしまわないように、ポムとヌーが必死で腕に力をこめる。ホク・センが、下にいるマイのほうへ懐中電灯をおろす。少女の指がホク・センの指をかすめたかと思うと、懐中電灯は下の闇に落ちてしまった。懐中電灯はマイよりも価値があるのに。彼女が下にいるあいだ、スピンドルを持ちあげつづけていられるといいのだが。

「どうだ？」一分後、ホク・センは下にむかって声をかける。「割れているかね？」

返事はない。マイがどこかにひっかかって身動きできなくなっていなければいいが。その場にしゃがみこみ、彼女が点検を終えるのを待つ。あたりは、作業場をもとにもどそうとする工員たちでごった返している。メゴドントの死骸には大勢の人が群がっている。組合の作業員たちが色鮮やかな手斧（マチエーテ）や長さ一・二メートルの大鋸（おおが）を持ち、手を血だらけにしながら山のような肉のかたまりを捌（さば）いていく。メゴドントは血を流しながら皮を剝ぎ取られ、霜降り状の筋肉があらわになる。

その光景に同胞たちがおなじように解体されていったことを思い出し、ホク・センは身震いする。ここではない流血の現場、よその廃工場で。優良な倉庫は破壊された。善人たちは殺された。なにもかもが、グリーン・ヘッドバンドどもがマチェーテをもって現われ、ホク・センの倉庫を焼き討ちしたときのことをまざまざと思い出させる。ジュートもタマリンドも新型ゼンマイも、すべて煙をたてて炎上する。なめらかなマチェーテに炎が反射してぎらりと光る。ホク・センは目を背けて記憶にふたをし、息を整えようとあがいた。

メゴドントが一頭殺されたことを耳にするやいなや、組合は自前の解体屋を送りこんできた。ホク・センは、パワートレインを修理するのに死骸を外に引きずり出して路上で処分させようとしたのだが、組合がうんといわなかった。かくして、工場は復旧と後始末の作業員でごったがえしている上に、やたらとハエが飛びまわり、ますます死臭が鼻をつくありさまだ。

海底から珊瑚（サンゴ）を引き上げるように、真っ赤な肉の海から骨が抜き取られる。メゴドントの死骸から流れる血は川となって雨水管に流れこみ、石炭動力で動くバンコクの洪水調節ポンプで処理される。メゴドントの体には大量の血がたまっていた。膨大なカロリーが消えていく。作業は手早いが、メゴドントを完全に解体し終わるころには夜も更けているだろう。

「まだですか？」ポムが息をあえがせる。ホク・センは目の前の問題に注意をもどす。ポムとヌーをはじめとする工員たちは、みんなスピンドルの重さに息も絶え絶えだ。

ホク・センは、もう一度穴の奥へ声をかける。「なにが見えるね、マイ？」

返事はこもった声で聞こえない。

「よし、あがってこい！」ホク・センは背筋を伸ばし、顔の汗をぬぐう。工場は鍋の中より暑い。メゴドントたちを畜舎に連れていってしまったので、工場のラインはおろか建物じゅうに空気を循環させるファンを動かす動力もない。じめじめした熱気と死臭が室内を包みこんでいる。トーイ運河地区の動物処理場にいるようなものだ。ホク・センは必死に吐き気をこらえる。

組合の解体屋が声をあげる。メゴドントの腹をかっさばいて、内臓がどっとあふれ出す。臓物収集屋どもが――糞の王の民たちが、こぞってその中に踏みこみ、シャベルですくってハンドカートに積みこみはじめる。運良く手にはいったカロリー源だ。こういう汚染のない素材は、糞の王の末端農場の豚の餌になるか、糞の王の庇護のもと、蒸し暑い旧拡張地域のタワー群で暮らしているマレー系中国人のイエローカード難民たちの腹を満たす配給食料となる。豚や難民たちがそっぽをむいたものは、毎日出る果物の皮やら各種の廃棄物とともに市のメタンコンポスターに投入され、焼却して配合土とメタンガスになる。そして、こうした認可メタンガスが町を照らす緑色の街灯になるのだ。

ホク・センは幸運のほくろを引っ張って考えこんだ。よくできた独占業だ。糞の王の影響力は町の至る所に及んでいて、首相にならないのがふしぎなほどだ。大物中の大物、かつてタイ王国史上最高の影響力をもつ親玉（ジャオポル）は、その気になれば、まちがいなくなんにでもなれる。

だが、糞の王はわたしの差し出すものをほしがるだろうか？　ホク・センは考えた。絶好のビジネスチャンスを評価してくれるだろうか？

ようやく、下からマイの声が聞こえてきて、ホク・センの妄想に水を差した。「割れてるわ！」マイが声を張りあげる。その直後、彼女は穴から這い出してきた。汗みずくでほこりにまみれている。ヌーやポムたちが麻のロープを離すと、スピンドルが落下して土台にはまり、床が揺れる。

その音に、マイがうしろをふりむく。ほんとうはスピンドルにつぶされていてもおかしくなかったと気づいて、一瞬、恐怖の表情が浮かんだのが見えたような気がする。その表情はすぐに消えた。めげない子だ。

「それで？」ホク・センは促す。「どうだった？　割れたのは芯のところか？」

「そうです。ここまで手がはいるぐらい深い割れ目でした」手首のあたりを指して見せた。

「それから、反対側にもおなじような割れ目がありました」

「タマデ」ホク・センは罵った。予想はついていたこととはいえ、まずい。「で、チェーン・ドライヴは？」

マイはかぶりを振る。「見えた継ぎ目は曲がってました」

ホク・センはうなずく。「リンとレックとチュアンを呼んで――」

「チュアンは死にました」メゴドントがふたりの工員を踏みつぶした血だまりのほうへマイが手を振った。

ホク・センは顔を曇らせる。「そうか。そうだったな」ノイやカピフォン、そして品質保証担当の不運なバニヤットもだ。バニヤットはもう、海藻タンクのライン汚染を許してしまったことでアンダースンの文句を聞くこともないだろう。また出費がかさむな。工員たちの遺族には各千バーツ、バニヤットの遺族には二千バーツの補償金を出さねばなるまい。ホク・センはまた渋い顔になった。「じゃあ、だれかほかのやつを探してこい。清掃班で、おまえとおなじように小柄な者がいい。おまえは下へおりて、ポムとヌーとククリットがスピンドルをはずす。完全にはずすんだ。メイン・ドライヴ・システムのリンクをひとつひとつ点検する必要がある。点検がすむまで再開など考えられん」

「べつに焦ることはないでしょう？」ポムが笑い飛ばす。「どうせすぐには再開できませんよ。ファランが組合にアヘンの袋をいくつも支払わないことには工員たちはもどる気にはならないでしょうしね。ハプリートを撃ち殺してしまったんだから」

「彼らがもどったときには、四番スピンドルはない」ホク・センはぴしりといった。「これだけの直径の木を切る許可を得るには時間がかかるし、切り出した木を北から川に流して運搬しなければならん――この時期にはモンスーンもあるだろうし――限られた動力で操業を続けながらだ。考えてみろ。仕事にあぶれる者も相当数出るぞ」スピンドルのほうへうなずきかける。「残れるのは、せっせと働く者だけだ」

ポムは怒りを押し隠してすまなさそうに微笑し、合掌（ワイ）の礼をする。「出過ぎたことをいってしまいました。悪気はなかったんです」

「ならいい」ホク・センはうなずいて背をむける。渋い表情は変えないものの、内心ではポムとおなじ思いだ。元どおりメゴドントがのろのろとした足取りでスピンドルのクランクを回すようになるまでには、アヘンと賄賂と契約の再交渉が必要だろう。またも会計報告書に赤字を計上しなければ。しかし、そこには経をあげる僧侶、高僧たち、風水師、従業員がこの不吉な工場で安心して働けるようにピーをなだめる霊媒師たちへの礼金は含まれていない。

「タン先生！」

ホク・センは金勘定から目をあげる。フロアのむこうのほうで、洋鬼子（ヤングイジー）のアンダースン

・レイクが工員用ロッカーの横のベンチにすわって医者に傷の手当てをしてもらっている。あの外国人の悪魔は、最初、階上のオフィスで傷口を縫ってもらいたがったのだが、ホク・センの説得で作業場の衆人環視のもとで治療を受けることになったのだ。従業員の目があるところで。南国仕様の純白のスーツは血だらけで、さながら墓からよみがえったピーだが、すくなくともまだ生きている。しかも、ひるむことなく。そうすることで、大いに面子が立つ。外国人は恐れ知らずだと。

　アンダースンは、ホク・センに買いにやらせたメコン・ウィスキーをラッパ飲みする。ホク・センはただの下僕だと思われているようだ。マイを代わりに行かせたところ、少女は立派なラベルが貼られた偽物のメコン・ウィスキーを買ってきた。おかげでたっぷり釣りが出たので、機転の利いた少女に余分に何バーツかの褒美をやって、目を見てこう釘を刺した。「おれにもらったんだということを忘れるなよ」

　世が世なら、真剣な顔でうなずく少女を見て、ちょっとした忠誠心を買えたと信じていただろう。この人生では、タイ人がとつぜん反旗を翻してイエローカード中国人を瘤病（こぶびょう）だらけのジャングルに追いやろうと決意した場合、この少女に問答無用で殺されないように祈るのみだ。これで多少の時間稼ぎはできたかも。いや、それもわからないが。

　ホク・センが近づいていくと、チャン医師が中国語で話しかけてくる。「お宅の洋鬼子はほんとに頑固者だわ。ちっともじっとしてないのよ」

彼女もまたホク・センとおなじイエローカード組。知恵と巧みな策略を使うしか食っていく道がない難民だ。タイ人医師の椀から米を横取りしているのを白シャツに知られでもしたら……。ホク・センはその考えを押し殺す。故国の同胞を救うのは、価値のあることだ。たとえ一日だけでも。生き延びられなかったみんなの供養になる。

「生かしておいてください」ホク・センは薄ら笑いを浮かべる。「まだ給料の支払所にサインしてもらわなきゃならないんだから」

チャン医師は笑った。「ティン・マーファン。わたしは針と糸で錆びついているけど、あなたのために、この醜い生き物を死からだってよみがえらせてあげる」

「あんたにそんな腕があるのなら、わたしがチビスコシス病にかかったときには声をかけますよ」

アンダースンが英語で割ってはいってくる。「彼女はなにをこぼしてるんだ？」

ホク・センはそっちに目をやって、「あなたがじっとしていないって」

「彼女はひどいヤブ医者だ。とっとと治療してくれといえ」

「こうもいってますよ。あなたはとてもとてもラッキーだと。もう一センチずれていたら、木片が動脈をかき切っていたはずだって。そうなれば、あなたもほかの連中といっしょに床に血を流していたところでしょう」

意外にもアンダースンはこれを聞いてにやりと笑った。解体されている肉の山に目をやって、「木片ね。わたしを殺すのはメゴドントだと思っていたよ」

「そう。危機一髪でしたね」ホク・センはいう。死なれていたら災難だった。アンダースンに投資している人たちが、がっかりして工場を見捨てたら……。ホク・センは顔をしかめる。このアメリカ人のほうが、イエイツよりずっと扱いにくい。それでも、この意固地な洋鬼子は生かしておかなければならない。工場を閉鎖させないために。

かつてはイエイツとどれほど近しく、いまはアンダースンとどれほど距離があるかを思い知らされ、ホク・センは苛立ちをおぼえる。不運で頑固な洋鬼子、そのおかげで、ホク・センは長期的な生き残りとおのれの氏族の復活のため、新たな計画を組まなければならない。

「あなたは生き延びたことを祝うべきですよ」ホク・センは提案する。「たいへんな幸運に感謝して、観音さまと布袋（ほてい）さまにお供えをなさい」

アンダースンはにやっと笑う。ホク・センを見つめる薄青い瞳は、ふたつの悪魔のプールのようだ。「ごもっともだな。そうするよ」早くも半分空になった偽のメコン・ウィスキーを持ちあげる。「今夜はひと晩中祝うとしよう」

「よろしければコンパニオンを手配しましょうか？」

洋鬼子の顔がこわばった。嫌悪感にも似た表情を浮かべてホク・センを見やる。「よけいなことをするな」

表情こそ変えなかったものの、ホク・センは自分を罵る。どうやらいきすぎてしまったらしい。またこいつを怒らせてしまった。あわてて合掌の礼で詫びた。「もちろんです。失礼なことをいうつもりはなかったのですが」

アンダースンは工場の床を見渡した。さっきの喜びは一瞬で消え失せたかのようだ。

「損害はどのくらいだ？」

ホク・センは肩をすくめる。「スピンドルの芯は、あなたがおっしゃったとおり割れていました」

「メイン・チェーンは？」

「すべてのリンクをチェックしてみます。運が良ければ、被害はサブトレインだけで済むでしょう」

「望みはないだろうな」アンダースンにウィスキーのボトルを勧められて、ホク・センは首を振って断りながら嫌悪感を隠そうとした。アンダースンは心得顔でにやりと笑うと、もうひとロラッパ飲みして腕で口もとをぬぐう。

組合の解体屋がまた声をあげ、メゴドントの体からまた血がほとばしる。胴体からなかば切り離された頭部が斜めにかしいでいた。死骸はますます分解した部品の様相を呈してきている。とても動物とは思えない。一から組み立てる子供むけのメゴドント組み立てセットのようだ。

ゴリ押しして、組合が汚染されていない肉を売った儲けの分け前にありつく方法はないだろうか。あれほど迅速に解体屋を送りこんできたことを考えると望み薄だが、契約の再交渉をするときや、賠償金の要求をしてくるときならなんとかなるかもしれない。

「頭部はとっておきますか?」ホク・センはたずねる。「記念のトロフィにできますよ」

「必要ない」アンダースンは不愉快そうだ。

ホク・センは渋い顔になりそうなのをこらえた。こいつと仕事をするのは、いらいらする。アンダースンはむら気だし、いつも攻撃的でまるで子供だ。いま機嫌が良かったかと思うと、すぐに腹を立てる。ホク・センは苛立ちを押さえつける。アンダースンはこういう男だ。こいつが外国の悪魔になったのは因果応報(カルマ)であり、そんなやつといっしょに仕事をする羽目になったのはホク・センのカルマなのだ。腹が減って死にそうなときにユーテックス社の米に文句をつけてもはじまらない。

アンダースンがホク・センの表情を読んで言い訳する。「これは狩猟とはわけがちがうからな。わたしはメゴドントを駆除しただけだ。ダーツが命中した時点で、あのメゴドントが助からないことは決まった。そこに気晴らしはないんだ」

「ああ。もちろんです。とてもご立派です」ホク・センは失望をかみ殺す。アンダースンが頭をほしがれば、短く切られた牙をココナツオイルの合成物と交換したり、象牙をワット・ボウォーニウェートあたりの医者たちに売りさばくこともできただろうに。これで、そんな小遣い稼ぎの目もなくなった。もったいない。そんな事情をアンダースンに説明することを考えた。目の前にころがっている肉や象牙やカロリーの価値を説いて聞かせようかと思ったが、結局やめにした。アンダースンにはわかりっこないし、ちょっとしたことで機嫌をそこねかねない。

「チェシャ猫がいるぞ」アンダースンが言った。

指さされたほうを見ると、血だまりの端にちらちら光る猫の姿が現われた。血なまぐさい臭いに誘われて現われた光と影の混合物。アンダースンは不快そうな顔をしているけれども、ホク・センは悪魔の猫に一定の尊敬を抱いている。チェシャ猫は頭が良く、人に疎まれる場所でものうのうと暮らしている。その執拗さはほとんど超自然的だ。ときには、流れてもいない血のにおいをかぎつけるらしく、間近な未来を見通す力を持っていて、つぎに餌が出てくる場所を正確に知っているようだ。ちらちらと輝く猫たちがべとべとした血だまりに音もなく近づく。解体屋が一匹を蹴飛ばしたが、本格的に相手にするには数が多すぎるし、べつに本気で攻撃しようとしたわけでもない。

アンダースンがまたぐびりとウィスキーを飲んだ。「あいつらはどうやっても消えないな」

「チェシャ猫狩りをする子供たちがいます」ホク・センはいう。「たいした賞金も出してませんがね」

アンダースンは顔をしかめて却下する。「中西部でも賞金を出してる」

アメリカの子供より、ここの子供たちのほうがやる気がある。

そうは思ったが、ホク・センはアンダースンの言葉に逆らわなかった。アンダースンがなんといっても、賞金は出そう。猫を追い出さなければ、災厄を引き起こしたのはチェシャ猫のピー・オウンの霊だと工員たちが噂をはじめるだろうから。悪魔の猫たちがますます近づいてくる。三毛、茶色、漆黒——どの猫も、周囲の色彩をまとって見え隠れする。血だまりに足を踏みこむと毛色が赤くなる。

ホク・センが聞いた話では、チェシャ猫はカロリー企業の重役が——おそらくパーカルかアグリジェンの人間だろう——娘の誕生日用に作ったのだそうだ。幼い娘がルイス・キャロルのアリスの年代になったパーティのプレゼントとして。

子供たちがお土産に持ち帰ったペットがふつうの猫と交配し、二十年もたたないうちに、悪魔の猫は全大陸に広がり、旧来のイエネコという種類は地球上から消え失せ、じつに当時の九十八パーセントを生み出す遺伝子の紐がとって代わった。マレー半島のグリーン・ヘッドバンドは中国人とチェシャ猫を等しく忌み嫌ったが、ホク・センの知るかぎり、悪魔の猫は彼の地でいまだに繁栄している。

チャン医師に針で縫われてアンダースンは顔をしかめ、憎々しげににらみつけ、「終わりにしてくれ」という。「もういい」

チャン医師は恐怖を隠して慎重にワイする。「また動いたのよ」ホク・センに小声でこぼす。「上等な麻酔がないから、以前に使っていたのほど効かないの」

「気にしなくていいですよ」ホク・センはなだめる。「そんなことだろうと思ってウィスキーを飲ませたんですからね。仕事をすませてください。わたしが取りなしますから」アンダースンにはこう説明する。「もうすこしの我慢だそうです」

アンダースンは渋い顔ながらも、それ以上はチャン医師をおどしたりしなかったので、ようやく傷口の縫合がすんだ。ホク・センは医師をかたわらに呼び寄せて治療代を入れた封筒を手渡す。彼女は感謝の礼をしたが、ホク・センはかぶりを振る。「なかにボーナスがはいってます。手紙の配達もお願いしたいのでね」もうひとつの封筒を渡した。「あなたの塔のボスと話がしたい」

「ドッグ・ファッカーと?」チャン医師は不快そうに眉をひそめる。

「そんな呼び方をしてるのが耳にはいったら、残った家族も殺されますよ」

「あいつは食えない男よ」

「この手紙を渡してくれるだけでいい。それでじゅうぶんです」

疑りながらもチャン医師は封筒を受け取る。「あなたは、わたしの家族に良くしてくれたから。近所の人たちも、みんなあなたの親切をほめてるんですよ。お供えしてあげてくださいな、その……亡くなったご家族に」

「なに、大したことはしてません」ホク・センは硬い笑顔を見せる。「ともあれ、中国人同士、協力しあわないとね。マレーにいれば、福建人だったり、客家だったり、第五の波だったりするかもしれないが、ここではみんなイエローカードです。こんなことしかできなくて心苦しいぐらいですよ」

「いいえ、これ以上ないほど良くしていただいて」彼女は慣れない文化を真似して合掌の礼をし、立ち去る。

アンダースンはそれを見送って、「彼女はイエローカードだろう？」といった。

ホク・センはうなずく。「そうです。マラッカで医者をしてました。事件が起きるまえにはね」

アンダースンはなにもいわず、その情報を飲みこもうとしているようだ。「タイの医者より安かったのかね？」

ホク・センは、どんな返事を期待されているのかさぐろうとアンダースンをうかがう。最後に、「そうです。ずっと安いんです。腕は負けてない。いや、上かもしれません。なのにはるかに安上がりだ。ここではタイ人の仕事を取るわけにはいかないから、イエローカードを相手にする以外ほとんど仕事がない。むろん、イエローカードは金がないから治療費も払えない。仕事があって喜んでいますよ」

アンダースンは考え深げにうなずく。何を考えているのだろうか。この男の腹は読めない。洋鬼子の連中は、一度ならず二度までも世界をわがものにしたにしては、あまりにも愚かだ。拡張を成功させ、そして——エネルギー枯渇後に自らの国に逃げ帰りながらも——ふたたび舞い戻ってきた。カロリー企業と疫病と特許登録済みの穀物をもって……。洋鬼子は超自然な力に守られているかのようだ。ほんとうなら、アンダースンは死んでいてもふしぎはない。バニヤットやノイや、そもそもメゴドントにパニックを起こさせた元凶であるあの四番スピンドルの名も知らぬ無能な象使いといっしょに人間の残骸になりはてていたはずなのだ。それなのに、アンダースンは腰をおろして、体重十トンの生き物をあっさり撃ち殺したことなどどこ吹く風で、ちっぽけな針で縫われる痛みに文句を垂れている。洋鬼子はじつに不可解な生き物だ。しょっちゅう取引をしている相手とはいえ、思った以上に異質な存在なのだろう。

「象使いたちには給料を払わないといけないでしょう。たんまりはずんでまた仕事にもどってくるように」ホク・センが意見をいう。

「そうだな」

「それから、工場のために経をあげてくれる僧侶も雇わなければ。工員たちの機嫌をとるためにね。ピーを鎮めなければなりません」ホク・センは言葉を切った。「金がかかりますよ。この工場は霊にたたられていると町の噂になるでしょう。方位が悪いとか、もっと大きいお社(やしろ)を造らないのがいけないとか。あるいは、工場を建てるときに、霊が宿った木を切ったとか。占い師か風水師でも呼んで、ここは良い場所だと工員に信じさせなければならなくなりそうですね。それと、象使いたちは危険手当を要求して――」

アンダースンが割ってはいる。「象使いは入れ替えたい。全員だ」

ホク・センは歯を噛みしめて息を吸った。「不可能ですね。市内のエネルギー契約はすべてメゴドント組合が押さえてるんですから。政府が決めたことです。白シャツがエネルギーの独占権をあたえてる。組合が相手ではなにもできませんよ」

「やつらは無能だ。ここに置いておきたくない。もうたくさんだ」

ホク・センは、ファランが冗談をいっているのか見極めようとして、おずおずと微笑した。「王の勅命ですから。環境省をそっくり入れ替えようとするようなものですよ」

「考えがあるんだよ」アンダースンは笑う。「カーライル＆サンズ社と手を組んで、毎日税金と炭素クレジット法について苦情を申し立てる。通産大臣のアカラットに、われわれの申し立てを取り上げさせるんだ」ホク・センを凝視する。「だが、おまえはその手は使いたくないんだろう？」ふいに視線が冷たくなる。「おまえは裏で取引するのが好きなんだ。こっそりとな」

ホク・センは息をのむ。アンダースンの白い肌やブルーの瞳がじつにおそろしい。悪魔の猫にも劣らず異質で、敵の多い土地になじんでいる。「白シャツ隊を怒らせるのは賢いやり方とはいえないでしょうね」ホク・センはつぶやく。「出る杭は打たれるってやつですよ」

「それはイエローカードの言い方だな」

「そのとおりです。しかし、同胞たちが死んでも、わたしは生きていますよ。それに環境省は非常に権力がある。プラチャ将軍とその白シャツ隊は、幾多の難局を乗り越えてきました。十二月十二日の攻撃すらも。コブラにちょっかいを出すつもりなら、嚙まれる覚悟をしておくことです」

アンダースンは抗議するようすを見せたが、思いとどまって肩をすくめる。「おまえがそういうなら間違いないだろう」

「そう思うからわたしに給料を払っているんでしょ」

アンダースンはメゴドントの死骸をじっと見つめる。「あの獣がハーネスを壊すなんて、あり得ないことだったはずだ」ボトルからまたひとロウィスキーを飲む。「セイフティ・チェーンは錆びていた。それはチェック済みだ。賠償金は一セントたりとも支払わんぞ。以上。それが結論だ。象使いたちがしっかり管理していれば、わたしがメゴドントを殺す必要もなかったはずだからな」

ホク・センは同意のしるしに頭を小さくさげて、小さな声でいった。「ほかに選択の余地はありません」

アンダースンが冷たく笑った。「そうとも。連中は独占企業だ」顔をゆがめる。「ここに工場を建てたイエイツがバカだったんだよ」

ホク・センは不安のあまりぞっとした。アンダースンがふいにだだっ子のように見えてくる。子供は無分別だ。子供は白シャツ隊や組合の逆鱗に触れることをやらかす。そして、おもちゃを拾い上げて家に逃げ帰ってしまうこともある。そう考えると不安でならない。アンダースン・レイクとその投資家たちには、逃げ出してもらっては困るのだ。いまはまだ。

「現時点で、損失はいくらになる？」アンダースンがたずねる。

ホク・センはためらったものの、気を強くもって悪いニュースを伝える。「メゴドント一頭、それと、組合を納得させる費用を含めてですか？　おそらく九千万バーツは」

マイが大声をあげて、ホク・センを手招いた。見るまでもなく、悪い知らせだとわかる。ホク・センはいった。「床下にもダメージがありそうです。修理費がかさむでしょう」言葉を切って、微妙な問題に触れる。「投資してくれているミスター・グレッグやミスター・イーにも報告しないとなりません。彼らが到着するまでに修理をすませ、新しい海藻タンクを設置して調整する現金はおそらくないでしょう。新たな資金が必要になりますね」

ホク・センははらはらしながら、アンダースンがどう出るかを待った。金は右から左へと会社にはいってくるので、ホク・センはそれが水のようなものだと思ったりもしたぐらいだが、今度の一件が吉報とはいえないのはわかっている。出資者はときとして出資を渋るものだ。イエイツのころには、金を出す出さないで丁々発止のやりとりになることも珍しくなかった。アンダースンに代わってからは、そういうことは減っていたが。アンダースンが着任してからは出資者の苦情も減っていたけれど、夢につぎこむのはやはり途方もない金額だ。ホク・センが工場を任されていたら、一年以上もまえに閉鎖していただろう。

だが、アンダースンはそれを聞いても眉一つ動かさない。ただ、「もっと金が要るんだな」とだけいって、ホク・センをふりむく。「で、海藻タンクと栄養培地はいつ税関を通過する？　ほんとうのことをいえ。いつなんだ？」

ホク・センは顔色を失う。「むずかしいですね。竹のカーテンをかき分けるのは一日やそこらでできることじゃありません。環境省は好んで横やりを入れてきますし」

「おまえは、白シャツ隊の役人に四の五のいわせないだけの賄賂を払ったといっただろう」

「そうです」ホク・センは首をかしげる。「適切な贈り物はすべて贈ってあります」

「じゃあどうしてバニヤットは海藻タンクの汚染のことでこぼしたりしたんだ？　生体組織を交配していたなら――」

ホク・センはあわてて口をはさんだ。「なにもかもアンカーパッドに入荷しています。先週、カーライル＆サンズ社の飛行船で……」ホク・センは腹を決めた。しかたない。アンダースンに良い知らせを聞かせてやるか。「飛行船は明日、税関を通過します。竹のカーテンが開かれ、荷物はメゴドントの背中に乗せて運ばれてきます」むりやり笑顔になる。

「象使いたちを即刻クビにせよというなら話は変わってきますが？」

洋鬼子は首を振り、ジョークに軽い笑みすら浮かべる。ホク・センはほっと胸をなでおろす。

「じゃあ明日だ。まちがいないんだな？」アンダースンが念を押す。

ホク・センは覚悟を決め、首を傾けて同意する。真実であってほしいと思いながら。それでもまだアンダースンはブルーの瞳で彼をとらえて離さない。「この工場には大金をつぎこんでいる。しかし、出資者が許せないと思うのは無能さだ。わたしも許さん」

「わかります」

アンダースンは満足したらしく、うなずいた。「ならいい。本部への連絡はまだあとにしよう。新しい設備が税関を通過してから電話を入れる。悪い知らせのほかに少しは良い知らせも伝えるんだ。なにも成果がないのに出資を要請したくはないからな」ふたたびホク・センを見る。「そうだろう？　ちがうか？」

ホク・センは仕方なしにうなずく。「おっしゃるとおりです」

アンダースンはまたひとロウィスキーを飲む。「よし。どのくらいひどくやられたか調べたまえ。報告書は明日の朝までに出すように」

こうして解放され、ホク・センは作業場を横切って、待っているスピンドルクルーのところへ行く。積み荷の話が出まかせにならないといいのだが。ほんとうに税関を通過する予定になっていると。結局、自分が正しかったと証明されることをホク・センは祈る。ひとつの賭けだが、悪い賭けじゃない。なんにせよ、洋鬼子も一度に悪いニュースばかりを聞かされたくはないだろう。

ホク・センが回転スピンドルのところにやってきたとき、マイはまた穴にはいっているあいだについたほこりをはらっているところだった。「どんな様子かね？」ホク・センはたずねる。回転スピンドルは完全にラインからはずして床に置かれ、巨大なチーク材の釘といったところ。大きなひびがはいっているのがひと目でわかる。「損傷はひどいのか？」

一分後、油まみれになったポムが這い出してくる。「トンネルが狭くて」と息を乱しながら、「途中で何度か詰まってしまいましたよ」片方の腕で汗と油をぬぐう。「たしかにサブトレインですね。あとはリンク伝いに子供をおろしてみないとなんともいえません。メイン・チェーンが損傷しているようなら、上へ引っぱり上げないとならないでしょう」

ホク・センはスピンドルをはずした穴を渋い顔で見下ろすと、南方のジャングルでおびえながらドブネズミのように生き延びていたころの穴倉生活がフラッシュバックする。

「マイに友達をさがしてきてもらおう」

もう一度、損傷具合を確認する。かつてはホク・センもこういう建物を所有していた。

商品でいっぱいの倉庫をいくつか。それがいまでは、このざまだ。洋鬼子のアンダースンの下僕。年老いて、体はぼろぼろで、氏族はとうとう自分ひとりになってしまった。ため息をついて、やるせない思いを押し殺す。「またファランと話をするまえに、損害がどのていどか逐一知っておきたい。不意打ちはごめんだ」

ポムが合掌の礼をする。「はい、わかりました」

ホク・センは、背をむけてオフィスへむかう。歩き出しの数歩こそわずかに足を引きずったものの、むりを押して、脚をかばうのはやめた。なにをするにつけ、膝が痛む。階段をのぼりきったところで、メゴドントの死骸と、工員たちが死んだ場所を見下ろさずにはいられなかった。思い出がちくちくと彼を苛み、頭を狙う真っ黒な烏のように旋回する。あまりにも多くの友が死んだ。親族はあらかた消えた。四年前のホク・センは名だたる大物だった。いまは？　名もない人間だ。

ドアを押し開ける。オフィスは静まりかえっていた。無人のデスク、踏み板と小さなモニターがついている。足踏み発電式の高価なコンピュータ、会社の巨大な金庫。室内をざっと見渡していると、緑色のヘッドバンドをした狂信者どもがマチェーテをふりまわしながら物陰から飛び出してくる。だが、それはただの記憶だ。

後ろ手にドアを閉めて、メゴドントの解体と復旧の作業音を閉めだす。窓のほうへ行って、また血だらけの死骸を見るんじゃないぞと自分を戒めた。マラッカの貧民街に流れた血の記憶、売り物のドリアンよろしく積みあげられた中国人の首の記憶にこだわっていてどうする。

ここはマレーじゃないんだぞ。ホク・センは自分に言い聞かせる。おまえは安全なんだ。とはいっても、あの光景は忘れられない。写真のように、春祭りの花火のように色鮮やかに。四年前のあの事件を経験していてさえ、ホク・センは心を落ちつかせる儀式をとりおこなわなければならない。気持ちが落ちこんでいるときは、なにを見てもあの恐怖がよみがえるのだ。ホク・センは目を閉じて、わざと深呼吸をし、青い大海原と白波を蹴立てて走る自家用の小型船舶を思い出す……。もう一度深く息を吸って目をあけた。部屋はふたたび安全になる。ていねいにならべた無人のデスクと、ほこりをかぶった足踏み発電式のコンピュータのほかにはなにもない。鎧戸が焼けつくような南国の日差しをさえぎっている。燃え尽きた線香の灰と香り。

部屋の奥の、濃い影になった場所に、スプリングライフ社の双子の金庫が鈍く光っている。鉄とスチールでできた金庫は、その場所にうずくまってホク・センをあざ笑っている。ホク・センは多少の現金がはいったほうの金庫の鍵をもっている。だが、もうひとつの大きいほうの金庫を開けられるのはアンダースンだけだ。

あと一歩なのに。

すぐ目の前に、青写真がある。ホク・センは、広げられた青写真を見たことがあった。

ゲノム・マップが立体的なデータキューブにプリントされた遺伝子操作海藻のDNAサンプル。海藻を栽培し、穫れたスキムを潤滑剤と粉末に分けるプロセスが解説してあるものだ。新たなコーティングをするために、改良型ゼンマイ用のフィラメントは寝かせる必要があること。次世代のエネルギー備蓄法が手の届くところにある。そこには、ホク・セン自身とその一族の復活の希望もあるのだ。

イエイツはホク・センについでもらった白酒のグラスをあけ、なにやらぶつぶついっている。その戯れ言の聞き手になってやることで、ホク・センは一年以上もまえに、彼の信頼と依存を勝ち取った。それがすべて無駄になってしまったのだ。イエイツが出資者の怒りをかき立て、おのれの夢を実現させる能力もない愚か者だったために、いまや、ホク・センにはあけられない金庫があるだけだ。

ホク・センが青写真さえ手に入れられれば、いままでなかったような帝国を興すときはすぐそこだ。ホク・センの手にあるのは、イエイツがデスクの上に広げて置いていたころに見た中途半端なコピーのみだ。あのころは、酔っぱらいの愚か者はまだこのいまいましいオフィス用金庫を買っていなかった。

いま、ホク・センと青写真のあいだには、鍵とコンビネーションキーと、鉄の壁がある。ホク・センはこの種のことを熟知していた。自分自身大物で、大事に守るべきファイルがあったころには、ご厄介になったものだ。いまいましいことに――これ以上にいまいましいことなどたぶんあるまい――洋鬼子はホク・センがマレーで貿易帝国を築いていたころ使っていたのとおなじメーカーの金庫を使っている。イン・タイ社のものだ。中国製の金庫が、外国人のために利用されている。ホク・センは、この金庫をながめて日々を過ごしてきた。そこにはいっている知識に思いを巡らせながら――。

不意に、ホク・センは首をかしげて考えこんだ。

アンダースンよ、おまえは金庫のドアを閉めたか？　あのどさくさのなか、鍵を掛け直すのを忘れたんじゃないのか？

ホク・センの鼓動が速まる。

ドジを踏んだな。

イエイッはときどき失敗していた。

ホク・センは、募る興奮をおさえようとする。足をひきずりながら金庫に近づき、そのまえに立つ。畏敬の対象である神殿。忍耐とダイヤモンド製のドリル以外のなにものも歯が立たない鍛えたスチール製のモノリス。来る日も来る日も、そのまえにすわって、からかわれている気分を味わっている。

こんなに簡単に片づくなんてことがありうるのか？　あの災厄のどさくさで、アンダースンが鍵を掛け忘れたなんてことが？

ホク・センはおずおずと手を伸ばしてレバーを握る。息を詰め、先祖に祈りをささげて、プラー・カネットという象の頭をしたタイ人たちがあがめる問題解決の神に、知っているかぎりすべての神々に祈りをささげる。レバーにぐっと体重をかけた。

千人のスチールの精が押し戻し、あらゆる分子が彼の体重に抵抗する。

ホク・センは息を吐いてうしろにさがる。失望感を押さえつけながら。がまんだ。どんな金庫にも鍵はある。イエイツがあれほど無能で、出資者を怒らせたりしなければ、彼は文句なしの鍵になっただろう。いまとなっては、アンダースンに代わりをやってもらうしかない。

この金庫を据えつけたとき、イエイツは先祖伝来の宝石を守らなくてはと冗談をいって笑った。ホク・センはお義理でうなずき、合掌の礼をして笑ったものだが、頭にあったのは、青写真がどんなに価値のあるものなのか、もっと早く、簡単に手に入れられたときにコピーをとっておかなかった自分がいかに愚かだったかということだけだ。

そのイエイツもいまはいない。かわりに別の洋鬼子がやってきた。紛れもない鬼。青い目と金髪をもち、イエイツとちがって厳格な鬼が。この手強い相手にいちいち行動を再確認されるため、なにをするのも以前とは比べものにならないほどやりにくくなった。その男に、どうにかして会社の秘密を明かさせなければならないとは。ホク・センは唇をとがらせる。忍耐だ。ここは耐えろ。いずれ、あの洋鬼子もミスを犯すだろう。

「ホク・セン！」

ホク・センは戸口に行って階下のアンダースンに手を振り、呼ばれたのはわかっていることを示す。だが、すぐに階下へおりるのではなく、彼は自分の神殿に行った。
観音像のまえにひれ伏し、どうか自分と先祖にお恵みをと願う。わたしとわたしの一族に名誉回復のチャンスをあたえてください、と。ふんだんに幸運が降り注ぐように逆さに書かれた黄金の文字の下に、ホク・センはユーテックス社の米と、ブラッドオレンジを割ったものを供えた。果汁が腕を伝い落ちる。良く熟した汚染のない果物で、高かった。神々はやせ細ったものではなく、豊かでふっくらしたものがお好きだ。ホク・センは線香に火をつけた。

よどんだ空気に煙が筋になって立ちのぼり、ふたたび部屋中を満たす。ホク・センは祈りを捧げる。工場が閉鎖になりませんように、賄賂が効いて新しいライン設備が竹のカーテンを問題なく通りますように、と。洋鬼子のアンダースンがトチ狂って、ホク・センを信用しすぎるあまり、クソッたれな金庫が開いて、中身が見られますように。

ホク・センは幸運をと祈る。老中国人イエローカードにも、幸運は必要だ。

3

エミコはウィスキーをすすり、酔っぱらってみたいものだと思いながら、辱めを受ける時が来たというカンニカからの合図を待つ。どうにか逃れられないかと抵抗している部分もあるけれど、残りの部分、中心に居座っている部分、腹をむき出しにしたミニジャケットとタイトなバーシン・スカートをはき、ウィスキーのはいったグラスを手にしてすわっている部分には、抗おうとするエネルギーはない。

と思ったが、もしかしてそれは逆なのではないかという気もする。自尊心という幻想を失うまいとあがいている部分は、自分を壊してしまおうとしているのかも。エミコの肉体、この細胞と操作されたDNAの集合体こそが——それ自体が、より強く実際的な必要性をもっていて——じつは生き残る、意志のある存在なのではないかと。

だから自分は、光虫（グローワーム）のもとで若い女たちが身をくねらせ、娼婦やその客たちがそれを煽るこの場所に、腹に響く太鼓の音やもの悲しい笛の音色を聞きながらすわっているのではないか？　それは死ぬ気がないからなの？　それとも、死を受け入れるには頑固すぎるせいなの？

ローリーは、すべては輪廻するという。コ・サメットの海辺に寄せては引く潮や、きれいな女を手に入れた男のペニスが勃起し、やがて萎えるのとおなじことだと。ローリーは女たちの裸のお尻を軽く叩いて、ニューウェーヴのガイジンたちのジョークに笑い声をあげる。そしてエミコにはこういう。なんでも客のいうとおりにしろ、お金はお金だ、むかしからそういう道理なんだから、と。たぶん、そうなのだろう。ローリーは、いまだかつてだれもやったことのないようなことをエミコに命じたためしがない。カンニカがどんなふうにエミコを痛めつけ、悲鳴をあげさせようと考えているにせよ、それはほんとうの意味で目新しいことではない。ねじまき少女にうめき声や悲鳴をあげさせること以外は。少なくとも、これは斬新だ。

見ろよ！　あの子、ほとんど人間みたいだ！

源道さまは、エミコのことを人間以上だといっていた。セックスしたあと、エミコの黒髪をなでながら、新人類がもっと敬意を払われないのは残念だ、動きがもっとなめらかだといいんだがなと。とはいっても、視力は完璧だし、肌も文句なし、病気やガンに耐性のある遺伝子をもっているのだから、文句をいうのは罰当たりじゃないか？　エミコはぜったい白髪になることがないだけでも上等だし、源道さまのように老いることはけっしてない。いくら源道さまが整形手術や薬や軟膏やハーブを使って若さを保とうとも。

彼はエミコの髪をなでながらいった。「おまえはきれいだ。たとえ新人類でもな。恥じることはないぞ」

そしてエミコは彼の胸に寄り添った。「ええ。恥ずかしくなんかないわ」

だが、それは京都時代のことだ。京都では新人類は珍しくなく、よく務めを果たし、そしてときには十分尊敬されていた。たしかに人間ではないけれど、この野蛮な基本的文化をもつ人びとにとって、除外するべき脅威でもなかったからだ。グラハマイト派が信徒たちに敵視せよと命じる悪魔でもなかったし、仏僧たちがいう森に住む地獄の幽鬼でもない。魂もなく、輪廻転生にも縁がなく、成仏できないような生き物ではない。グリーン・ヘッドバンドが信じるようなコーランに対する侮辱でもない。

日本人は実際的だった。年老いた国民にはあらゆる分野で若い労働者が必要だったし、それが養育所で育った試験管ベイビーなら、労働力として使うのは罪じゃない。日本人は実際的なのだ。

だからこそ、あんたはここにすわっているんじゃない？　日本人がすごく実際的だったからよね？　見かけは日本人で、日本語を話し、故郷と呼ばれるところは京都以外に知らないけれど、あんたは日本人じゃないから。

エミコは頭をかかえる。相手が見つかるかしら、それとも夜更けまでだれからも指名なしになるかしら。自分でも、どっちがいいのかわからない。

ローリーは、むかしからそういう道理だというけれど、今夜、エミコが自分は新人類だと明言したとき、新人類など見たこともなかったのに、ローリーは笑ってこういった。そうだろうとも、きみは特別だ。なに、新人類だってことは、つまりなんだってできるってことかもしれないぞ、と。そして、ぴしゃりとエミコの尻を叩き、ステージにあがって、今夜のきみがどんなに特別かを見せつけてやれといった。

エミコは、バーカウンターにできたグラスのあとを指でなぞる。ビアグラスが汗をかき、濡れた丸いあとをカウンターに残す。エミコの肌は男女の仲のようにつかみどころがなくて、触れた男にまるでバターのようにソフトだと思わせるオイルで磨きあげたように、すべすべした感触だ。これ以上ないほど柔らかな肌。人肌以上といってもいいかもしれない。なにしろ、体の動きはストロボライトでも当てられているようにギクシャクしていて違和感があっても、エミコの肌は完璧どころではない。増幅された視力をもってしても、彼女の皮膚にはほとんど毛穴が見あたらない。それほど小さくデリケートに、上等にできている。でもそれは、日本の金持ちが好む気候むきなのであって、この地に適したものじゃない。ここはエミコには暑すぎるし、彼女は発汗量が少なすぎる。

エミコは、自分は違う種類の動物なのだろうかと思った。毛がふわふわした心のないチェシャ猫だったら、もっと涼しいのかしら。それなら毛穴がもっと大きくて効率的で、肌はこれほど美しくなかっただろうからという理由ではなく、ただ単に、考えなくてすむから。どこかのいまいましい科学者が試験管のなかでDNAをミックスして肌をこんなにすべすべにし、あげくに体内に過剰な熱がこもる体を生み出してしまったがために、完璧に美しいけれども息が詰まりそうな肌に閉じこめられてしまったなんて知りたくなかった。

カンニカが、エミコの髪をつかむ。

とつぜんの乱暴にエミコはあえぎ、だれかに助けを求めようとしたが、ほかの客たちはそっぽをむいている。ステージ上の女たちに見とれているのだ。同僚たちは客にクメール・ウィスキーをついだり、男の膝にまたがり、腰を密着させながら相手の胸をなでている。どっちみち、彼女たちはエミコになんの愛も感じていない。気のいい子たちだって——タイ語でいう善意(ジャイ・ディー)があり、ときどきねじを巻いてくれる子たちですら——止めようとなんてしない。

ローリーはまたガイジンと話している。声をそろえて笑ったりしながらも、老獪(ろうかい)なその目はエミコを見て、彼女がどう出るかに注目している。

カンニカがまた髪を引っ張る。「バイ！」

エミコは逆らわずにバースツールをおり、ゼンマイ仕掛けのぎこちない足取りで、円形ステージへむかう。日本製のねじまき娘と、その乱れた不自然な足取りを指さして、男たちはみんな笑い声をあげた。生まれた国から移植され、生まれたときからひょこっと首をさげてお辞儀をするように仕込まれた自然界のできそこない。

エミコは、これから起きることから自分自身を切り離そうと試みる。そういうことには客観的であるようにしつけられているのだ。彼女を生み出し、しつけてきた養育所は、新人類が配されるさまざまな仕事――それがたとえ洗練されたものだったとしても――に対してまったく幻想を抱いていなかった。新人類は奉仕せよ、質問はするな。エミコは高級娼婦のように、独特の計算された動きで慎重にステージへと歩を進める。何十年もかけて、自分が受け継いだ遺伝子になじむ、美貌と異質さを強調した動きだ。ところが、客たちはさっぱり感心してくれない。ただのぎくしゃくした動きとしか見えないのだ。まるでジョークだ。異世界のおもちゃ。ねじまき人形。

エミコはしかたなくストリップを演じる。

オイルで磨き上げた肌にカンニカが水をかける。水はさながら宝石のようにエミコを輝かせる。乳首が硬くなる。頭上でグローワームが身をくねらせ、交尾期に発する燐光を放つ。男たちがエミコを笑いものにする。カンニカに尻を叩かれ、お辞儀をする。赤くなるほど強く尻を叩いて、カンニカはもっと深くお辞儀をしろと命じる。自分たちがなにか新しい拡張の先駆者になったとでも錯覚している、このチビの男たちに服従した態度を取れと。

男たちは笑い、手を振り、ウェイトレスを呼んでウィスキーのおかわりを注文する。隅に陣取ったローリーがにやにや笑っている。情けぶかい年配のこの伯父は、必死になっていくつもの国から暴利をむさぼっているこの新参者どもに、旧世界のやり方を喜んで教える。ひざまずけ、とカンニカが身振りでエミコに合図を送る。

快速帆船の乗組員のトレードマークである濃く日焼けをした黒髭のガイジンがかぶりつきでエミコを見る。エミコはその男の目を見た。男は、虫眼鏡で昆虫を観察するようにじろじろと見る。魅入られたように、それでいて忌まわしげに。エミコは思わずただの遺伝子操作によるゴミくずでも見るような目をしてないで、ちゃんとわたしを見なさいよ、と男に言ってやりたくなった。だが、そうするかわりに、服従の印にチーク材のフロアに頭がつくほど深ぶかとお辞儀をする。カンニカがタイ語で彼女の生涯を語って聞かせている。かつては金持ちの日本人の慰み者だったけれど、いまではわたしたちのものです、好きなようにおもちゃにし、壊したっていいんです、と。

そして彼女はエミコの髪をつかんで力まかせに引っ張りあげた。エミコは息をあえがせ、体を弓なりに反らす。髭男が、急な乱暴におどろいて、へりくだるエミコを見ているのがちらっと視界にはいる。客席が見える。天井のケージのなかにはグローワーム。カンニカはエミコの髪をうしろへ引っ張る。柳のようにしなやかに体を反らすと、客席にむかって胸を突き出す形になり、さらに引っ張られると、倒れないように踏ん張ったために大きく股を開かざるを得ない。頭がステージにくっつく。その体は完全な弧を描く。カンニカがなにかいうと、客席がどっと沸いた。背中と首がとてつもなく痛い。客たちの視線が集まるのが感じられた。エミコは体をもてあそばれているようだった。一糸まとわぬ姿で。

全身に液体がそそがれる。

立ちあがろうとしても、カンニカに押さえつけられ、また顔にビールをかけられる。エミコは息ができなくて泡を吹き、あえぐ。ようやくカンニカが手を離し、エミコは咳きこみながら勢いよく体を起こす。泡立つビールがあごを伝って首もとから胸へ流れ、下半身へとしたたり落ちる。

だれもが笑っている。サエンが手回し良くビールのおかわりを持っていくと、髭男はにたにた笑いながらチップをやった。パニックに陥ったエミコが全身をわななかせ、肺にはいったビールを咳きこみながら吐き出すのを見て、みんな爆笑している。いまやエミコはぎくしゃくと動く操り人形（ヒーチー・キーチー）のようだ。養育所時代に女教師の水見（みずみ）先生に仕込まれた優雅さなどかけらもない。もうその動きにはエレガンスも慎重さもない。彼女のDNAの秘密は無情にも満場にさらけ出される。

咳が止まらない。ビールが肺にはいっていまにももどしそうだ。手足がぶざまに痙攣し、だれが見ても正体が明らかだ。やっとのことで息をつき、痙攣をおさえることができた。ふたたびひざまずいて静かに、つぎの暴力を待つ。

日本では、彼女は驚異だった。ここでは、ただのねじまき娘にすぎない。おかしな歩き方を嘲笑し、彼女の存在そのものに不快そうに顔をゆがめる。彼らにとって、エミコは存在すべからざる生き物なのだ。タイ人たちは、平気な顔で彼女をメタンの合成プールに沈めるだろう。エミコとアグリジェン社のカロリーマンに出くわしたら、タイ人がどっちを先に始末するか知れたものではない。おまけに、ガイジンもいる。グラハマイト派教会の信者になっているガイジンは、いったい何人ぐらいいるのだろう。グラハマイト派は、エミコに代表される自然を冒瀆するすべての存在を破壊することに命をかけている。こうして彼女が冒瀆されているときは、彼らも人並み以上に満足げにすわって楽しんでいるのだが。

カンニカがふたたびエミコにつかみかかる。こんどは彼女も裸で、手には翡翠の張形をもっている。エミコをあおむけに押し倒す。「手を押さえて」という彼女の指示に、男たちが夢中で手を伸ばしてエミコの手首を押さえた。

カンニカに強引に脚を開かせられ、エミコは悲鳴をあげる。顔を背け、蹂躙されるのを覚悟で待つ。だが、カンニカは相手が回避策をとったことを見てとると、片手で顔をつねって、自分の行為にエミコがどう反応するか男たちに表情が見えるようにした。

男たちがカンニカを急かし、声援をはじめる。タイ語のカウントダウンがはじまった。

ヌン！　ソーン！　サム！　スィー！

カンニカは、しだいに男たちのカウントダウンが勢いづくままにした。男たちの体が汗ばみ、目を凝らし、入場料を払ってるんだからもっと見せろと叫ぶ。エミコを押さえつける男たちの数はふくらむいっぽう。エミコは手足の自由を封じられ、カンニカのなすがままだ。悶え、全身をがくがくと震わせて痙攣している。ねじまき人形独特の動きだが、カンニカの行動によってエスカレートする。男たちは笑い声をあげ、ぎくしゃくしたおかしな動きをはやし立てる。

カンニカが、エミコの股間に突き立てた翡翠の張形に手を添え、クリトリスをもてあそぶ。エミコはますます恥ずかしくなって、ふたたび顔をそむけようとした。男たちが彼女を取り囲み、凝視している。その背後にも男たちが寄り集まって、ひと目でも見ようと首を伸ばしている。エミコがうめく。カンニカは、心得たように低く笑った。男たちになにかいって、手の動きを加速する。エミコのひだを指でいじる。思わず体が反応し、エミコはうめく。声をあげる。背をそらす。体が設計通りに反応する——試験管ベイビーを生み出した科学者たちの思惑通りに。どんなにイヤだと思っていても、エミコにはどうしようもない。科学者は、エミコに小さな反抗の余地すら許してくれないだろう。エミコは絶頂に達する。

男たちのあいだからどっと称賛の声があがり、オーガズムをむかえたエミコの体が異様なほど痙攣するのをあざ笑った。カンニカがその動きを指さす。「ほらね？　ごらんなさいよ、この獣を！」とでもいうように。そして、膝をついてエミコの顔を見下ろすと、しゃがれた声でこういった。やっぱりおまえには価値がないのよ。これからも、いつまでも。

汚い日本人はこういう目にあえばいいんだ、と。

エミコは、自尊心のある日本人ならぜったいにこんなことはしないといってやりたかった。カンニカがもてあそんだのは、使い捨ての日本のおもちゃよ——松下製の使い捨てリキシャ用ハンドルグリップのようなもので、日本人が作ったつまらない人形よ、と。でも、以前そう反論したときは事態をこじれさせただけだ。黙っていれば、じきにこの虐待も終わるはず。

たとえエミコが新人類でも、世の中はそうは変わらない。

イエローカードの苦力(クーリー)たちが、大型ファンをクランクで動かし、クラブじゅうに空気を送りこんでいる。顔から汗がしたたり落ち、背中も滝の汗で光っている。カロリーはあっというまに燃え尽きて消費されるのだが、それでもクラブは午後の日差しの名残でいまだに焼け付くような暑さだ。

エミコはファンの横に立って、できるかぎり涼もうとしている。客に酒を出すのをひと休みしているので、またカンニカに見つからないよう祈るばかりだ。

カンニカはエミコをつかまえるといつも、男たちが余すところなく彼女を観察できる場所へ引っ張りだす。日本製ねじまき人形の歩き方をやらせ、その型どおりの動きを強調させる。右をむけ、左をむけと指示を出し、それを見て男たちは声高にエミコをバカにする。

だが口には出さなくても、みんな仲間たちがいなくなったらこの娘を買おうと思っているのだ。

メインルームの真ん中では、男たちがパーシン・スカートと短いジャケット姿の娘たちをダンスフロアに誘い出し、バンド演奏にあわせて寄せ木の床の上で踊る。ローリーが自分の思い出の海から引き上げて、伝統的なタイ楽器用に作り替えた歌で、過去が溶けこんだような不思議な暗さがあり、金色がかった髪と大きな丸い目をした彼の子供たちのように異国的な歌だ。

「エミコ！」

エミコは縮みあがった。ローリーだ。オフィスのほうへ手招きしている。男たちが、バーを通過する彼女のぎこちない動きをじっと見つめている。手をからませ、ぴったり身を寄せて客といちゃついていたカンニカが目をあげる。通りすぎるエミコにうっすらと笑いかけた。この国へ来たばかりのころ、エミコはタイ人には三つの微笑があるといわれた。カンニカの微笑には、好意はひとつもなさそうだ。

「早く来い」ローリーがじれたようにいう。先に立ってカーテンをくぐり、女たちが商売用の服に着替える廊下を先へと進んで、奥のドアのむこうへはいる。

オフィスの壁には、三世代にわたる記念品がずらりとならんでいる。町中に電気の明かりがあふれていた時代のバンコクを撮影した黄ばんだ写真から、北方の野蛮な山岳民族の伝統衣装に身を包んだローリーの写真まで、なんでもござれだ。ローリーは、一段高くなったところにあるクッションに横になるよう、エミコを促す。ローリーが自分の仕事を片づける場所だ。そこにはすでに別の男が寝ころんでいた。青い瞳と金髪の長身の男で、首にはひどい傷がある。

エミコが部屋にはいってくると、男はぎょっとした。「なんだこれは。ねじまき人形だなんて言ってなかったじゃないか」

ローリーはにやりと笑って自分用のクッションに腰をおろす。「きみがグラハマイト派だとは知らなかったな」

その皮肉に、男はもうすこしで笑うところだった。「こんな危険物を飼っておくとはね。きみは瘤病をもてあそんでるのか、ローリー。白シャツ隊がどこにいてもおかしくないのに」

「こっちが賄賂を払っているかぎり官僚は鼻も引っかけませんよ。このあたりをパトロールしてる連中は、バンコクの虎じゃありませんからね。小遣い稼ぎをして、夜は眠っていたいと思っているだけです」ローリーは高笑いする。「環境省に目こぼししてもらうほうが、この娘に氷を買ってやるより安くつくぐらいだ」

「氷？」

「毛穴の構造がまずくてね。オーバーヒートするんです」ローリーは顔をしかめる。「わかってたら買わなかったでしょうが」

部屋にはアヘンのにおいが充満している。ローリーはパイプにせっせと新しいアヘンを詰めた。アヘンのおかげで若くて元気でいられるんだと本人は主張するが、じつは東京に通って源道さまとおなじ若返り治療を受けているのだろうとエミコは思っている。ローリーはアヘンをランプの上にかざす。熱で溶けてじゅうじゅういい出すと、ローリーは針に刺したアヘンの玉をひっくり返し、粘りけが出るまでヤニをこねてから、手早くまた丸めてパイプに詰めこむ。パイプをランプにかざして深々と吸いこみ、煙を吐き出す。目を閉じて、白人のほうに差し出す。

「いや、けっこう」

ローリーは目をあけて笑った。「ためしてみるべきですよ。疫病にかからないもののひとつだし。わたしはツイてましたね。この年でアヘンをやめるなんて想像もできない」

男は返事をするかわりに、薄青い目でエミコを観察する。まるで細胞一個一個を分解されるような落ち着かない感じがする。視線で裸にされるなら、日常の経験だけれど、これはまた違う。男の視線が肌の隅ずみまでなめまわし、エミコの体をがっちりとらえ、貪欲そうに、そのくせ軽蔑するような目でねめつける――この客は違う。医者が診察するように客観的に観察している。エミコを抱きたくてたまらない気持ちがあるとしても、うまく隠している。

「この女なのか?」

ローリーはうなずく。「エミコ、こちらの旦那に、あの晩の客のことを話してさしあげろ」

エミコは困惑顔でローリーをうかがう。この金髪のガイジンはクラブで見たことのない顔だ。それはまずまちがいない。すくなくとも、彼女がステージに出演しているときには見かけたことがない。ウィスキーを出したこともない。記憶を絞り出した。そうよ。見たことがあるならおぼえているはずだ。ちらちら揺れるキャンドルでも、この男の日焼けした顔ははっきり見分けがつく。それに、異様なほど淡い色のブルーの瞳は人を落ち着かない気分にさせる。こんな客を忘れるわけがない。

「さあ早く」ローリーが促す。「わたしに言ったことをいえばいい。例の白シャツのこと。おまえがいっしょに行った子供のこと」

ふだんのローリーは客のプライバシーに極端にうるさい。プロエンチットのタワーに出入りするところを見られないようにするためだけに、一ブロック離れた通りの下からつづく客専用の階段を作ろうかという話まで出たぐらいだ。それがいま、エミコにそこまで話せといっている。

「子供?」エミコはオウム返しにいって時間を稼ぐ。客のプライバシーや白シャツのことまで話せとせっつくローリーの真意が読めない。ふたたび見知らぬ客のほうをうかがう。

この男は何者で、パパさんのどんな弱みをにぎっているのだろう。

「いいから話せ」ローリーがじれったそうにアヘン用のパイプを噛みしめ、またランプにかざして吸った。

「白シャツでした」エミコは切り出す。「ほかの役人といっしょにやってきて……」

その男はこの店は初めてで、仲間に連れられてやってきた。みんな笑いながらその男をそそのかし、ただでビールを飲んだ。ローリーは役人に飲み代を要求するほどバカじゃない。便宜を図ってもらえるなら酒代など安いものだ。その若い男は酔っぱらい、エミコを冗談の魚にして大笑いしていた。そして、同僚たちのさぐるような目を盗んでひとりでこっそり帰っていった。

白人の男は渋い顔をした。「彼らはきみを相手にするのかね？　きみの同類と？」

「はい」エミコはうなずいた。相手にさげすまれていることなどなんとも思っていないふりで。「白シャツ隊もグラハマイト派もです」

ローリーが低く笑う。「セックスと偽善ってやつは、コーヒーとクリームぐらいよく似合うんですよ」

男は鋭くローリーを一瞥する。あの薄青い目にこもった嫌悪感が、パパさんには見えているのだろうか、それともアヘンで陶酔状態になっているから気づかないのだろうか、とエミコは思う。青白い男は身を乗り出して、ローリーの言葉をさえぎる。「で、その白シャツはきみになにを話したんだ？」

いま一瞬、興味をそそられたように思えたが？　この男、わたしに魅力を感じたのだろうか？　それとも、わたしの話の内容に引きつけられただけ？

思いがけず、エミコは相手に気に入られたいという遺伝子レベルの欲求が頭をもたげるのを感じた。捨てられてからずっと感じたことのない気持ちだ。この男には、どこか源道さまを思い出させるところがある。青いガイジンの目はまるで化学薬品のプールのようだし、顔は白塗りの歌舞伎役者のようだが、この男には存在感がある。いかにも権力者然とした雰囲気で、ふしぎと安心させてくれる。

あ
なたはグラハマイトなの？　エミコは思う。わたしを利用して、そのあと捨てるの？　美男ではない。日本人でもない。名もない男だ。それなのに、そのぞっとする目は、源道さまがそうだったように、エミコを引きつけて離さない。

「なにを知りたいんですか？」エミコはささやくようにたずねた。

「その白シャツは、遺伝子操作のことをなにか話しただろう」ガイジンがいった。「おぼえているかね？」

「はい。おぼえています。たしかとても自慢そうでした。新しく作った果物を一袋持っていて。女の子全員にあげてました」

ガイジンはますます興味を示す。エミコは胸が熱くなった。「どんな果物だった？」

「赤かったと思います。それで……糸がついていて。長い糸が」

「緑色の毛だな？　このぐらいの長さだったか？」指で一センチを示す。「ちょっと太めの？」

エミコはうなずく。「そう。そうでした。名前はンガウだそうです。伯母さんが作ったんだといって。王国のために寄与したのだから子供女王の守護者ソムデット・チャオプラヤによって功績を認められるだろうって。伯母さんのことをとても自慢してました」

「で、きみはその男とセックスしたのか？」相手はずばりと訊いてくる。

「ええ。でもあとになってからです。仲間の白シャツ隊がみんな帰ってしまってから」

白人はじれったそうにかぶりを振った。ふたりの関係の細部などどうでもいい。少年の不安げなまなざし、どうやってママさんに近づき、どうやってエミコを上階の部屋に行かせて、だれにも関係を知られない安全な時間に会いに行く算段をしたのかが知りたいのだ。

「その伯母さんのことで、ほかになにか話したか？」

「大臣のために摘んでるということだけです」

「ほかにはなにも？　収穫場所も訊いてないかね？　試験農場の場所とか、そういうことは？」

「なにも」

「それだけ？」ガイジンはじれた様子でローリーをちらっと見やった。「わたしをここまで連れてきて、これだけか？」

ローリーがはっとして、「西洋人（ファラン）のことを」と促した。「ファランのことを話してさしあげろ」

エミコは困惑を隠しきれない。「え？」伯母の自慢をしていた白シャツの少年を思い出す。ンガウを生み出した功績で褒美をもらい地位もあがりそうだといっていただけで、ファランの話はなにも出なかった。「わかりません」

ローリーは顔をしかめてパイプを置いた。「遺伝子操作をするファランの話をしていたといったじゃないか」

「いいえ」エミコは首を横に振った。「外国人のことはなにもいっていませんでした。すみません」

傷のあるガイジンは苛立ちもあらわに顔をしかめる。「時間の無駄にならないネタを入手したら知らせてくれ、ローリー」帽子に手を伸ばし、立ちあがりかけた。

ローリーがエミコをにらみつける。「ファランの遺伝子加工師（リッパー）がいるといっていただろうが！」

「いいえ……」かぶりを振ろうとして、エミコは、「待って！」とガイジンを手で押しとどめる。「待ってください。お願いです。ローリーさんがいってることがわかりました」

指先が腕をかすめると、ガイジンはあわてて手を引っこめる。さもいやそうな顔で退いた。

「お願いです」エミコは訴える。「わたしに理解力がなかったんです。あの少年はファランのことはなにもいってませんでした」確認するようにローリーを見た。「そういうことなんでしょう？　あの妙な名前のことですよね？　外国の名前かもしれないって。タイの名前でも、中国やホッキエンでもなかったし……」

ローリーが割ってはいる。「わたしに話したことを話しなさい、エミコ。それだけでいい。この方にすべて話すんだ。細かい点までなにひとつ残さずに。客と別れた後、わたしに話したことをそっくりそのままに」

そこでエミコは言われたとおりに話す。ガイジンがすわりなおし、疑わしげに耳を傾けるなか、彼女はすべてを話す。少年が緊張したようすで、まともに目を見ることもできなくて、そのくせ目をそらせもしなかったこと。勃起しそうになくて、おしゃべりしながらエミコが服を脱ぐのを見ていたこと。伯母の自慢をして、売春婦相手、しかも新人類の売春婦相手に自分を大物に見せようとしたこと。エミコにしてみれば、それはひどく奇妙でばかげて見えたのだが、そんなふうに思っていることはおくびにも出さなかった。そして最後に、ローリーが満足げににんまりと笑い、青白い傷の男が目を丸くするくだりだ。

「少年がいうには、ギ・ブ・センという男が遺伝子の青写真を渡した。でも彼はしょっちゅうだまそうとしていた。だが、伯母さんがからくりを見破ってからは、ンガウの収穫に成功するようになったのだ。ギ・ブ・センはンガウの収穫にはほとんど手を出していないといっていい。結局、すべては伯母の働きだ」エミコはうなずいて、「そういったんです。このギ・ブ・センという男は自分たちをだましているけれど、伯母さんは頭がいいからひっかからなかったって」

傷のある男はしげしげとエミコを見た。冷たい青い目。死体のように血の気のない肌。「ギ・ブ・センか」男はつぶやく。「その名前に間違いはないな？」

「ギ・ブ・センで間違いありません」

男は考えこむようにうなずいた。ローリーがアヘンを温めるのに使ったランプがぱちぱちと音を立てて消える。はるか眼下の街路では、深夜の水売りが客を呼びこんでいる。その声が開け放った鎧戸と網戸越しにふわふわと漂いこんでくる。なにやら考えこんでいたガイジンがその声ではっと我に返った。いま一度、薄青い目でエミコを見据える。「その客がまた来たら、ぜひ知らせてほしい」

「すんでから、恥ずかしがってました」エミコは頬に手をやった。薄くなってきてはいるものの、あざを化粧で隠している。「きっともう――」

ローリーが割ってはいる。「裏を返さないとかぎったこともないよ。たとえ罪悪感を感じていたとしてもね」少年は二度と来ることはないだろうが、来ると思わせておけばガイジンさんがお喜びだ。そしてローリーもご機嫌。ローリーはエミコのパトロンなのだから、逆らってはいけない。信念をもって賛同しなければ。

「ときにはね」なんとかそういうのが精一杯だ。「ときにはまた来てくれるお客さんもいますから。たとえ罪悪感をもっていても」

ガイジンはふたりを見比べた。「彼女に氷水を持ってきてやったらどうかね、ローリー」

「つぎの回まであまり時間がないんですよ。もうじき出番なんです」

「損失は、わたしがカバーしてやる」

ローリーはいかにもこの場を離れたくないというふうだったが、抗議するようなバカではない。むりやり笑顔をこしらえて、「いいでしょう。じゃあ、ふたりでおしゃべりでもどうぞ」エミコに意味ありげな視線を投げかけて、ローリーは席をはずす。このガイジンを誘惑しろということだなとエミコは承知した。彼をぎこちないセックスに誘いこんで種の境目を超越させる。そして、話を聞き出してローリーに報告しろということだ。どの女たちもいわれていることだが。

エミコはガイジンに身を寄せて、あらわになった肌を見せつけた。ガイジンがエミコの肌を目で追って、太ももからパーシン・スカートの奥へと視線を落とす。ヒップの線がくっきり浮いていた。ガイジンは目をそらす。エミコはじれったさをひた隠しにする。わたしに興味があるの？　浮き足立っているの？　それとも嫌気がさしているの？　それがわからない。たいていの男は、もっとわかりやすい。態度に出る。すごく単純なパターンに当てはまる。この人は新人類が嫌いでたまらないのだろうか、それとも若い男が好きなタイプ？

「どうやってここで生き延びてきたんだね？」ガイジンがたずねる。「とっくのむかしに白シャツ隊に処分されていたはずなのに」

「お金ですよ。ローリーさんがお金を出し惜しみしないかぎり、白シャツ隊は見て見ぬふりをしてくれますから」

「で、きみはよそにも住むところがあるのか？　そこの家賃もローリーもちかね？」エミコがうなずくと、ガイジンはいった。「さぞかし高いんだろうな？」

エミコは肩をすくめる。「ローリーさんは、わたしの借金として帳簿につけてます」

呼ばれたかのように、ローリーが氷水を持ってもどってくる。ガイジンはローリーが室内にはいってくると口をつぐみ、ローテーブルにグラスを置くのをじれったそうに待つ。ローリーはぐずぐずしていたが、傷のある男が声もかけてこないので、お楽しみをとかなんとかもごもごつぶやいてまた出ていく。その後ろ姿を見送りながら、このガイジンにどんな弱みをにぎられているんだろうとエミコは思う。目の前のコップが汗をかいて、彼女の気をそそる。ガイジンがうなずいて見せたので、エミコはグラスをとって喉を潤す。我を忘れて、あっというまに飲み干してしまった。冷たいコップを頬に押し当てる。

傷のある男はじっと見ていたが、「きみは熱帯用に作られてはいないんだな」といった。

身を乗り出して、彼女の肌を上から下へとじろじろながめる。「おもしろい。きみを設計したやつは、毛穴を修正したようだ」

エミコは見つめられて気持ちが悪いという感情と闘う。覚悟を決めて男にしなだれかかる。「毛穴が小さいほうが肌がきれいでしょう。すべすべして」膝の上までパーシンをまくりあげ、太ももをあらわにする。「さわってみます？」

男は問いかけるような目をむける。

「どうぞ」エミコは了承の印にうなずいた。

男は手を出してエミコの肌をそっとなで、「きれいだ」とつぶやく。

その声を聞いて、エミコは満足感にあふれた。束縛を解かれた子供のように、男は目を大きく見開いて、咳払いをする。

「肌が焼けそうに熱いな」

「はい。おっしゃるとおり、わたしはここの気候むきに設計されていませんので」

いまや男はエミコの体の隅ずみまで点検している。その目が物欲しげに全身をなめまわす。目でむさぼり食おうとしているようだ。ローリーの作戦が図に当たった。「わからないではないな」男はいう。「きみのモデルはエリート専用にちがいない……エリートなら気候調節システムをもっているだろうし」さらにしげしげとながめながらうなずく。「彼らにとっては、代償を払うだけの価値があるんだろう」

男はエミコを見上げる。「実下戸かね？　きみはミシモトのものだったのか？　外交交渉ではいってきたはずはない。王室の宗教的スタンスがあるかぎり、政府は頑としてねじまき人形を国内に入れないし――」しっかりとエミコの目をとらえる。「きみはミシモトに捨てられたんだな？」

エミコは急にこみあげてきた屈辱と闘う。それはまるで、ガイジンが彼女を真っ二つに切断して、チビスコシス病の医療技術者が遺体の腹に手をつっこんで内臓をかきまぜ解剖するのに似ている。エミコはコップを慎重にテーブルにもどした。「あなたは遺伝子リッパーなのですか？」とたずねる。「だから、わたしのことをそんなによくご存じなの？」

興味津々で目を見開いていたのが、一瞬で計算高い笑みを浮かべた表情に一転する。

「というより、むしろ趣味でね。良ければ遺伝子スポッターと呼んでくれ」

「ほんとに？」男に対する軽蔑をすこしばかりのぞかせる。「でも、ミドウェスト・コンパクトの人じゃないわよね？　会社の人ではないんですね？」身を乗り出し、「ひょっとして、カロリーマンとか？」

最後のひと言はささやくような小声だったが、効果は絶大だ。男はぎょっとして身を引いた。凍りついたような笑みを浮かべたままだが、その目はコブラの力を見定めようとするマングースさながらにエミコを値踏みしている。「これはまたおもしろいことをいうな」

屈辱を味わわされたあとだけに、警戒心をこめて凝視されるのはむしろ歓迎だ。運が良ければ、このガイジンは彼女を惨殺して、それで終わりにしてくれるだろう。すくなくとも、そうすれば彼女は休める。

相手が殴りかかってくるのを期待して、エミコは待つ。新人類に侮辱されて、それを許す人間はいない。水見先生には、人に逆らうような態度はぜったいにとってはいけないときつく教えられた。地位が上の人間が望むなら、服従し、平身低頭し、命令される立場を誇りに思えとしつけられた。遠慮なしに経歴をさぐられ、自制心を失ったのは恥ずかしいけれど、だからといって相手につっかかり、嚙みついていいという理由はひとつもないと、水見先生ならいうだろう。でも、もうどうでもいい。やってしまったことだし、エミコは心の中ではもう死んだも同然と思っている。相手がよこせという代償をいくらでも喜んで支払おう。

ところが、「少年との一夜のことをもう一度話してくれ」と男はいった。その目には怒りの色はなく、かわりに、かつて源道さまが見せたとらえどころのない表情が浮かんでいる。「全部聞かせてほしい。いますぐに」鋭い口調で命令する。

エミコは抗いたいと思ったけれど、生まれついての新人類の従順さはあまりにも強く、反抗心を恥と思う気持ちは圧倒的だ。この男はおまえのご主人さまじゃないのよ、と自分に言い聞かせても、男の命令口調を聞くと、相手を喜ばせなければという欲求で居ても立ってもいられなくなるのだ。
「彼が来たのは先週で……」ふたたび、白シャツ隊員との一夜を詳細に振り返る。そのむかし源道さまに三味線を弾いてあげたように、このガイジンを喜ばすための話を紡ぎだす。まるで必死になって主人に仕える犬みたいだ。あんたなんか瘤を食ってくたばれといってやれたらどんなにいいだろう。でも、それはエミコの本質ではなかった。彼女は話をし、ガイジンは聞き役にまわる。

男はおなじことを何度も繰り返させ、つぎつぎと質問をする。とっくに忘れていると思うような細かい点にもどる。執拗に、話の矛盾を突き、説明を求める。質問は巧みだった。船が予定どおりに到着しないと、源道さまも、こんなふうに配下の者たちを問い詰めていたものだ。彼はジーンハック・ゾウムシのように、言い訳を穴だらけにしてしまった。

ようやく、ガイジンが首を縦に振って満足した。「いいだろう。たいへんよろしい」そうほめられて、エミコは一気に喜びがこみあげるのを感じ、そういう自分を軽蔑する。ガイジンはウィスキーを飲み干すと、ポケットに手を入れて札束を出し、数枚の札を抜いて席を立つ。
「少しばかりだが、きみにだ。ローリーには見せるなよ。帰るまえに、彼には支払いをすませておくから」

本来なら感謝すべきところだが、エミコは利用されたと思う。偽善的なグラハマイト派や環境省の白シャツ隊どもが、エミコの生物学的な異常をものともせず、どいつもこいつも汚れた生物とのセックスの喜びを味わおうとするのとおなじように、質問と言葉を駆使したこの男に利用された気がする。

エミコは札を指でつまんだ。ものをもらったらお礼をいうようにしつけられているのに、男が満足げな顔で札びらを切ったことが気にさわる。

「こんなチップをもらってどうしろというの？　きれいな宝石でも買う？　ひとりでディナーに行けって？　わたしは財産なのよ。ローリーの持ち物なの」札を男の足下に投げ捨てる。「金持ちだろうと貧乏だろうと、わたしにとってはおなじことです。人に所有される身なんだから」

男は引き戸に片手をかけて立ち止まる。「じゃあ、逃げ出せばいい」

「どこへ？　わたしの輸入許可証は期限切れです」苦い笑みを浮かべる。「ローリーさんの保護とコネがなければ、白シャツ隊に葬り去られてしまいます」

「北部へ逃げる気はないのか？」男がたずねる。「あっちにいるねじまきたちのところへ」

「ねじまきが？」

男はかすかに微笑する。「ローリーから彼らのことを聞いてないのか？　高山地帯にねじまきたちの領土があるんだよ。石炭戦争から逃れて解放された連中のね」

エミコがぽかんとしているのを見て、男は先を続けた。「そこにはれっきとした村がいくつもあって、ジャングルで自給自足の生活をしている。貧しく、遺伝子操作で死にかけている。メコン川のむこうのチャンライより奥地だ。しかし、そこに住むねじまきたちにはパトロンもいなければ所有者もない。石炭戦争はまだ終わっちゃいないが、いまの居場所がそれほどいやなら、ローリーよりもそっちを選ぶという手もあるだろう」

「ほんとうですか？」エミコは身を乗り出した。「そんな村、ほんとうにあるんですか？」

男は薄ら笑いした。「わたしの話が信じられないなら、ローリーに訊いてみるといい。自分の目で見たことがあるはずだよ」言葉を切って、「とはいっても、きみに話してもあまり得になるとは思わんだろうな。首輪をはずして逃げろというのも同然だし」

「ほんとうの話なんですね？」

ふしぎな白人男は帽子を軽く傾ける。「すくなくとも、きみが話してくれた話とおなじくらいにはね」引き戸をあけてすっと外へ出る。ひとり残されたエミコは、とつぜんこみあげてきた生きる衝動に胸を高鳴らせていた。

4

「五百、千、五千、七千五百……」

自然界のあらゆる汚染から王国を守るのは、網で大洋をすくおうとするようなものだ。たしかに、あるていど大量の魚を捕らえることはできるだろう。だが、大海原はそれでも変わりなく常に悠然と波打っている。

「一万、一万二千五百、一万五千、二万五千……」

うだるように暑い深夜に、ファランの飛行船の巨大な腹の下に立ち、ジェイディー・ロジャナスクチャイ隊長はこのことをいやというほど意識する。頭上では飛行船のターボファンが激しく回転して強い風が渦巻いている。積み荷があたりにちらばり、子供のおもちゃ箱をひっくり返したみたいに粉ごなになった形も大きさもさまざまな荷箱(クレート)から中身がこぼれて散乱している。種々雑多な貴重品や金製品が一面にころがっていた。

「三万、三万五千……五万……」

周囲に三百六十度広がる改修がすんだばかりのバンコクの軍用飛行場を、ミラータワーの上から高輝度メタンランプが照らしている。無数のアンカーパッドがある広大な敷地には巨大なファランの飛行船が空高く点々と浮かび、はずれのほうはハイグロウ・バンブーと国境を意味するとおぼしき寄り合わせた有刺鉄線で仕切られている。

「六万、七万、八万……」

タイ王国は飲みこまれかけている。部下たちが作った残骸をぼんやりとながめていると、それが目に見える。ほとんどのクレートの中身は問題のある品物だ。だがじつはクレートは象徴で、問題は国中にある。ケミカル・バスはチャタチュクの市場で闇取引されているし、夜中に船に新世代パイナップルを満載してチャオプラヤ川をさかのぼっていく者もいる。アグリジェン社やパーカル社によって遺伝子情報を書き換えられた最新の花粉が風に乗って常時マレー半島から流れこみ、チェシャ猫たちはゴミだらけの路地(ソイ)を抜けて、チンチョック2・ヤモリはヨタカやクジャクの卵を餌食にする。象牙甲虫たちはカオヤイの森林地帯を蹂躙し、バンコクの野菜や人びとはチビスコシス糖、瘤病、そしてファガン・フリンジにおそわれた。

そのすべてを飲みこむのは海だ。まさに生命をはぐくむ海。

「九万……十万……十一万……十二万五千……」

プレムワディー・スリサティやアピチャット・クニコーンなどの賢人は最善の予防策を論じ、先進の遺伝子操作変異技術に対抗して国境線に紫外線殺菌バリアを張るメリットを論じているが、ジェイディーには彼らは理想主義に見える。海はそんなバリアをものともしないからだ。

「十二万六千……十二万七千……十二万八千……十二万九千……」

ジェイディーはカニヤ・ティラティワットの肩越しに首を伸ばして、彼女が賄賂を数えるのを見守る。税関の検査官が二名、かたわらにかしこまって控え、上官がもどってくるのを待っている。

「十三万……十四万……十五万……」カニヤは抑揚のない声で数えあげていく。金銭を称え、堕落への道をたどり、歴史ある国で新しいビジネスを興す者の凱歌だ。カニヤの声は明瞭でよく通る。彼女が読みあげる金額はいつも正しい。

ジェイディーはにんまりと笑った。ちょっとした善意の贈り物にはなんの害もない。

二百メートル離れた隣のアンカーパッドで、飛行船の下部から荷物を引きずり出し、通関のために積み直す作業をさせられているメゴドントの叫び声が聞こえる。空に浮かぶ巨大な飛行船を安定させるために、ターボファンが轟音をあげて空気を送る。気嚢（のう）が傾き、回転する。砂混じりの風とメゴドントの糞の臭いが、整列しているジェイディー配下の白シャツ隊に吹きつける。カニヤは数えていたバーツ札を片手でおさえる。他の部下たちは、なにごともなかったかのように、いつでもマチェーテを手に取れる体勢で風に吹かれている。

ターボファンの風音が静まる。カニヤは動じることなく勘定を続ける。「十六万……十七万……十八万」

税関職員たちが汗をかいている。夏だからといってこんなに大量の汗をかくはずはない。ジェイディーは汗をかいていない。もっとも、最初からふっかけられていただろう額の倍も支払わざるをえないのはジェイディーではないわけだが。

ジェイディーは彼らが気の毒になる。気の毒に、連中は上層部のだれが異動になったのかも、支払った金が目当ての人間に届いたかも、ジェイディーが新権力の側の人間なのかその対抗馬の人間なのかもわかっていない。役人としてどのランクの人間で、環境省にどのくらいの影響力があるのかも知らない。だから金を出すのだ。こんな短時間に彼らが金を調達できたのはジェイディーにとって予想外だった。彼が白シャツ隊を引き連れていきなり税関に乗りこんできてその場を掌握したのが、彼らにとって予想外だったように。

「二十万」カニヤがジェイディーを見上げる。「全額そろってますね」

ジェイディーはにやりと笑う。「だから彼らは払うといっただろう」

カニヤは真顔だったが、ジェイディーは気にしない。暑くて良い夜だし、大金をせしめたうえに税関職員が冷や汗をかくのを見られるというおまけまでついた。カニヤは、幸運にめぐまれたからといっていつも簡単にはよろこばない。若いころの経験のせいで、よろこぶという感情を味わえなくなった。北西部の飢饉で両親や兄弟を失い、苦労してクルンテープへやってきた。その途中のどこかでよろこぶという能力を失ったのだ。彼女はよろこび(サヌーク)を味わうことができない。通産省に徹底捜査にはいるとか、年賀のソンクランのような祝祭ですら楽しむことができない。そんなカニヤが通産省から二十万バーツを受け取っても、札束についたアンカーパッドのほこりをはらっただけでニコリともしなかったからといって、ジェイディーが気を悪くすることはない。カニヤは楽しみと無縁であり、それが彼女の運命(カルマ)なのだから。

　とはいいながら、ジェイディーは彼女に哀れみを感じる。最下層の貧民でも笑顔になることはある。カニヤはといえば、ほとんど笑わない。これはきわめて異常だ。恥ずかしいとか、苛立たしいとか、腹が立つとか、うきうきするとか、どんなときも笑顔を見せないのだから。カニヤは人づきあいの才能をまったく欠いていて、相手はいっしょにいるといたたまれない気持ちになる。だから、とうとうジェイディーの部署にまわされてきたのだ。ジェイディー以外のだれも彼女を引き受けたがらなかったから。ジェイディーとカニヤはおかしなふたりだ。いつもなにかしら笑いの種を見つけるジェイディーと、翡翠(ひすい)から切り出したように冷たい表情を崩さないカニヤ。よくやったというかわりに、ジェイディーはまたにやっと笑う。「では、撤収しようか」

「これは越権行為では」税関職員のひとりがぼそっとつぶやく。

ジェイディーは平気な顔で肩をすくめる。「タイ王国に危機が及ぶとなれば、環境省の管轄権はすべての場所に及ぶんだよ。それが女王陛下のご意志だ」

視線こそ冷徹そのものだが、男はむりやり感じの良い笑顔を浮かべた。「わたしのいいたいことはわかるはずだが」

ジェイディーは笑顔で相手の皮肉をかわした。「そんなみじめな顔をするなよ。なんならこの倍額を要求することもできたんだぞ。それでもそっちは払っただろう」

カニヤが金をしまっているあいだに、ジェイディーはマチェーテの先っぽで木箱の残骸をかき分ける。「見ろよ。どれもこれも守らなければならない大事な積み荷だぞ！」着物の束をひっくり返す。日本人経営者の妻かだれかに送られるべきものだろう。自分の月給より高そうな下着をかき分ける。「こんなものを全部仕分けするなんてうんざりする仕事はやりたくないな。どうだね？」にやっと笑ってカニヤに視線をむける。「ほしいものがあるか？　ほんものの絹だよ。日本じゃいまだに生糸を生産してるんだ」

カニヤは札束から目もあげない。「サイズが合いません。日本人の妻たちはみんな、アグリジェン社との契約で遺伝子操作されたカロリー食品を食べて太ってますから」

「盗みまで働く気ですか？」礼を失しないこわばった笑顔の裏に怒りを隠して、税関職員がいう。

「そんなつもりはないさ」ジェイディーは肩をすくめる。「うちの部下は日本人より趣味がいいらしい。なんにしても、きみたちに損はさせない。約束するよ。いまは、ちょっと不都合をがまんすればいい」

「で、損害はどうなる？　どう説明すればいいんです？」もうひとりの税関職員がそういって、半分ちぎれたソニーの屏風を示した。

ジェイディーは古めかしい代物を調べる。そこに描かれているのは、二十二世紀後半ごろのサムライ一族に相当するとおぼしきミシモト流体力学の経営者が、農場で働くねじまきたちらしきものを監督する光景で……。ねじまきたちの手が十本あるように見えるのはおれの目の錯覚か？　ジェイディーはその奇怪千万な姿に身震いする。画面の端に小さく描かれた人間の家族は平然としているように見える。だが、これは子供にねじまきサルのおもちゃを買いあたえることとさえする日本人だからな。

ジェイディーは渋い顔をする。「なにかしら口実は見つかるはずだ。メゴドントに踏まれたとかなんとか」税関職員の背中を軽く叩く。「そう辛気くさい顔をするなって！　想像力を働かせたまえよ！　これを手柄にすることを考えるんだ」

カニヤが金をしまい終わった。布製のショルダーバッグの口を閉め、肩に掛ける。

「完了しました」

むこうのほうに次の飛行船がゆっくりと降下しつつある。巨大な新型ゼンマイのファンが、化け物をアンカー上空へ移動させるための最後のジュールを使い果たしてしまいそうだ。機体の腹からケーブルが自重に引っ張られてくねりながらおりてくる。宙に浮かぶ怪物を数頭のメゴドントに固定するべく、アンカーパッドの作業員たちが両手をあげて待ち構えるさまは、さながらなにか巨大な神に祈りを捧げているようだ。ジェイディーは興味津々でそのようすを見守る。「どのみち、退役王室環境省官僚共済会は、これを評価する。きみたちは、知らず知らず彼らに貸しを作ったということだ」マチェーテを持ちあげて、部下たちを振りかえる。

「諸君！」飛行船の鈍重なファンの音や荷物運搬用メゴドントの叫びに負けないよう声を張りあげる。「きみたちの能力を見せてくれ！」降下中の飛行船をマチェーテで指し示す。「あそこに降下中の飛行船の積み荷を最初に調べた者に、二十万バーツを用意してある！あの船だ！　急げ！」

税関職員たちは愕然と目をむいて、なにかいいかけたものの、その声は飛行船のファンの轟音にかき消されてしまう。「よせ！　やめろ！　やめろといってるんだ！　ノー、ノー、ノーーー！」両腕をふりまわして止めようとするが、ジェイディーはすでにマチェーテをふりかざし、この新たな獲物を求めて叫びながら空港を横切ろうとしている。

そのうしろを、白シャツ隊がいっせいに追いかける。木箱や作業員のあいだをすり抜け、アンカーケーブルを飛び越え、メゴドントの腹の下をかいくぐっていく。忠実なる子供でもあるジェイディーの部下たち。彼の息子たちだ。理想と女王陛下を追い求める愚か者たちが、ジェイディーの呼びかけにくわわる。賄賂が効かず、環境省に対する心からの忠誠をもつ人間たち。

「あれだ！　あの船だ！」

彼らは白い虎のように離着陸場を突っ切っていく。台風が行きすぎたあと、そこらじゅうに打ちあげられたゴミよろしく散乱している日本人むけ貨物の残骸をあとにして。税関職員たちの声が遠くなる。ジェイディーは早くも彼らから遠く離れ、走る喜び、公明正大な名誉ある追跡に歓喜しながら、部下たちの先頭に立って突き進む。みんな、敵を追う生粋の戦士らしくアドレナリンをみなぎらせ、マチェーテや斧をふりかざして空から降りてくる魔王トサカンよろしく高さ三千メートルにもそそり立つ巨大なマシンへまっしぐらにむかっていくのだ。メゴドント中のメゴドント。その飛行船の脇腹には、ファランの文字で《カーライル＆サンズ》と書かれている。

ジェイディーは自分が歓喜の声をあげたことにも気づかない。《カーライル＆サンズ》だと。汚染クレジットシステムを変えろ、検疫を撤廃しろ、他国が崩壊したにもかかわらずタイ王国を存続せしめているその他もろもろのシステムを合理化せよなどと、あまりにも軽い口調で要求するあの腹立たしいファランどもだ。通産省のアカラットや摂政のソムデット・チャオプラヤにこびへつらう外国人。こいつはとんだお宝だ。ジェイディーはがぜんやる気になった。部下たちにつぎつぎと追い越されながら、ジェイディーは着陸用ケーブルに手を伸ばす。みんな自分より若くて足も速く、目的のためなら猪突猛進し、獲物にありつこうと無我夢中だ。

だが、この飛行船はさっきのよりも目端が利いた。着陸地点に白シャツ隊が大挙して押し寄せるのを見て、パイロットがターボファンのスイッチを入れ直す。とつぜんの強風がジェイディーを襲う。パイロットは何ギガジュールものエネルギーをつぎこんでファンの回転数をあげ、地上から機体を持ちあげようとあがく。着陸用ケーブルが勢いよく機体に引っこみ、タコが手足を引っこめるようにスピンドルの軸に巻き取られる。ターボファンがフルパワーで回転し、ジェイディーは地面に叩きつけられる。

飛行船が上昇する。

熱風に目を細めながらジェイディーは体を起こす。飛行船の姿はぐんぐん縮んで真っ暗な夜空へと消えていく。あの飛行船が逃げたのは、管制塔か税関からの警告があったからなのか、それともパイロットが頭の回転の速いやつで白シャツの検査など雇い主にとってなんのメリットもないと即断しただけなのか。

ジェイディーの表情が曇る。リチャード・カーライル。あいつはハーフにしては機転が利きすぎる。なにかというとアカラットと会談し、つねにチビスコシスの患者の公益のためにと金をばらまき、自由貿易の利点を説いてばかりいる。悲惨な水質汚染の後に、クラゲのように海からタイ王国へもどってきた多数のファランのひとりに過ぎないとはいえ、カーライルはもっとも声が大きい。あの笑顔が癇にさわってしかたがない。

ジェイディーは立ちあがり、白い麻布の制服のほこりを払う。まあいいさ、飛行船はまた戻ってくる。大洋に潮の満ち干があるように、ファランを国に入れないでおくのは不可能だ。大地と海はいずれは交わる道理なのだから。利益を狙う人間たちはいずれは戻ってくるしかなく、事情はどうあれ乗りこんでくるのだから、必ず相まみえる時が来るにちがいない。

カルマだ。

顔の汗をぬぐい、走って乱れた息を整えながら、ジェイディーはゆっくりと木箱が割れて散らばっている検査済みの積み荷のところへもどる。部下たちに手を振って作業を続けるように指示する。「おい、そこ！　そっちのクレートをぶちこわせ！　未検査のクレートは一個たりとも残すんじゃないぞ！」

税関の職員たちがジェイディーを待っていて、彼がつぎのクレートの残骸をマチェーテの先端でつついているところへ近づいてくる。まるで犬だな。餌がもらえるまでしつこくつきまとう。彼らのひとりが、ジェイディーがつぎのクレートにマチェーテを叩きつけるのを止めようとした。

「金は支払ったじゃないか！　異議申し立て書を出すぞ！　捜査の手がはいってもいいのか。ここは国際エリアなのに！」

　ジェイディーは眉をひそめる。「なんでまだここにいるんだ？」

「保護してもらうために妥当な金額を払ったはずだ」

「妥当以上だな」ジェイディーは肩で彼らを押しのける。「しかし、おれはそういうことを議論するためにここに来たんじゃない。抗議するのはあんたたちの義務(ダルマ)なら、わが国の国境を守るのがおれのダルマだ。わが国を守るために、あんたのいう国際エリアを侵害せざるをえないとしたら、おれはそうするんだよ」マチェーテをふるって、またひとつクレートを壊した。ウェザーオール社の木材が大きく飛び散る。

「越権行為だ！」

「かもしれんな。しかし、通産省からだれかを呼んでこないことには、おれは聞く耳もたない。あんたらみたいな木っ端役人じゃだめさ」なにか考えがあるかのようにマチェーテをふりまわす。「それとも、いまこの場で議論したいか？　部下たちがいるところで？」

　ふたりの税関職員はひるむむ。カニヤの唇に一瞬笑みが浮かんだような気がした。びっくりしてそっちに目をやると、そのときにはすでにプロらしい無表情にもどっていたが。カニヤを笑わせられたとはうれしい。ジェイディーはふと、この陰気な部下がもう一度ちらりとでも歯を見せてくれるようにするには、ほかになにか手があるだろうかと考えた。

　残念ながら税関職員たちはおのれの立場を考え直したと見えて、ジェイディーのマチェーテから距離を取る。

「こんなふうに侮辱しておいて、おとがめなしですむと思うなよ」

「もちろん思っちゃいないさ」ジェイディーはもう一度クレートにマチェーテをふるって、完全に破壊する。「しかし、あんたらの寄付金には感謝してる」ふたりを見上げていう。「苦情申し立てをするなら、これはほかならぬジェイディー・ロジャナスクチャイの仕業だと必ずいうことだ」またぞろにやっと笑う。「そして忘れずにこうつけくわえろ。バンコクの虎に賄賂をにぎらせようとしました、と」

彼らを取り巻いていた部下たちがこのジョークに爆笑し、この新たな事実に仰天した税関職員たちは、自分たちの相手がだれなのかを初めて知って引き下がる。

ジェイディーは周囲の被害状況を見渡した。あたり一面、割れた木箱のバルサ材の切れっ端だらけだ。強度と軽量化を第一に設計され、板を格子形に組んだクレートは積み荷を入れるには文句なしだ——だれかがマチェーテをふるったりしなければ。

仕事はさくさくと進んだ。クレートの中身を引っ張りだしてていねいに列にして並べる。税関職員たちはうろちょろしてジェイディーの部下たちの名前を記録したりしていたが、最後にはマチェーテをふりあげた彼らに追い散らされる。税関職員たちは引き下がり、安全な距離を置いて彼らを観察していた。それを見て、ジェイディーは動物たちが死体を取り合うさまを連想する。彼の部下たちがよその国の土地から来た死体をむさぼっているあいだ、この税関職員たちは死肉をあさる動物たちのように横取りできないかとちょっかいを出す。ハゲタカやチェシャ猫や犬たちも、みんな自分たちが肉に食らいつくチャンスを待ち焦がれている。そう考えると、ちょっと気持ちが暗くなる。

税関職員たちは後ろに下がって、こちらを注目している。

ジェイディーは、縦に並んだクレートの中身を点検する。すぐあとをカニヤがついて歩く。ジェイディーは質問した。「なにがあるかね？」

「アガーの溶液、栄養培養組織。なんらかの繁殖タンク。パーカル社のシナモン。品種不明のパパイヤの種。再繁殖可能なユーテックス社の新製品。これに触れた米は、例外なく発芽しなくなります」肩をすくめ、「だいたい予想通りですね」

ジェイディーはコンテナのひとつのふたをあけて中をのぞきこむ。住所をチェックする。ファランの工場がある地域の会社名がついている。外国文字を発音しようとして、あきらめた。ロゴを見たことがあるかどうか思い出そうとしたが、どうやら初見のものらしい。指をつっこんで中身をかきまわすと、なにか袋詰めのタンパク質粉末らしい。「となると、なにもめぼしい収穫はなしか。アグリジェン社やパーカル社のクレートから新種の瘤病菌が飛び出してくることはない、と」

「そうですね」

「さっきの飛行船を取り逃がしたのは残念だった。逃げ足の速いやつだったな。カーライルの積み荷をぜひ取り調べてみたかったが」

カニヤは肩をすくめる。「また戻ってくるでしょう」

「いつだってそうだからな」

「死体に寄ってくる犬のようにね」

カニヤの視線を追うと、その視線の先には安全地帯に引き下がった税関職員がいる。自分とカニヤは世界の見方がよく似ている。それが悲しかった。ジェイディーがカニヤに影響を受けているのか？　それともカニヤのほうがジェイディーに影響を与えているのか？　以前は、この仕事ももっとずっと楽しかった。そして、むかしは仕事がもっと単純でわかりやすいものだった。ジェイディーは、カニヤが歩む灰色の風景のなかを足音を忍ばせて歩くことに慣れていない。しかし、せめてもジェイディーはカニヤよりも楽しむことを知っているのだった。

楽しい夢想は、部下たちのひとりがやってきて断ち切られた。マチェーテを片手にぶらさげて近づいてきたのはソムチャイだ。年齢はジェイディーと大差ないのだが、北部で作物の栽培期間中に三度も瘤病に侵されて、その損失のせいで甘えを許せなくなっていた。善良で忠実な男だし、頭も切れる。

「男がひとりわれわれを監視しています」ふたりに近づいてきて、ソムチャイがぼそりという。

「どこだね？」

ソムチャイはさりげなくあごをしゃくった。ジェイディーは部下たちが動き回っている飛行場を目でうかがう。隣にいるカニヤが体をこわばらせる。

ソムチャイがうなずく。「じゃあ、見えるんですね？」

「ええ」カニヤは肯定のしるしにうなずく。

ジェイディーもようやくその男の姿をとらえる。かなり遠くのほうで、白シャツ隊と税関職員の両方を監視している。シンプルなオレンジ色の腰布に紫の麻シャツという出で立ちは労働者のようだが、そのわりには手ぶらだ。なにをするでもなく、食べ物に困っている様子もない。ふつうの労働者のようにあばら骨が浮いたり頬が落ちくぼんでいないのだ。アンカーフックにさりげなくよりかかってじっと目を凝らしている。

「通産省かな？」ジェイディーが疑問を呈する。

「軍人では？」カニヤが推測する。「自信たっぷりですよ」

カニヤの視線を察知したのか、男がふりむいた。一瞬、ひたとジェイディーを見つめる。

「くそ」ソムチャイが顔をしかめた。「気づかれてしまったか」カニヤといっしょになって、ジェイディーとおなじく公然と男を見つめる。男は平然とした様子だ。赤いビンロウジの実を吐き捨てて背中をむけると、貨物の積み卸しでごった返す人混みに悠々と消えていった。

ソムチャイがたずねる。「尾行して職務質問しましょうか？」

ジェイディーは首を伸ばして、最後にもう一度姿を確認しようと男が飲みこまれた人混みを見やった。

彼女はためらう。「きみはどう思うね、カニヤ？」

「今夜はもうじゅうぶんな数のコブラを退治したのでは？」

ジェイディーはうっすらと笑った。

ソムチャイもうなずいて賛成する。「知恵と自制の声がものをいうな」

「それは予測がつくな」ジェイディーはソムチャイに身振りで仕事にもどるよう指示した。ソムチャイが立ち去るのを見送りながら、カニヤがいう。「今回はこちらのやりすぎだったかもしれませんね」

「つまり、おれがやりすぎたということか」ジェイディーがにやりと笑う。「大胆なことをいうな」

「大胆なのはわたしじゃありません」カニヤは男が姿を消したあたりに目をもどす。「わたしたちより大きな魚がいるんですよ。アンカーパッドは……」カニヤの声が尻すぼみになる。やがて、明らかに言葉を選んで彼女はいった。「アグレッシヴすぎる出方でした」

「こわがってるんじゃないのか？」ジェイディーは彼女をからかう。

「ちがいます！」思わずいってしまってから、彼女は口をつぐんで冷静さをとりもどす。

ジェイディーは内心、カニヤの冷静沈着さはすばらしいと思っている。自分は言葉にも行動にもカニヤのような慎重さが足りない。いつもメゴドントのように猪突猛進で、稲を踏んでしまってから、あとで立て直そうとするところがあった。冷静な心というより、熱い思いの持ち主だ。その点、カニヤは……。

やがて、カニヤが口をひらく。「ここは摘発場所としてはベストではなかったかもしれません」

「悲観するな。アンカーパッドほど適した場所はほかにはない。あの二匹のイタチはやすやすと二十万バーツも吐き出した。まっとうなことをしている人間なら出すわけがない金額だ」ジェイディーはにやりと笑った。「とっくのむかしに手入れして、彼らに教訓をあたえておくべきだったんだ。新型ゼンマイをつけた船で川をパトロールしたり、遺伝子リップを密輸入しているガキどもを逮捕するよりずっとマシだ。すくなくとも、われわれがやっているのは正当な仕事だからな」

「でも、通産省が首を突っこんでくることはまちがいありません。法的には彼らの領分ですから」

「まともな法律に照らしたら、これらはどれも輸入されてはならないものばかりだ」ジェイディーは手を振って周囲に散らばる積み荷を示し、カニヤの意見を退ける。「法律とは、ごちゃまぜの書類の束さ。正義の邪魔をするものだ」

「通産省がからんでくると正義はどこかへ行ってしまいますからね」

「そんなことはおたがい百も承知だろ。どっちにせよ、これはおれの考えだ。きみにちょっかいは出させない。今夜おれたちがどこへ行くか知っていたところで、きみにはおれを止めることなどできないんだからな」

「わたしは止めたりは――」カニヤが反論しかける。

「そのことは心配しなくていい。通産省とそのお気に入りのファランどもに、ここらで一発きついおしおきをしてやるべき時なんだ。いい気になってるやつらに、ときにはこの国の法律を尊重して行動するべきだってことを思い知らせてやらなければな」ジェイディーは言葉を切って、周囲の残骸に目をもどす「ほんとうにブラックリストに載っているものはほかにないのか？」

カニヤは肩をすくめる。「米だけです。ほかはすべて書類上は問題なしですね。繁殖用の見本もなし。合格が出ていない遺伝子もありません」

「しかし？」

「ほとんどはまず正規の使われ方をしないと思われます。栄養培養組織の利用に善良なものなんてあり得ませんし」カニヤはふたたび暗い無表情にもどる。「すべて梱包しなおしますか？」

ジェイディーは顔をしかめ、最後にかぶりを振る。「いや。燃やしてしまえ」

「なんとおっしゃいました？」

「燃やせといったんだよ。おたがい、ここでなにが起こっているかはわかってるんだ。ファランどもに、保険会社に損害補償を要求する口実をつくってやろう。連中の活動が自由ではないんだと思い知らせるんだ」ジェイディーはにやりと笑う。「全部燃やせ。最後のクレートまで全部だ」

そして、炎に包まれた木箱がぱちぱちとはぜ、ウェザーオール社の油が勢いよく点火して天上の神に捧げる祈りのように火の粉が空へと舞いあがるなか、ジェイディーはこの夜二度目になるカニャの微笑を見て満足感をおぼえるのだった。

自宅へもどるころには、もう夜明けが近かった。やかましいセミの合唱や甲高い蚊の羽音に混じって、ときどきチンチョック・ヤモリがジジジと鳴く声がする。靴を脱いでステップをあがる。高床式の家にそっと忍び込むと、足下の床がきしむ。チーク材の床の感触はさらさらとなめらかで足にやさしい。

網戸をあけてそっと中へはいり、急いで後ろ手にドアを閉める。ここからほんの数メートルも行けば運河（クロング）で、澱（よど）んで濁った水辺だ。大量の蚊が群れをなしている。

室内には一本のロウソクがともり、床置きのソファに寝そべるチャヤを照らしている。待ちくたびれて寝てしまったのだ。やさしい微笑を浮かべて静かにバスルームへはいり、手早く服を脱いで肩に水をかける。あまり音を立てないように軽くすませようと思うのだが、水が木の床にはねかえって音を立てる。もう一杯水をすくって背中を流す。夜中だというのにまだ熱気が残っているので、ややひんやりする水温も気にならない。それもこれも気分転換だ。

腰にサロンを巻いてバスルームから出てくると、チャヤが目をさまして、考え深げな褐色の瞳でジェイディーを見上げる。「ずいぶん遅かったのね。心配したわ」

ジェイディーはにっこりした。「心配する必要なんかない。おれは虎だぞ」チャヤに寄り添って、やさしいキスをする。

チャヤが眉をひそめて彼を押しのける。「新聞記事を全部信じちゃダメ。虎だなんて」顔をしかめて、「あなた、煙のにおいがする」

「いま風呂を浴びたばかりなのに」

「髪の毛が煙くさいわ」

「今夜はとてもいい夜だったよ」

チャヤが暗闇で微笑する。真っ暗ななかで鈍く光る濃い褐色の肌に、純白の歯がまぶしい。「女王陛下のために一戦交えたってこと？」

「通産省にがつんと一発、食らわしてやった」

チャヤがたじろぐ。「まあ」

その腕に手を触れて、「むかしは、おれが大物を怒らせると喜んでくれたろ」

チャヤは彼を押しやって立ちあがり、クッションの乱れを直しはじめる。唐突な動作がジェイディーの痈にさわる。「それはむかしのことよ。いまはあなたが心配になるわ」

「そんな必要ないって」ジェイディーはチャヤがソファを整える邪魔にならないように移動する。「起きて待っててくれるなんておどろいたよ。おれだったら、ちゃんとベッドにはいって楽しい夢を見ていたと思うね。もうみんな、おれをコントロールするのをあきらめてる。いまやおれは、連中にとって支出項目のひとつになっている。大衆に人気がありすぎて手出しができないってわけさ。スパイを張りつけて行動を監視することはできても、もはやおれを止めることはできないのさ」

「国民にとってはヒーロー、通産省にとっては悩みの種ってわけ。通産大臣のアカラットが味方で、国民が敵だったら良かったのに。そのほうが安全だわ」

「そう思って結婚したわけじゃないだろ。きみは戦うおれが好きだった。ルンピニー・スタジアムで連戦連勝だったから。忘れちゃったのかい？」

チャヤは返事をしない。ジェイディーのほうを見ようともしないで、またクッションの位置を替えはじめる。ジェイディーはため息をついて妻の肩に手をやり、自分のほうをむかせてその目をのぞきこむ。「どうでもいいけど、なぜいまそんなことを言い出すんだ？おれはこうして帰ってきた。しかも元気いっぱいでね」

「撃たれたときは、そんなに元気じゃなかったわ」

「古い話だ」

「それもこれも、あなたを現場からはずして、プラチャ将軍が賠償金を払ったからよ」切断した指が見えるように片手をあげる。「安全が聞いてあきれるわ。わたしもあの場にいたんだから、あいつらになにができるかわかってるわ」

ジェイディーは渋い顔になる。「どっちみち、百パーセント安全なんてないさ。通産省に目をつけられなくても、瘤病やチビスコシスや、もっとひどいことだってある。世界はもう完璧に安全なところではなくなってしまった。いまは拡張の時代じゃないんだ」

チャヤは口をひらいて反論しかけたが、口をつぐんでうしろをむいてしまった。ジェイディーは先を急ぐことなく、妻が落ち着きをとりもどすのを待った。こちらにむきなおったチャヤは、冷静さをとりもどしていた。「そうね。あなたのいうとおりだわ。だれだって危険と無縁じゃないのよね。安全であってほしいけど」

「ター・プラチャン市場へ行って、魔除けを買ってくるといい。善人はみんなそうしてるよ」

「お守りなら買ったわ。セウブ師のついてるのを。でも、あなたは身につけてくれなかった」

「ただの迷信だからね。おれになにが起きたにせよ、それはおれの運命(カルマ)だ。魔法のお守りをつけてもそれは変わらない」

「でも、害にもならないじゃない。つけてくれたら、わたしの気が楽になるのよ」

ジェイディーはにやっと笑ってからかおうとしたが、妻の表情を見てなぜか気が変わった。「わかったよ。それできみの気がすむなら、お守りをつけよう」

寝室から物音がひびく。湿った咳。ジェイディーがはっと緊張する。チャヤが目をそらし、肩越しに咳のするほうを見やる。「スラットよ」

「ラタナのところへ連れていったのかい？」

「ラタナは小児科専門じゃないし、本業があるもの。ほんものの遺伝子操作(ジーンハック)の心配をしなきゃ」

「連れていったのかいかなかったのかと訊いてるんだ」

チャヤはため息をつく。「ひどくなってはいないって。心配するようなことじゃないそうよ」

ジェイディーは安堵を顔に出すまいとした。「良かった」また咳が聞こえ、いまは亡きヌムを思い出す。悲しみを払いのける。

チャヤは夫のあごに手をやって、自分に注意をむけさせる。笑顔で彼を見上げる。「で、そのしつこい煙のにおいはなんなのか教えてちょうだい、気高い戦士、クルンテープの守り主よ。どうしてそんなにご機嫌なの？」

ジェイディーはちょっと表情を和らげた。「明日のタブロイド紙を読めばわかるさ」

チャイは唇をとがらせる。「あなたが心配なの。ほんとうよ」

「それはきみが優しいからだよ。でも、心配することはない。ひどく叩かれたこともあったけどね。前回はほんとうにひどかった。新聞もタブロイドも嬉々として食いついた。そのあげく、われらが尊敬する女王陛下みずから、おれの行動を指示すると正式表明してくれた。すくなくとも、世間はいまだに女王陛下にだけは頭があがらないんだ」

「そもそも女王の耳にはいっただけでも運が良かったわ」

「あの王冠堅持派であっても、女王の目をふさぐことはできないからな」

そういわれて、チャヤは緊張の色を浮かべた。「ジェイディー、お願いよ。もっと小さな声でしゃべって。どこでソムデット・チャオプラヤのスパイが聞いてるかわからないんだから」

ジェイディーは渋い顔をする。「ほらな？　結局、こういうことになるんだ。摂政は、王宮の大奥を乗っ取ることばかり考えてきた。通産省はファランどもと諮って、わが国の貿易や検疫のシステムを破壊しようとしている。なのに、おれたちは大きな声で話すことさえ遠慮しようとする。

今夜、アンカーパッドに行って良かったよ。税関職員たちがどれだけ多額の金銭をかき集めているか、きみにも見せてやりたかった。ただ突っ立って、どんな荷物が来ても見て見ぬふりをするだけでね。目の前の試験管にはいってるのは新しいチビスコシスの突然変異体かもしれないのに、連中は賄賂をよこせと手を出す。ときどき、まるで自分がアユタヤ王朝の崩壊前夜を追体験しているような気がしてくるね」

「いやなこといわないで」

「歴史は繰り返すとはよく言ったもんだ。アユタヤ王朝崩壊のときも、食い止めようと戦った者はいなかった」

「で、あなたはその歴史でどんな役を演じるの？　バン・ラジャンの村人の生まれ変わり？　押し寄せるファランを食い止めるとか？　最後のひとりになるまで戦うとか？　そういうこと？」

「少なくとも、彼らは戦ったんだからな！　きみはどっちになりたい？　一カ月のあいだミャンマー軍をむこうにまわして、もちこたえた農婦か？　それとも都が陥落しようとしているのにとっとと逃げ出した王室の役人どもか？」眉をひそめ、「おれが利口なら、毎晩でもアンカーパッドへ出かけて、アカラットやファランにほんものの教訓を教えてやるところだ。クルンテープのために戦う気概のある人間がいまでも残ってるんだぞってな」

　こんどもチャヤが止めにはいって、熱弁をふるう自分をなだめようとするだろうと思ったが、あにはからんや反論はなかった。やがて、チャヤがたずねる。「ねえ、わたしたちって、つぎもここに輪廻転生すると思う？　このおなじ場所に？　なにがあっても、またここにもどってこれとおなじことに直面しなきゃならないの？」

「さあね」ジェイディーはいう。「カニヤが訊いてきそうな質問だな」

「カニヤは暗い娘ね。彼女にもお守りを買ってあげなきゃ。一度でいいから笑顔にさせてあげたい」

「ちょっと変わってるんだよ」

「ラタナがプロポーズするかと思ったのに」

ジェイディーは言葉を切って、カニヤとラタナのことを考える。マスクをつけ、環境省の生物学研究所でモグラのような暮らしをしているラタナのことを。「部下の私生活には立ち入らない主義でね」

「恋人がいれば、もっと笑顔になると思うわ」

「ラタナのような人物でもカニヤを幸せにできないとしたら、だれにも希望はないだろうな」ジェイディーはにやっと笑う。「もしカニヤに恋人がいたら、その男は彼女が命令をくだすおれの部下たち全員に年中嫉妬してなきゃならなくなるよ。みんな二枚目だし……」チャヤのほうに体を乗り出してキスしようとしたが、素早く逃げられてしまう。

「いやだ。ウィスキーのにおいもするわ」

「ウィスキーと煙か。本物の男らしいにおいってことだ」

「ベッドへ行って。ニワットもスラットも目をさましちゃうわ。それに、母さんも」

ジェイディーは彼女を抱き寄せ、耳元にキスをする。「母さんは、もうひとり孫ができても気にしないと思うよ」

チャヤは笑いながら夫を押しのける。「起こしちゃったら、気にするわ」

ジェイディーは両手でそっと妻のヒップをなでる。「静かにするから」

チャヤは夫の手をぴしゃりと叩く。といっても、あまり力をいれないで。その手をつかんで、ジェイディーは指の切断面を確認するようにさわる。急にふたりとも真剣そのものになる。チャヤが乱れた息をつく。「わたしたちはあまりに多くのものを失ったわ。あなたまで失うのは耐えられない」

「そんな目にはあわせない。おれは虎なんだ。それに、おれはバカじゃない」

チャヤが彼にすがりつく。「そう願うわ。心から」温かい体が押しつけられる。落ちついた息づかいが感じられた。ジェイディーを思う気持ちでいっぱいだというのがわかる。チャヤは身を引いて、真剣な面持ちで夫を見つめる。黒い瞳は不安でいっぱいだ。

「おれは大丈夫だ」彼はもう一度繰り返す。

うなずきはしたものの、ジェイディーの言葉を聞いているようには見えない。チャヤは夫の眉、その笑み、傷やあばたのある彼の表情をさぐっているようだ。一瞬が永遠ほどにも長く感じられる。その黒い瞳でひたと夫を見据え、真剣そのものの表情で記憶に刻みつけている。ようやく、自分で自分を納得させたのかこくんとうなずくと、曇りがちだった表情が晴れる。微笑を浮かべて夫を引き寄せ、耳にキスをする。「あなたは虎よ」占い師が運命をつぶやくようにそうささやくと、全身の力を抜いて夫にしなだれかかり、ぴったりと寄り添う。ようやく心がひとつになり、ジェイディーは安堵感に包まれる。

もっときつく妻を抱き寄せる。「会いたかったよ」

「こっちへ来て」するりと夫の腕を抜け出し、片手をとってベッドのほうへといざなう。天井に吊って円錐形にベッドをおおう蚊帳をあけ、天蓋つきのベッドにもぐりこむ。衣擦れの音がする。チャヤのシルエットが暗闇からジェイディーを誘う。

「やっぱり煙のにおいがするわ」

ジェイディーは蚊帳をあける。「ウィスキーのにおいもだろ。忘れちゃだめだ」

5

大地の端に太陽が顔をのぞかせ、強烈な光がバンコクじゅうにふりそそぐ。旧拡張地域の廃墟となったタワー群の骨組みから、金箔を貼った寺院の仏塔（チェディ）まで光と熱につつみこむ。従者たちにかしずかれて子供女王が暮らす王宮の尖塔を照らし、寺の屋根を光らせる。市の柱（ラク・ムアン）神社では、バンコクの町を海から守っている堤防と防潮壁のために僧侶たちが毎日朝から晩まで経を唱えつづける。真っ赤な朝焼けの海には、焼けつくような太陽が高く昇るにつれて青い波が鏡のように光を照り返す。

六階にあるアンダースン・レイク宅のバルコニーに反射した太陽の光が、室内に流れこむ。バルコニーの手すりにからみついたジャスミンが熱風にあおられてさやさやと音を立てる。アンダースンは青い目を細めてぎらつく光を見上げる。生白い肌に汗が玉になって浮き出し、光る。手すりのむこうには、まるで澱んだ海のようなバンコクの町。陽光が直接照りつける塔やガラスの壁面が金色に輝いている。

床にすわりこんだアンダースンは素っ裸で、開いた本に囲まれていた。植物図鑑や動物図鑑、旅行ガイド、マレー半島全史といった各種の本がチーク材の床にいくつも散らばっている。カビ臭いぼろぼろの古書、新聞の切り抜き、ちぎれかけた日誌。大量の花粉や胞子や種子が空中にばらまかれた時代の文書類だ。徹夜でさまざまな参考資料に目を通したというのに、読んだ内容をろくすっぽ憶えていない。ついつい、むきだしの肌のことを考えてしまう――パーシン・スカートをめくりあげ、ちらちら輝く紫色のクジャクが羽を広げたなめらかな太股を目でたどっていくとしっとりと濡れた……

遠くのほうに、プロエンチットのタワー群が逆光を浴びてそびえ立っている。細長い三本の塔が、高い湿度の黄色のもやにつつまれた天空へと伸びていた。昼間見ると、拡張時代のスラム街に見える。そのなかで、人びとが生なましい趣味にふけっているとは思いもよらない。

ねじまき娘か。

アンダースンは彼女の肌を指でなでる。まじめくさった黒い瞳で、娘はいう。「さわっていいのよ」

アンダースンは胸を高鳴らせながら深呼吸し、その記憶を押しのけようとする。あの娘は、アンダースンが毎日戦っている疫病の対極にいる。あまりにも厳しいこの世界に捨てられた繊細すぎる温室の花だ。長いこと生き延びられはしないだろう。この気候で、この国の人間を相手にしていくのでは。アンダースンは、あの娘のはかなさに心を動かされたのかもしれない。強さなどひとつもないのに、強がって見せる彼女に。ローリーの命令でスカートをめくりあげながらも、誇り高い人間に見られようと必死な姿に。

だからおまえは彼女にあの村の話をしたのか？　彼女を哀れだと思ったから？　彼女がマンゴーのようにすべすべの肌をしていたからではないのか？　彼女に指をふれたとき、ほとんど息が止まりそうなほど興奮したからではなくて？

　アンダースンは顔をしかめ、ひらきっぱなしの本に注意をもどし、必死で頭を切り換えようとする。船と飛行船を乗り継いでこんなところまで来た真の問題に集中するんだ。ギ・ブ・センに。あのねじまき娘はギ・ブ・センの名前を出していた。

　アンダースンは参考資料の山をひっくり返し、一枚の写真に行き当たる。太った男で、アグリジェン社が主催した瘤病の突然変異についての会議の席で、他の中西部の科学者たちといっしょにすわっている。退屈そうに明後日（あさって）のほうをむいている。二重あごのだぶつきが見える。

　この男、いまも太っているだろうか？　アンダースンは思った。タイ人たちも、おれたちとおなじようにおまえにたらふく食わせてくれているか？

　可能性は三つしかない。ボウマン、ギボンズ、そしてチャウジュリのうちの、だれかだ。ボウマンは、ソイプロ社の独占が瓦解する直前に失踪した。チャウジュリは、飛行船を降りてインド人地区へ消えた。パーカル社に誘拐されたのか、蒸発したのか、死んだのかは不明。そしてギボンズ。すなわちギ・ブ・セン。三人のなかでもっとも頭が切れ、もっとも可能性が低い。だが、結局彼も死体で発見された。自宅の焼け跡から子供たちが焼け焦げた死体を回収したのだが……その後火葬されてしまったため、当局による検死ができなかった。しかし、死んだことはまちがいない。嘘発見器と薬物によって子供たちを尋問したところ、父親はむかしから、検死解剖だけはするなと明言していたことしかわからなかった。死んだあとだれかに体を切り刻まれ、防腐剤を注入されるのはまっぴらゴメンだといっていた、と。だが、DNAが一致したので、本人だということをだれも疑わなかった。

世界最高の遺伝子リッパーが死体の遺伝子構造をちょっといじくるだけでいいと思うと、その結論にも容易に疑問が出てくるのだが。

アンダースンはさらに資料をめくり、研究所に設置しておいた盗聴器類からかき集めた文書に、カロリーマンの死の直前に関する記述がないかとチェックする。手がかりなし。ギボンズの計画をほのめかすものはひとつもない。そして、ギボンズは死んだ。死んだと信じるしかない。

そう考えると、ンガウの存在もほぼ納得がいく。イヌホオズキもだ。ギボンズはいつも自分の意見をひけらかすことを楽しんでいた。エゴイストだった。同僚のだれに聞いてもそう返事が返ってくる。ギボンズは完全な種子バンクをおもちゃにしては楽しんでいた。すべての種を再発掘し、そこにその土地の知識を加える。そしてできたのがンガウだ。

すくなくとも、アンダースンはンガウはタイ原産だと思っている。だが、確証はない。ひょっとしたら、まったくの新種かもしれない。アダムの肋骨からイヴが生まれたように、ンガウはギボンズの頭から生まれたものかもしれない。

アンダースンは、目の前の本やメモをなにげなしに親指でめくる。どこにもンガウのことは書いてない。わかっているのは、タイ語でンガウという名前と、その特異な外見だけだ。ンガウという呼び方だって、赤と緑色の果実を指すむかしからある名前なのか、それとも新しくできた言葉なのかもわからない。ローリーがおぼえていてくれるといいのだがという期待もむなしく、彼は年を取っていて、しかもアヘンで頭が麻痺している。たとえ、歴史上存在した果実としての地元での呼び名を、かつて知っていたとしても、もうおぼえていなかった。どっちみち、なんと訳したらいいかわからない。デモインの本社での検査がすむまでは一ヵ月はかかるはずだ。しかも、検査がすんでも社のカタログに載るかどうかはわからない。完全に操作されたものなら、DNAの照合は長い道のりになるかもしれない。

ひとつだけ確実なことがある。ンガウが新種だということだ。一年前、エコシステム調査を担当した管理部のだれからも、ンガウのような植物の話はいっさい出なかった。その翌年、ンガウが出現した。まるで、タイ王国の大地が、過去をよみがえらせ、バンコク市場に投入しようと決めたかのように。

アンダースンはまた別の本をめくって情報を収集する。ここの土地を踏んでから、彼はずっと資料をあつめてきた。聖者の都へ通じる歴史の窓、カロリー戦争も疫病もなかった時代の学術書。骨董品店の店頭からも、拡張時代のタワー群の瓦礫の山からも資料をあさった。当時の紙類は焼失するか熱帯の湿気で朽ち果ててしまっていたが、それでも知識の集積がわずかに見つかった。書籍に、火をおこすのに便利だという以上の価値を見いだした人びとのおかげだ。そうして集めた資料類が、いまアンダースンの部屋の壁にずらりとならんでいる。数え切れないほどの、カビかけた情報。それを見ると、イエイツを思い出して気がふさぐ。イエイツも過去の死骸を掘り起こして、復活させようと必死になっていたっけ。

「考えてもみてくれよ！」イエイツは楽しそうにいった。「新たな拡張だぜ！　飛行船と、次世代の改良型ゼンマイ、フェアトレードの風が吹いて……」

イエイツも本をそろえていた。北アメリカの図書館やビジネススクールから集めてきたほこりをかぶった本だ。いまは振り返る者もない過去の知識――アレクサンドリアの図書館からひそかに本をくすねてきても気づかれずにすんだのは、だれもが世界貿易は死んだとわかっていたからこそだ。

アンダースンが着任したとき、スプリングライフ社のオフィスは本でいっぱいで、イエイツのデスクのまわりにまで書物の山が広がっていた。『実践グローバルマネジメント』

『異文化間ビジネス』『アジア人の思考』『アジアのリトル・タイガーたち』『供給連鎖とロジスティクス』『ポップ・タイ』『新グローバル経済』『高級連鎖における為替レートの考察』『国際競争力と規制』、などなど。旧拡張時代の歴史に関するものならなんでもござれだった。

やけになった最後の瞬間、イエイツはそれらの本を指さして、「でも、おれたちはとりもどせるんだ！　すべてを！」といい、泣きだした。アンダースンは彼に哀れみをおぼえた。けっして実現しないもののために、イエイツは全人生を投資したのだ。

アンダースンはまた別の本をめくり、つぎつぎと古めかしい写真をながめる。トウガラシ。山のようなトウガラシが、とっくに死んだ写真家のまえにならんでいる。ナス。トマト。見事なイヌホオズキ。イヌホオズキの件がなければ、本社はアンダースンをタイへ派遣したりしなかっただろうし、そうなればイエイツにもチャンスがあったかもしれない。

アンダースンはシンハーの手巻き煙草に手を伸ばし一本に火をつけると、仰向けに寝ころんで、昔の名残の煙をながめながら考えこむ。飢饉のまっただ中ですら、タイ人がニコチン依存症を復活させる時間とエネルギーを見つけたのは興味深い。人間の本質ってやつは、ほんとのところ変わることなどないのだろうか。

日光が全身に当たってぎらぎらと暑い。湿気と牛糞を燃やす煙の幕越しに、遠くの工業地帯がかろうじて見える。きちんと等間隔にならんだ建物は、種々雑多なタイルや錆びた鉄が入り乱れる旧市街の町並みとは似ても似つかない。工場のむこうには、そびえ立つ防潮壁のてっぺんが見えていた。巨大な閘門（こうもん）システムが開いて貨物が外海へと出ていくのだ。変化が起きている。真の国際貿易が息を吹き返しつつある。世界を循環する供給ライン。それらがみな戻ってこようとしている。たとえ再学習の歩みはのろくとも。イエイツは改良型ゼンマイを愛していたけれど、歴史を復活させるという考えにはもっと愛着をもっていた。

「きみはここではアグリジェン社の社員じゃなく、ただの西洋人（ファラン）の起業家だ。翡翠の採掘や船員として小銭を稼ごうとしている連中とおなじだ。ここは、アグリジェン社の社員証をちらつかせればなんでもほしいものが手にはいるインドとはわけがちがう。タイ人はインド人のように簡単に寝返ったりしないぞ。正体を知られたら、八つ裂きにされて肉として本国に送り返されるのが落ちだ」

「つぎの飛行船に乗りたまえ」アンダースンはいった。「本社がそれを許してくれたことを喜ぶんだな」

ところが、それを聞いたイエイツはゼンマイ銃の引き金を引いたのだった。

アンダースンはいらいらとまた煙草の煙を吸いこむ。熱気が気になりだす。天井のクランクファンは止まっている。毎日午後四時に来ることになっているねじまき係がジュールを追加しそびれたのだろう。アンダースンは渋い顔で起き上がった。シェードをおろそう。

日差しがきつすぎる。この建物は新しく、涼しい地上の空気がビル全体に循環するような熱原理のもとに建設されているのだが、赤道直下の灼熱の直射日光はやはり耐えがたい。

部屋を暗くして、アンダースンは本のところへもどり、ページをめくる。紙が黄ばみ、背表紙がひび割れた大型書をめくる。湿度と年月で劣化した紙はぼろぼろだ。また別の本をひらく。くわえた煙草を嚙みしめて、目を細くして煙越しに内容を見ていくうち、はたと手が止まる。

ンガウだ。

山のように。奇妙な緑色の毛が生えた小さな赤い果実が目の前のページに載っている。農夫から食べ物を買っているファランを撮影した大昔のタイの写真に、アンダースンをからかうように。車体を色あざやかにペイントしたガソリン車のタクシーがぶれて写っているが、そのすぐ横には、大量のンガウの山がアンダースンをからかうように山となって写っていた。

アンダースンは相当の時間をつぎこんで古い写真を調べてきたが、気になるものは滅多に見つからなかった。過去のばかげた秘密はたいてい無視できる――無駄遣いも、傲慢さも、途方もない富も――だがこれは癇にさわる。びっくりするほど太って肉がたるんだファランの男など二の次だ。問題は、三十種もの果実を取りそろえたカラフルで魅力的な市場のほう。マンゴスチン、パイナップル、ココナツはたしかにある……だが、いまはオレンジはない。ドラゴンフルーツも、グレープフルーツもない。この黄色いものもない……レモンだな。いまはない。ここに写っている果物の多くが姿を消してしまった。だが、写真のなかの人びとはそれを知らない。いまは亡きこの男女は、自分たちが当代のお宝のまえに立っていることをちっとも知らない。自分たちが、汚れなき魂の持ち主だけが神の右側に住むことができるというグラハマイト派聖書のエデンの園にいることを。ノアと聖フランシスのていねいな管理の下、そこには世界中のありとあらゆるご馳走が育ち、だれも飢えに苦しむことがない。

アンダースンはキャプションにざっと目を通す。デブで、自己満足した愚か者どもは、自分たちのすぐ隣に遺伝子の金脈があることなどちっとも知らない。これもまた自然の豊かさの一例であり、いつもふんだんに味わっているからまったく当たり前だと思っているのだ。

一瞬、アンダースンはそのデブのファランとタイ人農夫を写真のなかから現代に引っ張りだせたらいいのにと思った。会って直接怒りをぶちまけ、バルコニーから放り投げてやりたい。連中はそれとおなじように、ほんのわずかな傷でもあれば、果物を投げ捨てていたにちがいないのだから。

さらに本をぱらぱらめくったが、ほかには、果物のことが載っている写真や記述はひとつも見つからなかった。アンダースンははっとして背筋を伸ばし、またバルコニーに出た。

照りつける日差しの中に踏みだし、町を見渡す。下のほうから、水売りの呼び声と良く響くメゴドントの叫び声があがってくる。自転車のベルの音が町のあちこちで聞こえる。昼になるまでには、町の喧噪はほとんどやんで、人びとは太陽が西へ傾きはじめるのを待ちかまえる。

　この町のどこかで、遺伝子リッパーが命を構成する遺伝子を忙しくもてあそんでいる。はるかむかしに絶滅したＤＮＡを収縮以降の環境に適合するようふたたび設計しなおしている。瘤病以降の環境に適合するように。瘤病や、ニッポン・ジーンハック・ゾウムシや、チビスコシスの蔓延を生き延びられるように。

　ギ・ブ・セン。あのねじまき娘は自信たっぷりにその名前をいった。きっとギボンズのはずだ。アンダースンはバルコニーの手すりにもたれて熱気に眉をひそめ、ごみごみした町をながめた。このどこかにギボンズが身を潜め、次なる会心の作を作っているのだ。どこに隠れているにせよ、彼のそばには種子バンクがある。

6

　銀行に金を預けることの問題は、虎のまばたきひとつで、がらっと事情が変わることだ。自分の金が他人のものになる。汗をかいて働き、人生を切り売りして貯めた金が赤の他人のものになってしまう。この預金に関する問題が、なによりホク・センの心にひっかかっている。ほじくり出してどろどろした膿や不要な貝殻のかけらの中に捨てるわけにはいかないジーンハック・ゾウムシのようなものだ。

　時間に換算してみると――のちのち銀行に預ける賃金を稼ぐのにかかる時間だ――銀行はひとりの人間の生涯の半分以上を所有することができる。それが怠け者のタイ人であったにせよ、すくなくとも三分の一はいく。人生の三分の一を奪われた人間は、事実上、生きていなかったのとおなじだ。

　人のどの三分の一なら、なくてもいいだろうか？　胸から、頭髪の薄くなった頭のてっぺんまで？　腰から下の、黄ばんだ足の爪まで？　両脚と片腕？　両腕と頭？　体の四分の一を切断してもまだ生きられる望みはあるかもしれないが、三分の一はダメだろう。

これが銀行の問題点だ。いったん金を預けたが最後、気がついたら虎の口に首まですっぽりつっこんでいることになる。三分の一だろうが半分だろうが、頭をくわえられたらもう最後だ。

でも、銀行が信用ならないなら、なにが信用できる？　家の中に隠してもちゃちな錠前など役にも立つまい。ていねいに中身を抜いた縞模様のマットレスに隠すか？　割れた屋根瓦をはがしたり、バナナの皮に包む？　掘っ立て小屋の竹柱を一本うまく切り抜いて穴をこしらえ、そこに分厚い札束を押しこむとか？

ホク・センは竹柱がお気に入りだ。

彼はアパートという触れ込みでここを借りた。ある意味では、たしかにアパートだ。ココナツポリマーの防水シートではなく、ちゃんとした壁がある。狭い裏庭には共同トイレがあって――壁もそうだが、他の六軒の掘っ立て小屋と共同で使っている。イエローカード難民にとって、これはアパートというより豪邸だ。それなのに、みんななんだかんだと文句を垂れてばかり。

ウェザーオール社の木材を使った壁はぜいたくといってもいいのだが、地面とのあいだに隙間があってジュートのサンダルを履いた人の足がのぞいていたり、熱帯の湿気で腐らないように染みこませてあるオイルの不快なにおいがする。だが、それでも壁は必要だ。それがなければ、金をしまっておく場所もない。犬の皮で三重に包んで天水桶の底に隠すほかは。半年も水につけておいているので、中に水がしみていないようにと彼は祈った。

ホク・センは仕事の手を止めて聞き耳を立てる。

隣室からかすかに音が聞こえるけれど、ホク・センがせっせと穴をつくる気配をさぐっているわけではないようだ。竹の節と節のあいだをうまく切り抜く作業にもどる。くずは後々使うためにていねいにとっておく。

たしかなものなどなにもない——これが最初の教訓だ。石油を失ってほうほうの体で国へ逃げ帰るとき、洋鬼子たちはこれを学んだのだった。ホク・セン自身はマレーシア時代にとうとうこれを知ることになった。たしかなことなどなにもない、保証されていることなどなにもない。金持ちだって貧乏人になり果てる。豚肉やナシゴレンや広東風の鶏料理をたらふく食って太り、春節の祝いに浮かれているにぎやかな華僑の一族が、いまはたったひとりの痩せこけたイエローカード難民を残すのみ。なにも永遠ではない。すくなくとも、仏教徒ならそれぐらいは常識だ。

ホク・センは悲しげに笑いながら、なおも無言で竹を切り抜きつづける。節のいちばん上の線に沿って、ますます竹のくずを出しながら。いまは、つぎはぎだらけの蚊帳と、地元の有力者に金さえ出せば町のガスパイプから違法にメタンガスを横取りして、一日二度は緑色の炎があがる小さなバーナーも使えるぜいたくな暮らしだ。狭い裏庭には自前の土製天水桶も置いてある。それ自体、おどろくほどのぜいたくだ。どん底の貧乏だが、なにごとにも限界はある、みじめさや堕落にもきっと限界があると知っている、気高くも正直な隣人たちのおかげだ。そんなわけで、ボウフラや蚊の卵で緑色に澱んだ水を入れたホク・センの天水桶が盗まれることなどけっしてないし、近所のかみさんが、彼女にそそられたナク・レンにレイプされることもないだろう。

ホク・センは竹から小さく四角く切り取ったものをはずす。音を立てないように息をつめて。この部屋を選ぶにあたっては、柱がむき出しで、低い屋根が瓦葺きであることが決め手になった。人目を忍び、ものを隠すにはうってつけだ。周囲では、スラムの住人たちが起き出して、うめいたり文句をいったり煙草に火をつけたりしているなか、ホク・センは緊張のあまり冷や汗をかきながら隠し場所をあけようとしている。ここにそんな大金を置いておくのはばかげている。もし火事になったらどうするのか？　どこかのバカ者がロウソクを倒してウェザーオールの壁に火が移ったら？　暴徒が押しこんできて逃げそこなったら？

ホク・センは手を止めて、額の汗をぬぐう。*おれはどうかしてる。だれもおれをつかまえに来るわけがないのに。グリーン・ヘッドバンドは国境を越えたマレー半島にいるのだ。タイ王国の軍隊が彼らを国内へ入れるはずがない。*

連中がタイへはいってくるようなことがあったとしても、ここは国境からはるかに隔たった土地だ。新型ゼンマイの列車で何日もかかるし、そのまえにタイ国軍がレールを爆破

しているだろう。たとえ石炭を使っても、最低二十四時間はかかる。石炭がなければ、徒歩で何週間という時間が必要だ。おれはちゃんと逃げられる。

ふるえる手でパネルをはずすと、竹の中は空洞だ。もともと天然の防水仕様になっている竹筒の奥に痩せこけた腕をつっこんで闇雲に手探りする。

一瞬、だれかに盗まれたかと思う。留守中に何者かが盗んでいったのか、と。だが、指先に紙の感触があり、ホク・センはひとつひとつ札束を引っ張りだす。

隣室で、隔離されているファランのコー・アングリット島から、船でチビ11s8パイナップルを密輸しろという叔父に、スナンとマリが抵抗している。カロリー独占企業から禁じられた食料を持ちこむ危険を冒せば、彼らはあぶく銭を手に入れるだろう。

ホク・センは彼らが低い声で言い争うのを訊きながら札束を封筒に移し、シャツの中に入れた。ダイヤモンド、バーツ札、翡翠などが壁のあちこちに隠してある。それでも、いまこの金を取り出すのは痛い。ホク・センの貯蔵本能に反することだ。

竹のパネルを元どおり押しこんで穴にふたをする。残った竹くずに唾を混ぜて、目立つ隙間を埋める。かかとに体重をかけてうしろに体をそらし、竹柱の具合をたしかめる。継ぎ目はほとんど見えない。下から四番目の節だとわかっていなければ、どこをさがせばいいか、なにをさがせばいいかわからないだろう。

銀行のなにが厄介かといえば、信用ならないという点だ。隠し金が厄介なのは、安全な隠し場所がなかなかない点だった。アヘンや宝石や稼いだ金を隠す安全な場所を確保するのにまた金がかかる。なにをするにも安全な場所が必要だ。自分の身を守るためにも。そのためなら、いくらかかっても惜しくはない。

すべてのものはかりそめ。仏陀もそういっている。若いころはカルマも仏陀の教えの真理も信じてもいなかったし興味もなかったが、年を取って、祖母の信仰やそのつらい真実も理解できるようになった。ホク・センは苦しむ定めのもとに生まれたのだ。執着こそが彼の苦しみの根源。そうはわかっていても、彼はため込まずにはいられない。今生の世界で、危機に備え、生き抜いていくために。だが、彼の人生はこんなに惨めなものになってしまった。

おれが罪を犯したから、こんな悲惨な目に遭うのか？　一族の者たちがマチェーテで斬殺されるのをこの目で見たのもそのせいなのか？　目の前で自分の会社が焼け落ち、船が沈没したのもか？　ホク・センは目を閉じて、その思い出を閉め出す。後悔することは苦しむことだ。

深呼吸して、よっこらせと立ちあがり、室内を見渡してどこにも異常はないことを確認してから、背中をむけてドアをあける。木のドアが地面をこする。スラムの大通りにある狭苦しい抜け道に出る。よりあわせた革紐の切れっ端でドアを留める。ひと結びするだけだ。以前、泥棒がはいったことがあるし、またはいられることもあるだろうと思って、そのときのことを考えてある。大げさな鍵を付けるとかえって目立って逆効果だが、貧乏人らしい革紐ならだれも目に留めない。

ヤオワラットのスラム街から外へ出る道は、あちこちに物陰やしゃがみこむ人だらけだ。乾季の太陽が強烈に照りつける。チャオプラヤ川の高い堤防がそそり立っていても、あまりの暑さでみんな息も絶え絶えだ。熱気から逃げる術はない。防潮壁が崩壊したらスラムは丸ごと冷たいといってもいい水にのみこまれるだろうが、それまでは、ホク・センは汗まみれになりながら、どこかからくすねてきたトタンを張った壁に体をこすりつけんばかりに、迷路のような狭い抜け道をとぼとぼと歩いていく。

ホク・センは小便の流れた溝を跳び越える。どぶ板を踏み、汗びっしょりでユーテックス社の春雨と生臭い魚の干物を鍋で煮ている女たちのそばをすり抜ける。屋台が数台、白シャツかスラムの大物のどちらかに賄賂を握らせたのか、公然と牛糞を燃やしているせいで、路地はもうもうたる煙と熱したチリオイルのにおいで息が詰まりそうだ。

三重ロックをかけた自転車がたくさん停めてある。ホク・センはその横を慎重にすり抜ける。壁代わりの防水シートの下から衣類や鍋や生ゴミがあふれ出して、外の通路をふさいでいる。なかにいる人が動くと防水シートの壁がかさこそと音を立てる。肺水腫の末期らしき男が咳きこんでいる。女が、息子がライスワインを飲み過ぎて困ると愚痴っている。ひっぱたくぞと幼い弟をしかる少女の声もする。ちゃんとした壁もないスラムではプライバシーなどあり得ないのだが、防水シートでも壁と思えば礼儀があると錯覚することができる。それに、これでも拡張タワーに押し込まれているイエローカード難民よりマシだというのはまちがいない。防水シートを壁代わりにするスラムでもホク・センにとってはぜいたくだ。おまけに、まわりは生まれついてのタイ人ばかりだから隠れ蓑になる。ここはマレーシア時代よりは身を守るのにずっと適している。ここでは、なにかいって外国訛りを露呈しないかぎりは、地元民のような顔をしていられる。

それでも、ホク・センはマレーシアが懐かしかった。異邦人でありながら、家族といっしょに暮らしていたあの国を。大理石を敷き詰めた廊下や朱色の漆塗りの柱がある先祖代々の家に、子供や孫や召使いたちの声がひびいていた懐かしい思い出。海南鶏やアッサムラクサや砂糖をたっぷり入れたコーヒーやロティチャナイというパンが食いたい。

ホク・センは、自社の快速船団や、その船に乗って世界の果てまで足を延ばした船員たち（肌の茶色い連中でも船員として雇った。場合によっては船長にまでした）を懐かしむ。彼らは遠くはヨーロッパまでジーンハック・ゾウムシに耐性のあるお茶を運び、拡張時代以来、手にはいらなかった高価なコニャックを持ち帰ったものだ。夜になれば妻たちのもとにもどり、たらふく食事をした。悩みといえば、息子が怠け者だとか、娘に良い婿が見つかるかということぐらい。

当時のおれはなんと愚かで無知だったことか。貿易業者を気取っていながら、潮目が変わりつつあるのがほとんどわかっていなかった。

防水シートの下から小さな女の子が出てくる。ホク・センを見てにっこり笑う。まだ子供だからホク・センがここの人間ではないことがわからないし、それを気にするには無垢すぎる。生き生きしていて、しなやかな元気さが熱気を発している。節ぶしが痛む老人としては羨望のまなざしで見とれるしかない。少女はにっこりと彼にほほえみかける。

世が世なら、この子がおれの娘だったのかもしれない。

マレー半島の夜は、真っ暗でじっとりと湿っぽく、ジャングルには夜行性の鳥がギャーギャーと鳴き、虫たちがざわめき飛び回る音があふれていた。目の前には、ひたひたと港に寄せる暗い海。ホク・センと四番目の娘は、桟橋と波に揺れるボートのあいだに身を潜めていた。そしてあたりがすっかり暗くなってから、たったひとり助け出すことができた出来の悪い娘を連れて港まで逃げてきたのだ。浜辺にはリズミカルに寄せては返す波、振り仰げば漆黒の空に金色をした針の穴のような星が広がっていた。

「見て、父さん。金よ」娘がささやいた。

ホク・センは、幾度となく彼女に、空の星は金のかけらで、おまえは自由に取っていいんだよといっていた。おまえは、先祖や伝統をよく守る働き者の中国人で、金持ちになるんだから、と。そしていま、ふたりの頭上には黄金の点をちりばめた毛布をいただいている。天の川は大きくうねる毛布のように広がって、背が高くて手を伸ばして絞ったら水のように腕を伝い落ちてくるかと思うほど星が密集していた。

どこを見ても金だらけなのに、そのどれひとつとして手を触れることができない。

水に揺れる漁船や小型貨物船に交じって、ホク・センは一艘の手漕ぎボートを見つけ、沖へむかって漕ぎ出した。流れに乗って入り江を目指す。さまざまに影が映り変わる海面に浮かぶひとつの黒い点だ。

もっと雲の多い夜だったら良かったが、すくなくとも月は出ていない。どんどん漕ぎつづけていると、あたり一面にごろりと白い腹を見せてフエダイが浮いていた。ホク・センの一族が飢えた国民の食料にするために作り替えた種だ。オールを漕ぐと周囲にフエダイたちが群がってきた。自分たちを生み出した人間の血や軟骨を食ってふくれた腹を見せて。

やがて、小さなボートはホク・センがさがしていたものに横付けした。沖に碇をおろした三胴船だ。ボートピープルのハフィッツが眠る場所。ホク・センは船上にあがって、こっそり難民たちにまぎれこんだ。よくよく見ると、みんな自分たちの信仰に守られて熟睡している。彼らは安全で、しかも生きている。いっぽうホク・センにはなにもなかった。

必死にボートを漕ぎつづけたせいで腕も肩も背中も痛い。老人だから。なまった体だから。

難民たちのあいだをさがしまわった。無意味に生き延びようとするほど若くはないが、あきらめもつかなかった。まだ生きられるかもしれない。娘をひとり食わせていくことはできるかも。まだ年若く、先祖になんの貢献もしていなくても、彼女はホク・センの血を引く者なのだ。まだ救えるかもしれないDNAの切り抜き。ようやく目当ての人間を見つけて、彼はかがみこみ、相手の口をふさいで体に手を触れた。

「古き友よ」ホク・センはささやいた。

男は眠りからさめて目を丸くした。「タンさん？」半裸の姿で寝ころんでいるというのに、ほとんど敬礼をしそうになる。そして、おたがいの身の上の変わりように気づいたかのようにその手をおろし、生きているあいだにするとは思えなかった口調でホク・センに呼びかけた。「ホク・セン？　生きてたのか？」

ホク・センは口をとがらせて、「この役立たずな娘とおれは、北へ行かなければならないんだ。きみの助けがいる」

ハフィッツは体を起こして目をこすった。眠っている仲間たちをちらりとうかがって、声をひそめた。「あんたを突き出せばひと財産稼げるんだぜ。三富グループのトップだものな。おれは金持ちになれる」

「おれといっしょに仕事をしていたとき、きみは貧しくはなかっただろ」

「あんたの首は、ペナンの街路に積み重なった中国人の頭蓋骨を全部あわせたよりも価値がある。それに、危険に手を出す必要もないしな」

ホク・センがむっとして反論しかけると、ハフィッツは片手をあげてその口を封じた。ホク・センを甲板の端の手すりのほうへ連れていき、「あんたといたらおれの身が危ない。それがわからないのか？　いまじゃおれの家族のなかにも緑のバンダナをつけてるやつがいる。このおれの息子たちがだぜ！　ここは安全じゃない」

「そんなことも知らないと思うのか？」

ハフィッツには屈辱で目をそらすだけのたしなみがあった。「手を貸すことはできない」

ホク・センは顔をしかめた。「これが、きみに良くしてやった返礼かね？　おれはきみの結婚式にも出たんだぞ。きみたち夫婦にはたっぷり贈り物をした。きみたちのために十日間も宴をひらいた。モハメッドがクアラルンプールの大学へはいるとき、入学金を払ってやったのもおれじゃなかったか？」

「あんたにはさんざん世話になった。たいへんな借りがある」ハフィッツは頭をさげた。「でも、むかしとはちがうんだ。ここにもグリーン・ヘッドバンド隊がたくさんいるし、黄色い疫病を賛美したおれたちは、苦しむだけだ。あんたの首を差し出せば、おれの家族には危害がおよばない。悪いが、それが真実だ。自分でも、どうしていまあんたをぶちのめさないのかわからないよ」

「おれはダイヤモンドを持ってる。翡翠もだ」

ハフィッツはため息をついて、広い筋肉質の背中をむけた。「あんたから宝石をもらったら、たちまちあんたの命までほしくなるだろうよ。金の話なら、あんたの首がなにより価値のあるお宝なんだからな。金で釣るのはやめておいたほうがいい」

「じゃあ、おれたちはこれで終わりなんだな？」

ハフィッツはホク・センに背中をむけたまま、訴えた。「明日になったら、あんたたちが乗ってきたといって〈夜明けの星〉号を差し出し、まったくのうその供述をするよ。おれが利口者なら、ついでにあんたも差し出すところだがな。黄色い疫病を助けた人間は、いまじゃ全員疑われてる。中国企業と組んで太り、あんたたちの庇護のもとで繁栄していたおれたちは、新しいマレーシアじゃいちばんの嫌われ者だ。この国はむかしとは変わってしまった。国民は腹を減らし、怒っている。おれたちのことを、カロリーの海賊、不当な利益を受けた人間、黄色い犬と呼んでいる。国民の反感を鎮めることはできやしない。きみたち中国人はすでに血を流しているが、連中、おれたちをどうするかはまだ決めかねてるんだ。あんたのために家族を危険にさらすわけにはいかない」

「おれたちといっしょに北へ行こう。いっしょに船で行くんだ」

ハフィッツはため息をついた。「グリーン・ヘッドバンドは、すでに船で海岸線をパトロールしている。やつらの網は広く、そして深い。連中はつかまえた難民をぶち殺すんだよ」

「しかし、われわれには知恵がある。連中より頭が切れる。出し抜くことはできるだろう」

「いいや、できないね」

「どうしてわかる？」

ハフィッツは心苦しそうに目をそらした。「おれの息子たちがそう自慢していたよ」

ホク・センは渋い顔をして、娘の手をにぎった。

ハフィッツはいった。「すまない。この恥は死ぬまで忘れないよ」ふいにむきを変えて、急いで調理場のほうへ行き、傷んでいないマンゴーとパパイヤを持ってもどってきた。ユーテックス米を一袋と、パーカル社のチビ・メロンもだ。「さあ、これを持っていってくれ。こんなことしかできなくて申しわけない。悪いと思ってるよ。自分が生き延びることも考えないとならないんだ」そういうと、彼はホク・センをボートに追いやって海へ漕ぎださせたのだった。

それから一カ月、ホク・センは独力で国境線を越え、蛇頭（じゃとう）の裏切りで置いていかれたヒルだらけのジャングルを這うように脱出した。

イエローカード難民を助けた人間は、その後、大勢死んだと聞かされた。崖から飛び降りて下の岩場にぶつかるか、うまく浮上してもその場で撃ち殺されるかしたのだそうだ。

ハフィッツもそうして死んだのだろうか、それとも三富の最後の生き残りが乗っていたという船を差し出して家族もろとも命を救われただろうか。ホク・センはときおりそんなことを思った。グリーン・ヘッドバンドの息子たちは父親を弁護しただろうか、それともいくつもの罪を犯した父親が苦しむのを冷たい目で見つめていただろうか？

「おじいさん？　だいじょうぶ？」

小さな女の子が、大きな黒い目を見開いてやさしくホク・センの手首をさわった。「お湯を飲んだら？　母さんに頼んであげるから」

ホク・センはなにかいいかけてやめてから、ただうなずいて立ち去る。返事をすれば、難民だとわかってしまうだろう。目立たないのがいちばんだ。白シャツや糞の王やイエローカードに押されたいくつかの偽造スタンプという気まぐれのおかげで生きていることを隠しつづけるのが得策だ。たとえ親切そうに見えても、だれも信用しないほうがいい。いまは笑顔の少女が、明日には赤ん坊の頭めがけて石を投げつける。それが唯一の真実だ。世の中に、人は忠誠心とか信頼とか親切なんてものがあると考えがちだが、そんなものは悪魔の猫だ。結局は、ただの煙のようにつかみどころがないのだから。

さらに十分ほど、曲がりくねった路地を行くと、町の防潮壁の近くへ出る。町の生き残りのために尊いラーマ十二世が描いた青写真どおりの防護壁に、ひしめく掘っ立て小屋がフジツボよろしくへばりついている。笑い屋チャンが、粥(ジョク)屋台のわきに腰をおろして、湯気の立つユーテックス米の粥を食べていた。ねばねばした粥には、得体の知れない肉片が埋もれている。

まえの人生では、笑い屋チャンはプランテーションの管理人で、百五十人の労働者をかかえてゴムの木の幹にあけた穴からしたたる原液を集めていた。この人生では、人を束ねる才能を生かして新しい居場所を見つけ、メゴドントや船から桟橋へ積み荷をおろし、アンカーパッドに移す作業員の監督だ。怠惰で鈍重なタイ人にはむかない仕事なのか、おなじイエローカード難民に飯の種をまわせる笑い屋チャンがだれかお偉いさんに賄賂をわたしているのか。笑い屋チャンは、ときどきほかの仕事にも手を出している。アヘンやアンフェタミンを川からほかならぬ糞の王のタワーへと運んだり、環境省の妨害をかいくぐってコー・アングリット島からアグリジェン社のソイプロを密輸する仕事だ。

片耳と歯を四本失っても、彼はめげずに笑っている。腰をおろしてバカみたいににやにや笑いながら、その目は行き交う通行人を追っている。ホク・センが腰をおろすと、熱々の粥が出てくる。南にいたころ飲んでいたのに負けない味のコーヒーを飲みながら、ふたりはユーテックス米の粥を食べる。ふたりともずっと周囲の人びとをながめる。鍋から粥をすくう女や、路地にならぶ他の屋台ですわって食事をしている男たち、狭い路地を自転車で仕事にむかう人たち。結局、ホク・センも笑い屋チャンもイエローカード難民だ。鳥を付け狙うチェシャ猫とおなじように、それが彼らの本質だ。

「準備はできたのか？」笑い屋チャンがたずねる。

「もうすこし待ってくれ。おまえの部下たちを見られたくない」

「心配するなって。おれたちはもうタイ人とおなじようなものさ」歯抜けの口を見せてにやっと笑う。「現地人になりつつあるんだ」

「ドッグ・ファッカーとは知り合いなのか？」

笑い屋チャンは強くうなずき、その顔から笑みが消える。「スクリットのほうもおれを知ってる。おれは防潮壁の下の村の側を使う。人目につかないようにな。アーピンとピーター・シュウに見張りをさせるよ」

「それならいい」ホク・センは粥を食べ終わり、笑い屋チャンの分も代金を支払う。チャンやその部下たちがそばにいると思うと、すこしは気が楽だ。それでも、危険であることに変わりはない。もしこれが失敗すれば、チャンはもう復讐を果たすことなどとうていできない立場になりさがるだろう。そう思うと、ホク・センはそんな危険を冒すに足る報酬を払ったかどうか自信がなかった。

笑い屋チャンは防水シートの家いえのあいだをすり抜けてのそのそと歩き出す。ホク・センは、どよんとした熱気のなかを、防潮壁の横をあがるごつごつした急坂をのぼった。スラム街の坂道をあがっていくと、ひと足ごとに膝が痛む。ようやく町を洪水から守っている高く幅広い堤防の上に出た。

行き場のないスラムの悪臭に囲まれたあとだけあって、着ている服をたなびかせて浴びる海風は爽快だ。青い海は鏡のように陽光を照り返してまぶしい。ホク・センのほかにも、堤防の上に立って新鮮な空気を浴びている人びとがいる。堤防の端には巨大なヒキガエルのようなラーマ十二世の石炭ポンプがうずくまっている。金属製の腹にコラコットのシンボルであるカニが見える。一定のリズムで煙突から蒸気と煙が立ちのぼった。

地下のどこかで、国王の才覚にしたがって計画されたポンプが触手を伸ばし、地下深くから水を吸い出して町が水没するのを防いでいる。暑い季節ですら、七基のポンプが絶え間なく動いて、バンコクの町が水に飲みこまれるのを防いでいるのだ。雨期になると、星座のシンボルのついた十二基のポンプがフル稼働する。土砂降りの中、だれもが全身びしょ濡れになって町の大通りを小型ボートで移動する。今年もちゃんとモンスーンの時期が来て、防潮壁が無事だったことに感謝しながら。

ホク・センは堤防のむこうにおりて桟橋に出る。小型ボートにココナッツを満載した農夫が、緑色の果物の頭をちょん切ってホク・センに味見を勧めてくる。トンブリ地区の水没したビル群が海から突きだしているのが見える。小型の船や漁網やクリッパー船が海面を行き交う。ホク・センは深呼吸して、魚と海藻くさい海水のにおいを胸一杯に吸いこむ。生きている海のにおいだ。

日本のクリッパー船がするすると通過していく。椰子油ポリマー製の船体と高く張った白い帆がカモメを連想させる。船底の水中翼はまだ畳んだ状態で見えないが、沖へ出ればスプリングキャノンを利用して高く帆を張り、船はトビウオよろしく水面を飛ぶだろう。ホク・センは初めて手に入れたクリッパーの船上に立ったときのことを思いだした。帆をはためかせ、子供が投げた石のように海面をかすめ飛ぶ。ホク・センは、海面をきりさく船の上で波しぶきを浴びながら高笑いした。第一婦人のほうをむいて、おれにできないことはない、未来はおれたちのものだと宣言した。

岸壁に腰をおろし、残ったココナッジュースを飲む。物乞いの少年がそれを見つめている。賢そうな子だ。ホク・センは少年を手招きする。ジュースを飲み干したあとのココナッをどうするのか辛抱強く待っているような賢い子には褒美をやりたい。ホク・センは少年にココナッをやった。少年は合掌の礼(ワイ)をしてココナッを受け取ると、堤防の上のモルタル塗りの石にぶつけて割る。そして少年はしゃがみこんで粘りけのある柔らかい果肉を牡蠣殻(カキガラ)でこそげ取り、むさぼり食った。

やがて、ドッグ・ファッカーがやって来た。ほんとうの名前はスクリット・カムシンというのだが、ホク・センはイエローカード難民がこの男を本名で呼ぶのを聞いたことがない。あまりにも悪意に満ちたいきさつがあるのだ。この男はいつもドッグ・ファッカーと呼ばれ、その名は憎悪と恐怖に、満ち満ちている。カロリーと筋肉がたっぷり詰まったずんぐりした男だ。カロリーをジュールに変換することにかけては、メゴドントに匹敵する。

腕や手の傷跡が青白く見える。鼻があったところは縦に裂け目があり、黒ぐろとした鼻孔が二本縦に並んでいるさまは豚の鼻のように見える。

ドッグ・ファッカーがファガンが進行するのにまかせたため、カリフラワーが奥深くまで根を張ってしまい、鼻ごと切断するしかなくなったのだとか、単純に糞の王が罰として鼻を切断したのだとか、イエローカード難民たちはいろいろと噂していた。

ドッグ・ファッカーはホク・センの隣にしゃがみこむ。酷薄そうな黒い目をしている。

「おまえのところのチャンという医者が、手紙を持ってきた」

ホク・センがうなずく。「あんたのスポンサーに会いたい」

ドッグ・ファッカーは軽く笑う。「あの医者、昼寝を邪魔しやがったから、指をへし折って死ぬまでファックしてやった」

ホク・センは平然とした表情のままだ。いまのはうそかもしれない。ほんとうかもしれない。どっちなのかは知りようもないのだ。どっちにしろ、たじろぐかどうか試されている。ホク・センが駆け引きに応じるかどうか見ているのだろう。ドクター・チャンは死んだかもしれない。つぎに輪廻するとき、マイナスとなる名前がまたひとつ。ホク・センはいう。「あんたのスポンサーはこのオファーを気に入ると思うよ」

ドッグ・ファッカーはむきだしになった鼻孔をぼんやりとひっかく。「だったら、おれのオフィスに来ればいいだろ」

「仲間がいるのか？　イエローカードが？　連中がいれば自分は安全だと思ってるのかね？」

「外がいいんだ」

ホク・センは肩をすくめる。沖に浮かぶ船に目をむけ、広い世界を見やる。「あんたとスポンサーにひとつ申し出がある。大儲けできる話だ」

「いってみろ」

ホク・センはかぶりを振る。「ダメだ。直接話をしないと。そっちのスポンサーと一対一でね」

「あの人はイエローカードとは話さないよ。なんだったら、おまえをこのまま魚の餌にしちまってもいいんだぜ。グリーン・ヘッドバンドの連中が南部でイエローカード難民にやったようにな」

「わたしがどういう人間か知ってるはずだ」

「手紙に書かれていたことは知ってる」ドッグ・ファッカーは鼻孔の端をなでながらホク・センのようすをうかがう。「ここでは、あんたはただのイエローカードにすぎない」

ホク・センは無言で、金を入れた麻袋をドッグ・ファッカーに手渡す。ドッグ・ファッカーは不審そうにながめるだけで受け取らない。「なんだ、これは？」

「贈り物だよ。見てみてくれ」

ドッグ・ファッカーは興味津々だが、軽はずみなまねはしない。それがわかって良かった。袋に手をつっこんでサソリに嚙みつかれるようなまねはしない男だ。袋の口をゆるめ、中身をあける。札束がこぼれて、潮が引いたあとの貝殻交じりの地面にころがる。ドッグ・ファッカーが目を丸くする。ホク・センは微笑をこらえた。

「三富貿易会社の長、タン・ホク・センがビジネスの申し込みをしていると糞の王に伝えてほしい。わたしの手紙を渡してくれれば、あんたにも大金がはいるよ」

ドッグ・ファッカーはにやりと笑い、「この金をもらって、手下におまえを痛めつけさせ、妄想狂のイエローカードが残りの金をどこに隠しているのか口を割らせるって手もあるぜ」

ホク・センは無反応で能面を貫く。

ドッグ・ファッカーはいった。「このあたりにいる笑い屋チャンの手下は全員知ってる。あいつは、こっちの顔を潰すようなことをやらかしやがって、おれに借りがあるんだ」

ちっとも恐ろしい気がしないので、ホク・センは自分でも意外に思う。生きていると恐ろしいと思うことばかりだが、ドッグ・ファッカーのようなごろつきがこわくて夜寝られないということはない。結局、ドッグ・ファッカーは商売人だ。国を守っているという自尊心でそっくり返り、すこしでももちあげてほしくてたまらない白シャツとちがって、ドッグ・ファッカーは金のために仕事をする。金で動く。ドッグ・ファッカーとホク・センはそれぞれ経済組織のなかの別の部品だが、すべてを取り払ってしまえば同類なのだ。自信が強まり、ホク・センは薄ら笑いを浮かべる。

「これはほんのお礼ですよ。骨を折ってもらうんだから。わたしの提案に乗れば、儲けはこんなものじゃない。全員が儲かる」彼は最後のふたつの品を取り出す。ひとつは手紙だ。「これをあんたのご主人に渡してくれ。封は切らずに」そしてもうひとつの品物を差し出す。よく見るありふれたスピンドルとブレースがついた、鈍い黄色の椰子油ポリマー製の小箱だ。

ドッグ・ファッカーはそれを受け取ってひっくり返し、「新型ゼンマイか?」とけげんそうな顔をする。

ホク・センは微笑する。「こんなものをどうしろと?」「手紙を読めば、あんたのスポンサーにはわかるさ」立ちあがって、ドッグ・ファッカーの返事も待たずに背をむける。グリーン・ヘッドバンドに急襲されて、倉庫群が火に包まれ、船が海の藻屑と消えていったあのときから、これほど心強く、自信がもてたためしはない。この瞬間、ホク・センは自分に男を感じた。足が不自由なのを忘れて、まっすぐに歩く。

ドッグ・ファッカーの手下が尾行しているかどうかは知りようもないので、ドッグ・ファッカーと笑い屋チャンの両方の部下たちが遠巻きに自分の動きを見張っているのを知りながら、ゆっくりと歩く。路地を進み、スラムの奥深くへ切りこんでいくと、そこでチャンが笑顔で彼を待っている。

「つかまらなかったのか」チャンはいった。

ホク・センはまた金を出す。「よくやってくれた。でも、あんたの手下だというのはばれてたぞ」札束をチャンに渡す。「彼に渡してくれ。もう用は済んだから」

笑い屋チャンは笑顔で札束を見た。「この半分でじゅうぶんだな。ドッグ・ファッカーだって、危ない橋をわたってコー・アングリット島からソイプロを密輸したいと思えば、おれたちを使いたがる」

「いいから取っておいてくれ」

チャンは肩をすくめて金をしまう。「ご親切にどうも。アンカーパッドが閉鎖されるから、臨時収入はありがたい」

背をむけかけていたホク・センは、チャンの言葉にふりむいた。

「アンカーパッドがどうしたって?」

「閉鎖されるんだよ。ゆうべ白シャツが踏みこんできてね。どこも立ち入り禁止だ」

「なにがあったんだ?」

チャンは肩をすくめる。「積み荷を全部焼き払ったと聞いてる。なにもかも煙になっちまった」

ホク・センはそれ以上聞いていなかった。ふりむいて、年老いた骨が動くかぎりのスピードで走る。おのれを罵りながら。風向きを見誤るなんてバカ者め。よけいなことに手を出して前進しようと思うあまり、ただ生き延びることをおろそかにするなんて。

将来のための計画を立てるたびに失敗するような気がする。前方に手を伸ばすと、いつだって世界がのしかかって彼を押しつぶす。

スクンヴィット通りで、太陽を浴びて汗みずくになりながら、ホク・センは新聞売りを見つける。もたもたと新聞各紙をめくる。ギャンブル運のいい数字やムエタイのチャンピオン予想が載っている占いのページを読み飛ばす。

破り捨てるような勢いでつぎつぎとページを繰る。

どの新聞にも、けっして買収に応じないバンコクの虎、ジェイディー・ロジャナスクチャイの笑顔が載っていた。

7

「見ろよ！　おれは有名人だ！」

ジェイディーは新聞の写真を自分の顔の横にならべてカニヤに笑いかける。彼女が笑わなかったので、新聞を彼の写真が載っているほかの新聞といっしょにラックにもどす。

「ああ、そうだな。あんまり似てない。きっと記録係に金をつかませて手に入れた写真だろう」悲しげにため息をつく。「でも、あのころは若かった」

それでもまだカニヤはとりあわず、暗い顔で運河（クロング）の水を見つめるのみ。ふたりは終日、パーカル社やアグリジェン社の穀物を上流へ密輸する小舟を摘発するため河口を行き来していたのだが、ジェイディーはいまもまだある種の興奮状態だ。

この日の収穫は桟橋のすぐ外に停泊していたクリッパー船だった。バリから北上してきたインドの貿易船に見せかけていたが、調べてみるとじつはチビスコシス耐性のパイナップルを満載していたのだ。ジェイディー率いる白シャツ隊が船内にアルカリ液をまいて荷箱（クレート）をつぎつぎと消毒し、食用不可にしているあいだ、港湾管理者と船長があたふたと言い訳をしているのを見るのは痛快だった。これで密輪でボロ儲けはできなくなる。ボードに貼りだしてある他の新聞をぱらぱらとめくってみて、ジェイディーはまた別の写真を見つける。こっちはムエタイの選手だったころ、ルンピニー・スタジアムでの一戦を終えて笑っている写真だ。新聞は《バンコク・モーニング・ポスト》。

「息子たちがこれを読んだら喜ぶだろうな」

新聞をひらいてざっと記事をながめる。通産相のアカラットが暴言を吐いている。その発言を引用してジェイディーを破壊者と書いてはいたが、新聞が自分を裏切り者とかテロリスト呼ばわりしていないのは意外だ。そこまで思い切ったことができないのをみても、マスコミが腰抜けなのがわかる。

ジェイディーは新聞ごしにカニヤを見てニヤニヤせずにはいられない。「連中、よほどこたえたんだな」

今度もカニヤは無反応だ。

カニヤの不機嫌を気にしないでいるには、ちょっとしたコツがある。初めて彼女に会ったとき、あまりに表情に乏しく、なにかおもしろいことをいってもまったく通じないので、この女はバカなんじゃないかと思ったぐらいだった。鼻がなくてにおいがわからなかったり、目がなくてものが見えなかったりするように、まるで目の前に楽しいこと(サヌーク)が起きても感知するための器官が欠けているかのように思えた。

「省にもどるべきです」カニヤはそういってふりむき、乗れる船はないかと運河を行き交う乗り物を見やる。

ジェイディーが新聞代を払い、一台の水上タクシーが走ってくるのに気づく。

カニヤが手を振ると、タクシーがふたりのそばに横付けする。勢いのついたフライホイールがブーンと音を立て、遅れてきた波が運河の岸に当たって跳ね返る。覆いのかかった船首部には、金持ちの潮州(チャオジョウ)商人たちが食肉処理場へむかうアヒルのようにぎゅうぎゅう詰めになっている。

カニヤとジェイディーは船に飛び乗り、座席の外の踏み板に立つ。切符売りの子供はふたりの白シャツを無視する。ふたりがその子を無視するように。子供は、ふたりといっしょに乗り込んできた別の男に三十バーツの切符を売る。ジェイディーは命綱を握りしめ、船は速度をあげて桟橋を離れる。顔を風になぶられながら運河を南下して都心部をめざす。船は、手漕ぎボートや船尾が長い船をすいすいかわして急速に進む。両岸には荒廃した人家や商店が建ち並び、色とりどりのパーシン・スカートやブラウスやサロンなどの洗濯物が日差しを浴びている。女たちが長い黒髪をどす黒い運河の水で洗っている。とつぜん船の速度が落ちた。

カニヤが前に目をやる。「どうしたのかしら？」

前方では、一本の木が倒れて運河をあらかたふさいでいる。狭い隙間をむりして前進しようとする船で渋滞が起きていた。

「ボーの木だ」ジェイディーはそういって周囲を見回し、目印になるものをさがす。「僧たちに知らせないと」

ほかにはだれも木をどかそうとする者はいない。木材は不足しているのに、倒れた木を切って持っていこうとする者もいない。不吉だからだ。運河を行く船が聖なる木が邪魔にならないわずかな隙間をすり抜けようとするので、ジェイディーたちの船はなかなか前進できない。

ジェイディーはじれったそうに舌打ちし、前方にむかって怒鳴る。「みんな、道をあけろ！　環境省だ。場所をあけろ！」バッジをふりかざす。

バッジとまぶしい白シャツを見ただけで、ほかの船はわきへよける。水上タクシーの運転手がちらっと感謝の表情を浮かべた。ふたりの乗ったゼンマイ船は渋滞にすべりこみ、狭い隙間をさがして前進する。

むき出しになった大枝をゆっくりとまわりこむとき、水上タクシーの乗客たちはみんな倒れた木に敬意を表し、合掌(ワイ)した手をひたいに押しつけて深ぶかと礼をする。

ジェイディーも合掌の礼をしてから、通りすがりに手を伸ばして木に触れ、その節くれ立った木肌を指でなでる。小さな穴が点々とあいている。皮をはいでみれば、細かな網目に木の死が描かれているだろう。ボーの木。その下で仏陀が悟りをひらいた神聖なる菩提(ぼだい)

樹だ。だが、彼らにはその木を救う術はなかった。懸命に手を尽くしたにもかかわらず、イチジク科の木は一本の残らず死滅してしまった。人は象牙甲虫のまえでは無力だ。科学者が万策尽きたとき、彼らは最後の望みをかけてセウブ・ナカサティアン師に祈ったが、さしもの殉教者ですら結局は彼らを救えなかった。

「すべてを救うことなんてできなかったんですよ」ジェイディーの思いを読んだかのようにカニヤがつぶやく。

「たったひとつのものを救うこともできなかった」ジェイディーは象牙甲虫があけた穴のひとつを指でなぞった。「ファランには償うべき罪が山ほどある。それなのに、アカラットはまだ連中のご機嫌をとろうとしてる」

「アグリジェン社に対してはちがいます」

ジェイディーは苦笑して、倒れた木から手を離す。「そうだな。しかし、似たようなやつらがいる。遺伝子リッパー。カロリーマン。飢餓がいちばんひどくなるとパーカル社だって。でなきゃ、連中をコー・アングリット島に居座らせておく理由はないからな。連中が必要になった場合に備えての措置だ。われわれが失敗して、連中に米や麦や大豆をくださいと泣きつかなきゃならなくなったときのために」

「いままでは、自前の遺伝子リッパーもいます」

「ラーマ十二世さまの先見の明のおかげでな」

「それから、チャオプラヤ・ギ・ブ・センのおかげで」

「チャオプラヤか」ジェイディーは渋い顔になる。「あんな邪悪なやつに、そんな敬称をつけるべきじゃないな」

カニヤは肩をすくめたものの言い返しはしない。やがて菩提樹を背後に、ふたりはスリナカリン橋で船をおりる。食べ物を売る屋台のにおいがジェイディーをそそる。カニヤの先に立って狭い横町(ソイ)にはいる。「このあたりにうまいソムタムの屋台があるとソムチャイがいってた。うまい清潔なパパイヤだってさ」

「お腹はすいてません」カニヤはいう。

「だからおまえはいつもそんなに不機嫌なんだろ」

「ジェイディー……」カニヤはいいかけて口をつぐむ。

ジェイディーは彼女をふりむき、心配そうな表情に気づく。「どうした？　来いよ」

「アンカーパッドが気がかりです」

ジェイディーは肩をすくめる。「心配ない」

前方には、路地の壁沿いに食べ物を売る屋台がひしめいている。どこから拾ってきたのか、テーブルの天板のまんなかに小さなボウル入りのナンプラー・プリックがきちんと置かれている。「ほらな？　ソムチャイのいったとおりだ」目当てのサラダ売りを見つけてスパイスと果物をチェックし、ふたり分注文しようとする。カニヤが横にならんだ。そのあたりだけ沈鬱なムードが影を落とす。

「二十万バーツはアカラットにとって大きな損失です」ジェイディーがもっとトウガラシをと注文しているかたわらでつぶやく。

ジェイディーがうなずき、売り子の女がミックススパイスにグリーンパパイヤの千切りを混ぜる。「たしかに。あれほどの大金が動いているとはちっとも知らなかったよ」

それだけの資金があればジーンリップのリサーチをする研究所を作ったり、トンブリのティラピア農場の調査に白シャツ隊を四百人派遣することもできるし……。ジェイディーはかぶりを振る。たった一回の手入れでこれだけだ。驚くべきものだった。

ジェイディーは世界の仕組みを理解しているつもりになることもあれば、ときには聖なる町のいままで手をつけていなかった地域のふたを開けると、予想だにしなかったゴキブリが走り回っていることもある。ほんとうに、知らないことはあるものだ。

豚肉にトウガラシをふったものとレッドスター社のタケノコをあえた料理の皿を山盛りにした隣の屋台に移動する。よく火が通ってカリッと揚がった、その日チャオプラヤ川からあがったばかりのスネークヘッドのフライ。ジェイディーはさらに料理を注文する。ふたりで食べるにはじゅうぶんな量だ。飲み物には砂糖を入れてもらう。オープンテーブルにすわって、料理が出てくるのを待つ。

竹製のスツールを揺らしながら、一日の終わりにライスビールで腹を温めながら、ジェイディーは陰気な部下にほほえみかける。

例によって、うまい料理を目の前にしても、カニヤは相変わらずだ。「本部でビロンバクディ氏があなたのことをこぼしていましたよ」彼女はいう。「プラチャ将軍のところに報告して、あなたのにやにや笑いを浮かべた口を引き裂いてやるって」

ジェイディーはチリをすくって口にはこぶ。「こわくないね」

「アンカーパッドは彼の領分です。密輸する連中を守って大枚の賄賂をもらうためのね」

「最初は通産省、こんどはビロンバクディの心配か。あのじいさんは自分の金におびえてるんだ。瘤病にかかるのがいやだといって、女房にいちいち料理の毒味をさせるんだからな」かぶりを振って、「そう暗い顔をするな。もっとにこにこしたほうがいい。少しは声をあげて笑え。さあ、これを飲むんだ」ジェイディーはカニヤの飲み物にもっと砂糖を入れた。「むかし、わが国はほほえみの国と呼ばれていたんだぞ」ジェイディーは自分でやってみせる。「なのにきみはそこにすわって暗い顔をしてる。一日中ライムをかじってるみたいじゃないか」

「たぶんむかしはもっと笑えることがあったんでしょう」

「まあ、それはそうかもな」ジェイディーはささくれだったテーブルに砂糖をもどし、考え深げにそれを見つめる。「こんな目にあうなんて、おれたちは前世でなにかひどいことをやらかしたにちがいない。そうとでも考えないとぜんぜん筋が通らない」

カニヤはため息をつく。「ときどき祖母の霊を見るんです。うちの近くの仏塔(チェディ)のまわりをうろついてるのを。一度なんか、もっといい国にしてくれないと輪廻して戻ってこられないといわれましたよ」

「また幽霊(ピー)の話か？　どうやってきみを見つけたんだね？　おばあさんもイサーン人じゃなかったのか？」

「どっちにしても見つけたでしょう」カニヤは肩をすくめる。「わたしを見てとっても悲しんでます」

「うん、おれたちも悲しくなるだろうと思うよ」

ジェイディーも幽霊を見たことはある。ときには大通りを歩いていたり、木にすわっていたりするのだ。幽霊はいまもいたるところにいる。数え切れないほどたくさん。墓地で、菩提樹の枯れ木にもたれかかり、じれったそうな顔でジェイディーを見ている。

霊媒師たちは口をそろえて、幽霊たちは生まれ変わることができない宙ぶらりんの状態でいることに欲求不満で頭にきているという。海辺へむかう列車に乗ろうとフワランポーン駅にたむろする人びとのように。みんな生まれ変わるときを待っているのだが、その望みはかなわない。彼らはこの現代に再生して苦しむような悪いことをしていないのだから。

アジャーン・ステプのような僧たちは、これはナンセンスだという。こんなものは瘤病に感染した野菜を食べて不慮の死を遂げた飢えた幽霊にすぎないといって、そうした幽霊を寄せつけないお守りを売っている。アジャーン・ステプの寺へ行って寄付をすることはだれにでもできるし、それができなければエラワン寺へ行ってブラフマーに供物をそなえ――寺の踊り子たちにちょっとした踊りをしてもらったりして――霊たちが落ちついてつぎの肉体に移れるかもしれないという希望を買うのだ。そういう望みを得ることはできる。それでも、幽霊たちはそこらじゅうにいる。だれもがそれを承知している。アグリジェン社やパーカル社などの犠牲者だ。

ジェイディーはいう。「きみのおばあさんのことに直接かかわるつもりはない。満月の晩には、おれも環境省を取り巻く道に幽霊が群れ集っているのを見たことがあるし。何十人もいたよ」悲しげな笑みを浮かべる。「どうしようもないんじゃないかな。ニワットやスラットがこういう世の中で育つことを考えると……」息を吸って、カニヤのまえでこれ以上の感情をあらわにすまいとむりやり押さえつける。また飲み物を口にして、「とにかく、戦うのはいいことだ。アグリジェン社かパーカル社の重役たちの弱みをつかんで息の根を止めてやりたい。瘤病ＡＧ134号を味わわせてやるのもいいかもな。それで、おれの人生は完成する。幸せに死ねるってもんだ」

「あなたはたぶん生まれ変わったりもしないんでしょうね」カニヤが意見をいう。「またこの地獄へ舞い戻るには善人すぎます」

「運が良ければデモインに生まれ変わって、連中のジーンリップ研究所に爆弾を落としてやるさ」

「むりな望みね」

カニヤの口ぶりに、ジェイディーは顔をあげる。「きみはなにを悩んでるんだ？　どうしてそんなに悲しそうなんだ？　おれたちはきっと、どこか美しい場所に生まれ変わるさ。おれも、きみも。昨夜だけでもどれほどの徳を積んだか考えてみろよ。あの積み荷を焼き払ったとき、税関の連中はさぞ肝を冷やしただろうよ」

カニヤは苦い顔をする。「賄賂の効かない白シャツに会ったのは初めてでしょうからね」

そんな言葉で、ジェイディーがここぞとばかりに笑いにもっていこうとするのを断ち切る。カニヤが環境省でみんなから煙たがられているのもふしぎはない。「そう。それはほんとうだ。いまじゃ、だれもが賄賂を受け取る。むかしとはちがう。人は最悪の時代をおぼえていないもんだ。むかしのやり方をおそれてはいない」

「そしていま、あなたは通産省もろともコブラの喉もとめがけて飛びこむんですね」カニヤはいう。「十二月十二日のクーデター後、プラチャ将軍とアカラット大臣は、一戦交えるための新しい口実をさがしておたがいにらみあってばかり。ふたりの確執はまだおわってないんです。そしていま、あなたの行動がアカラットの怒りをかき立てる。おかげで現状は不安定です」

「そうだな、おれはいつだって怒りっぽくて損をしてきたよ。チャヤにも文句をいわれてる。だからきみを副官にしたんだ。しかし、アカラットのことは心配しないね。しばらくは文句たらたらだろうが、やがて落ちつくさ。気に入らないだろうが、プラチャ将軍は軍部に味方が多すぎる。またクーデターを起こしてアカラットを引きずりおろせるぐらいにな。スラウォン首相は死んでしまって、アカラットには事実上なにもない。孤立無援だ。アカラットには金はあるかもしれないが、将軍に脅しをかけようにも、メゴドントも戦車もなしでは張り子の虎も同然だ。こんどのことは、彼にとってもいい教訓だよ」

「あの男は危険です」

ジェイディーは真剣なおももちでカニヤを見る。「コブラだって、メゴドントだって、チビスコシスだって危険だよ。おれたちは危険に囲まれている。アカラットは……」肩をすくめ、「とにかく、すんでしまったことだ。なにをいっても変わらない。どうしていまになって気をもむんだ？　だいじょうぶ。気にするな」

「でも、注意してください」

「アンカーパッドの男のことを考えてるのか？　ソムチャイが見たというやつを？　そいつがこわかったのか？」

カニヤは肩をすくめる。「いえ」

「意外だな。おれはこわかったよ」ジェイディーはカニヤを観察し、どこまで話すべきかと考える。自分がどんな世界に生きているかわかっていることを、どこまで明かしていいものか。「あいつはとても不吉な感じがする」

「ほんとうに？」カニヤは不安そうな顔だ。「あなたがこわいと思うんですか？　つまらない男ひとりを？」

ジェイディーはかぶりを振る。「女房のうしろに逃げこむほどこわいわけじゃないけどな。でも、あの男は見たことがあるんだよ」

「初耳ですね」

「最初は確信がもてなかった。いまはまちがいないと思ってる。おそらくあいつは通産省の関係者だ」言葉を切って、カニヤの反応をためす。「またおれを付け狙っているんだろう。またぞろ暗殺を考えているのかもしれん。きみはどう思うね？」

「まさかあなたに手を出す度胸はないでしょう。女王陛下にお褒めの言葉までもらったのに」

ジェイディーは首筋に手をやる。浅黒い肌にゼンマイ銃で撃たれた古傷が白茶けて見える。「アンカーパッドでおれにあんなことをされたあとでもか？」

カニヤが気色ばむ。「警備をつけましょう」

ジェイディーは相手の剣幕を笑い飛ばす。そういってくれたことで心が温まり、自信がついた。「好意はありがたいが、警備をつけるなんて愚の骨頂だ。それじゃ、おれを震えあがらせることができると世間に公表するようなもんだからな。虎はそんなことをしない。さあ、これを食べろ」料理をカニヤの皿に取り分ける。

「満腹です」

「遠慮するな。食えって」

「警備をつけてください。お願いです」

「おまえを信用してるよ。援護はたのむ。きみがいればじゅうぶんだ」

カニヤはひるむ。そのどぎまぎぶりを、ジェイディーは内心で微笑ましく思う。ああ、カニヤ。人間だれしも人生で二者択一を迫られることがある。おれはもう決めた。しかしきみにはきみのカルマがあるんだ。やさしい声で彼はいう。「さあさあもっと食べなさい。きみは痩せて見える。ガリガリじゃ恋人もできないぞ」

カニヤは皿を押しやる。「このごろあまり食欲がなくて」

「そこらじゅうでみんなが飢えているというのに、きみは食欲がないとは」

カニヤは渋い顔で、細い魚の切り身をスプーンですくう。

ジェイディーはかぶりを振って、自分のフォークとスプーンをおろした。「どうしたっていうんだ？　いつも以上に暗いじゃないか。兄弟を骨壺におさめたばかりじゃあるまいし。なにが気になってるのかね？」

「なんでもありません。ほんとに。ただお腹がすいてないだけで」

「話したまえよ。きみには本音を話してもらいたい。命令だぞ。きみは優秀な隊員だ。暗い顔を見ているのはたまらん。部下にはだれも暗い顔をしてほしくない。たとえイサーンの人間でも」

カニヤは顔をしかめる。ジェイディーは、副官がなにをいおうか考えているのを見守った。いままでこの娘にここまで気配りしたことがあっただろうか。なかったと思う。いつも強引で、簡単に腹を立ててきた。カニヤとはちがう。無口なカニヤ。いつも落ち着いた（ジャイ・イェン）カニヤとは。ちっともおもしろく（サヌーク）はないが、まちがいなく落ち着き（ジャイ・イェン）がある。

ジェイディーは待った。ついにカニヤの身の上話を聞ける。痛いたしい人間味に満ちた話をそっくりそのままに。ところが、ようやくカニヤが紡ぎだした言葉は意外なものだった。ほとんどささやくような小声で、彼女は話す。そもそも言葉を口にするのをほとんど恥ずかしがっているようだ。

「あなたが善意の贈り物をじゅうぶん受け取ってくれないと文句をいう人もいますよ」

「なんだって?」ジェイディーは目をむいて、続きを待つ。「われわれはそういうことにはかかわらない。ほかの連中とはちがうんだ。しかも、それを誇りに思ってる」

カニヤは躊躇なくうなずく。「だから新聞や雑誌はあなたが好きなんです。国民に愛されてるのもそのせいです」

「だけど?」

またも困ったような顔にもどる。「だけど、これ以上の出世は望めないし、忠実な部下たちも、あなたに庇護されたところでなんの得にもならないから、やる気を失ってしまうんです」

「しかし、おれたちが成し遂げたことを見ろよ!」ジェイディーは、クリッパー船から押収した金袋を両脚のあいだに置いて軽く叩いて見せる。「みんな、その必要があれば引き立ててもらえるのは知ってる。必要がある者はみんな必要以上に手にいれてる」

カニヤはテーブルに目を落としてぶつぶついう。「あなたがお金を手許に置いておきたがるといってる者もいるんです」

「なんだと?」ジェイディーは唖然としてカニヤを凝視した。「きみはそんなふうに思ってるのか?」

カニヤはつらそうに肩をすくめて、「もちろん思ってません」

ジェイディーはかぶりを振ってあやまった。「いや、むろんきみがそんなふうに思うはずはないな。きみはずっと良い娘だった。ここでよくやってくれた」副官にそうほほえみかける。この若い娘への同情でほとんど圧倒されそうになりながら。カニヤは食うや食わずでジェイディーのところへやって来た。ジェイディーという人間と、長年チャンピオンの座を守ってきたことに憧れ、彼を見習おうと強く望んでいるのだ。

「噂を打ち消すためにできるかぎりがんばります。でも……」カニヤは残念そうに肩をすくめる。「士官候補生たちは、キャプテン・ジェイディーの下につくのはアカー虫で飢えるようなものだというんです。働けど働けど、どんどん痩せるばかり。うちの子たちはみんな優秀ですが、同期生たちがぴしっとした真新しい制服を着ているのに、自分はお古で、恥ずかしい思いをするのも無理はありません。自分たちが自転車にふたり乗りしてるのに、同期生たちはゼンマイ・スクーターなんですから」

ジェイディーはため息をつく。「おれは白シャツが愛された時代をおぼえてるがね」

「みんな食べていかなきゃなりませんし」

ジェイディーはもうひとつため息をつく。脚にはさんでいた袋を引っ張り出して、カニヤに押しつける。「金を持っていきたまえ。みんなで平等に分けるんだ。きのうの勇敢な行動と骨身を惜しまない仕事ぶりに対する褒美だ」

カニヤがびっくりして彼を見る。「本気ですか？」

ジェイディーは肩をすくめ、内心の失望を押し隠してほほえんだ。こうするのがいちばんいいのだとわかってはいても、ひどく悲しい気分だ。「あたりまえだろ？　きみのいうとおり、彼らは優秀な若者だ。しかも、いまこの瞬間、ファランと通産相は頭をかかえてないってことはないはずだ。みんなよくやった」

カニヤは合わせた手をひたいに押しつけて、深い尊敬の印に合掌の礼をする。

「おいおい、バカなことをするなよ」ジェイディーはカニヤのグラスにまた砂糖を足す。

ボトルが空になった。「気にするな（マイペンライ）。小さなことだ。明日はまた別の戦いがある。優秀で忠実な若者についてきてもらわないと困るからな。仲間が腹を減らしていちゃ、世界のアグリジェン社やパーカル社に勝てるわけがない」

8

「三万すっちまった」

「五万だ」オットーがつぶやく。

ルーシー・ングエンは天井をにらむ。「十八万五千？　六千かしら？」

「四十万」クオイル・ネイピアは、生ぬるいサトーのグラスをローテーブルに置く。「カーライル社のクソ飛行船に四十万の青札を失ったよ」

ショックでテーブル全体が静まりかえった。「さんざんね」ルーシーが体を起こす。昼日中に酒を飲んで目がとろんとしている。「なにを密輸しようとしてたの？　チビスコシス耐性の種子？」

ルーシーが〈ファラン・ファランクス〉と呼んだ五人は、〈サー・フランシス・ドレイク・バー〉のベランダに寝ころんで溶鉱炉を思わせる乾季の太陽を見上げながら、酒を飲みつづけて酩酊しつつある。

彼らの呂律（ろれつ）のまわらない愚痴を聞くともなく聞きながら、アンダースンもあおむけになり、頭のなかでンガウの起源の問題を考える。両脚のあいだには、このあいだとは別の袋にはいったンガウ。どう考えても、この謎の答えはすぐそこにありそうな気がする。それを嗅ぎつけるにじゅうぶんな創意さえあれば。生ぬるいクメール・ウィスキーを飲んで、アンダースンは考えた。

ンガウ。たとえ直接触れたとしても、瘤病にもチビスコシスにも免疫があるようだ。じっさい実がなるところをみると、ニッポン・ジーンハック・ゾウムシやリーフカールにも耐性があるらしく、完璧な製品だ。アグリジェンその他のカロリー企業が遺伝子リッピングに利用しているものより優れた遺伝子素材になりうる果物だ。

この国のどこかに種子バンクが隠されている。何千、おそらく何万という種子が厳重に保管されている生物多様性の宝箱だ。ひとつひとつが利用可能性をもつDNAの無限連鎖。そしてタイ人は、この金鉱から、生き残りというもっとも困難な課題への回答を引き出そうとしている。タイの種子バンクにアクセスできれば、デモインの本社は何世代にもわたる遺伝子コードを入手して、疫病による突然変異に打ち勝つことができるだろう。いますぐ死ぬわけにはいかないぞ。

アンダースンは椅子にすわったまま、不快感を押し殺して身じろぎし、汗をぬぐう。すぐそこにあるんだ。イヌホオズキは復活した。そしてこんどはンガウ。そしてギボンズは東南アジアを闊歩している。あの不法滞在のねじまき娘がいなければ、ギボンズのことすら知らずじまいだっただろう。タイ王国は、作戦上の機密を維持することに大成功してきた。種子バンクの場所を突き止めることさえできたら、急襲することだって可能かも……。彼らはフィンランド以来、学習したのだ。

ベランダのむこうには、知性あるものの動きはいっさいない。ルーシーがベトナム人との石炭戦争の現状について文句をいう。男心をそそる玉の汗がその首筋をしたたり落ちてシャツにしみる。軍隊が動くものを片っ端から撃ちまくるので、翡翠狩りに行けないということ。クオイルのもみあげの毛がもつれている。そよとも風がない。

通りでは、点々と落ちた淡い日陰にリキシャのドライバーたちがたむろしている。張り詰めた皮膚から骨と関節が突きだして、肉が骨格にぴったりへばりついた骸骨のようだ。こんな時間に声をかけられると、不承不承に出てくる。しかも倍の料金を出したときだけ。

崩壊した拡張タワーの外壁に、バーの構造全体がかさぶたのように貼りついている。ベランダへつづく階段の一段に、〈サー・フランシス・ドレイク・バー〉と殴り書きした手描きの看板が立てかけてある。周囲の朽ち果てたぼろぼろの瓦礫とくらべて看板は新しく、自分たちのまわりにあるものに名前をつけないと気がすまない一部のファランが書いたものだ。この名前をつけたバカ者どもは、とっくのむかしに内陸部に姿を消した。瘤病によるる遺伝子書き換えにやられてジャングルに飲みこまれたか、石炭と翡翠をめぐる紛争に巻きこまれて蹴散らされたかのどちらかだ。経営者がニックネームのようなものだとおもしろがっているのか、それとも書き直す気力のある者がいないせいか、看板はいまもそのまだ。時間がたつにつれて、灼熱の太陽に焼かれてペンキがはげかけている。

由来はともかく、ドレイク・バーは防潮壁の閘門と工場群のあいだという文句なしの立地だ。この荒れ果てた廃墟はビクトリー・ホテルの真正面にあるので、ファラン・ファランクスの五人組は、バカみたいに飲んだくれながら、新参の外国人が岸辺に打ちあげられてこないかと見守っていられる。

なんとか税関と検疫と洗浄を通過してきた船員たちには、ほかにもっと安っぽい飲み屋がある。だが、ここには石畳の道の片側にはピシッとした真っ白なテーブルクロスがまぶしいビクトリー・ホテル、反対側にはドレイク・バーのような竹でできたスラムがある。バンコクに腰を据えた外国人は、いずれはここに落ちていく。

「積み荷はなんだったのよ？」ルーシーがまた、クオイルがなにで大損したのか訊きたがる。

クオイルは身を乗り出して声をひそめる。みんな耳をそばだてた。「サフランだよ。インド産の」

沈黙があって、コッブが笑い声をあげる。「空輪にはもってこいだな。おれも考えつくべきだった」

「飛行船の積み荷としては理想的だ。重量が軽い。アヘンをやるよりも金になる」クオイルはいう。「タイもまだサフランの種の謎を解明するにいたってないし、政治家や将軍たちもみんな自宅でサフラン料理を食いたいからな。手にはいるならいくらでも出す。予約ががっちりはいってたんだぜ。金持ちになるはずだったんだ。信じられないような大富豪にね」

「それが破産ってわけ？」

「とも限らん。シー・ガネーシャ保険と交渉中で、いくらかはカバーしてもらえそうだ」クオイルは肩をすくめる。「まあ、八十パーセントってとこかな。しかし、ブツを持ちこむのに使った賄賂がある。税関につかませた口止め料とか」顔をしかめる。「それは完全に損失だ。とはいっても、ギリギリ助かるかもしれん。

ある意味、おれはラッキーだったよ。商品がまだカーライル社の飛行船に積まれたままだったから、保険会社のガイドラインの適用範囲内なんだ。海で溺れたあのパイロットに乾杯しなきゃな。もし積み荷をおろして白シャツ隊に焼かれてしまっていたら、密輸品扱いになっていただろう。そうなったら、おれはファガンの物乞いやイエローカード難民とおなじように路上に放り出されていたはずだ」

オットーが顔をしかめる。「カーライルを擁護できるのはそのことだけだからな。あいつが政治に手を出すのにあんなに熱心でなかったら、こんなことにはなってなかったのに」

クオイルが肩をすくめる。「それはどうかな」

「まちがいないわよ」ルーシーが口をはさむ。「カーライルは、エネルギーの半分を白シャツ隊に文句をつけることにつぎこんで、あとの半分はアカラットのご機嫌取りにつぎこんでるんだから。これはプラチャ将軍からカーライルと通産省へのメッセージ。あたしたちは、伝書鳩にすぎないのよ」

「伝書鳩は絶滅したぜ」

「あたしたちだって絶滅しないと限ったもんでもないわ。それがアカラットへの正しいメッセージになるなら、プラチャ将軍は喜んであたしたちをプレム運河刑務所へぶちこむでしょうね」ルーシーはぎろりとアンダースンをにらむ。「あなた、薄気味悪いほど静かね、レイク。なにも損失はなかったの？」

アンダースンは身じろぎする。「製造用の原料。ラインの交換部品。たぶん青札で十五万。いまはまだ部下たちが被害額を計算中だよ」クオイルに目をむけて、「うちの積み荷はもうおろしたあとで、保険は適用されない」

ホク・センとの会話はまだ生なましく耳に残っている。当初ホク・センはアンカーパッドの無能さに文句をつけてなかなか認めようとしなかったが、最後には、積み荷がすべて失われたこと、そもそも賄賂を全額支払えなかったことを白状した。見苦しく白状しながら、老人はなかば理性を失ったようにおびえていた。仕事も失うことになるし、アンダースンにバカにされ、怒鳴られ、激しい怒りを感じて恐怖にすくみあがっていた。それでも、果たしてホク・センが反省したのか、それともまたごまかそうとするのか疑問に思わずにはいられず、アンダースンは苦い顔をする。あのじいさんを雇っていて雑務に割く時間が減り、もっと大事な仕事をできるのでなければ、イエローカードの塔へ送り返してしまおうか。

「だから、こんなところで工場を操業するなんてバカだっていったじゃない」ルーシーがいう。

「日本人はやってるぜ」

「日本人は王家と特別な取り決めがあるってだけ」

「潮州人だってうまくやってる」

ルーシーは顔をしかめる。「中国人はずっとむかしからここにいるんだもの。いまや実質的にタイ人のようなものよ。どっちかというと、あたしたちは潮州人というよりイエローカードに近いわね。利口なファランは、この国に高額の投資をするべきじゃないってわかってる。状況はつねに変化してるから。手入れひとつですべてを失うことになりかねないわ。それか、またクーデターがあってもね」

「おれたちはみんな、相手とうまくやってるよ」アンダースンは肩をすくめる。「とにかく、イエイツがここを選んだんだ」

「イエイツにもバカだっていってやったわ」

アンダースンはイエイツを思い出す。新しいグローバル経済の可能性に目を輝かせていたっけ。「バカというのはどうかな。理想家だったのはたしかだけど」酒が空になった。店主がどこにも見あたらないのでウェイターたちに手を振ったが、だれも目もくれない。すくなくともひとりは、立ったまま居眠りしている。

「イエイツのやり方に引きずられるのは、心配じゃないの？」ルーシーはたずねる。

アンダースンは肩をすくめる。「起こりうる最悪の事態ってことにはならんだろ。それにしてもクソ暑いな」日焼けした鼻をさわる。「おれは北部のクズ野郎に近いんだ」

どちらも浅黒い肌のルーシーとクオイルはそれを聞いて声をあげて笑うが、オットーはまじめくさった顔でうなずくのみだ。鼻の皮がむけかけているのは、赤道直下の太陽による日焼けに適応能力がない証拠だ。

ルーシーはパイプを取り出し、ハエを二匹ばかり押しのけてから、テーブルに丸めたアヘンとならべて置いた。ハエはよたよたと逃げたものの、飛び立たない。虫すらも、この熱気にダウン寸前のようだ。路地の奥の崩れかけた古い拡張タワーのそばで子供たちが淡水ポンプの横で遊んでいる。ルーシーがパイプにアヘンを詰めながら子供たちをながめる。

「あーあ、あたしも子供にもどりたいわ」

みんな話をする元気がなくなってしまったようだ。アンダースンは両脚のあいだからンガウを入れた袋を引っ張りだし、一個取って皮をむく。なかから出てきた半透明の果肉をしげしげとながめ、毛だらけの抜け殻をテーブルに放り出して果肉を口に放りこむ。

オットーが興味をそそられて首をかしげる。「それはなんだい？」

ルーシーがパイプを詰める手を止める。「見たことあるわ。市場のあちこちで売ってる。瘤病にかかってないの？」

アンダースンはかぶりを振る。「いまのところはね。これを売ってた農婦は、清潔なものだといってたよ。保証書もあった」

全員が笑ったが、アンダースンはその皮肉を退ける。「一週間放っておいたが、なんともない。ユーテックス米よりクリーンだよ」

みんなもアンダースンにならってそれぞれンガウを口にして目を丸くし、笑顔になる。アンダースンは袋の口を広げてテーブルに載せた。「さあ食べてくれ。おれはもう食べ飽きてるから」

みんな袋の中身をあさり、テーブルのまんなかが皮で山になる。クオイルが思案顔で果肉を噛みしめる。「なんだかライチに似た味だな」

「ほう？」アンダースンは好奇心を抑える。「初耳だ」

「むりもない。ちょっとこれに似た酒を飲んだことがあるよ。このまえインドに行ったときにコルカタでな。パーカル社のセールスマンに出入りのレストランのひとつへ連れていってもらったんだ。初めてサフランの輸入を考えはじめたころだった」

「で、それがこの……ライチだと？」

「ありうるな。その酒はライチと呼ばれてた。果物じゃなかったかもしれない」

「パーカル社の製品が、どうしてここに出回っているのかわからないわ」ルーシーがいう。

「全部コー・アングリット島で検疫にかかっているはずだもの。環境省は税金をかける方法を無数に考えつくでしょうしね」手のひらに種を吐き出して、ベランダから路上に捨てる。「とにかく、そこらじゅうで見かけるから、ぜったいにここで穫れたものよ」袋に手をつっこんで、また一個取る。「だれが知ってそうかわかるでしょ。ただ……」体を反り返らせ、バーの薄暗がりに声をかける。「ハッグ！　そこにいる？　起きてるの？」

その男の名前に、残りのみんながあたふたと背筋を正そうとする。厳格な親につかまった子供のように。アンダースンは本能的に背筋がぞっとするのをこらえる。「よけいなことをするなよ」ぶつぶつと文句をいう。

オットーが顔をゆがめる。「彼は死んだと思ってた」

「選ばれし者はぜったいに瘤病にかからないのよ、知らないの？」

闇の奥から人影が重い足取りで現われるのを見て、みんな笑いをかみ殺した。ハッグは赤らんだ顔に汗を浮かべている。陰気な顔でファランクスを見わたし、「やあ、みんな」というと、ルーシーにうなずいた。「この手のものをまだ違法に売買してるのかね？」

ルーシーは肩をすくめ、「なんとかね」といって椅子のほうにうなずいて見せる。「そんなとこに突っ立ってないで、いっしょに飲みましょうよ。話を聞かせてちょうだい」アヘンパイプに火をつけて吸いこむルーシーのかたわらで、ハッグは椅子を引いてどっかりとすわりこむ。

ハッグは肉づきのいいがっちりした体つきの男だ。これが初めてのことではないが、グラハマイトの宣教師たちが、信者たちとくらべてもでっぷり腹が出ている連中ばかりなのはじつにおもしろいとアンダースンは思う。ハッグはウィスキーを注文しようと手をあげる。と、驚いたことに、ひとりのウェイターがたちまちそばにやってきた。

「氷は抜きで」やってきたウェイターがいう。

「そう、氷抜きだ。もちろん」ハッグは強くかぶりを振る。「どのみちカロリーを無駄づかいしたくないからな」

ウェイターが戻ってくると、ハッグは酒を受け取って一気に飲み干し、二杯目をもってくるようウェイターを送り返す。「田舎から戻ってくるのはいいもんだな」彼はいう。「都会の娯楽が恋しくなるよ」二杯目のグラスをあげてアンダースンたちと乾杯し、それも飲み干す。

「どこまで行ってたの？」歯にパイプをくわえてルーシーがたずねる。アヘンの煙を吸いこんで、いくらか目がとろんとしている。

「ミャンマーとの旧国境地帯に近いスリー・パゴダ山脈だ」おまえらは自分がリサーチした罪で有罪だといいたげな苦い顔でアンダースンたち全員を見る。「象牙甲虫の広がり具合を調べにな」

「あっちは安全じゃないと聞いたが」オットーがいう。「親玉はだれだい？」

「チャナロンという男だ。まったく問題なかったよ。糞の王や、都市部のちんけなジャオポルのだれを相手にするよりもずっと仕事がやりやすい。金儲けと権力争いにかまけているジャオポルばかりじゃない」ハッグは辛辣に振り返る。「タイ王国から石炭や翡翠やアヘンを略奪することに興味のない人間にとって、田舎はじゅうぶん安全なところだ」肩をすくめる。「どのみち、わたしはクリティポン師に僧院へ招待されていたしね。象牙甲虫の行動の変化を観察するために」かぶりを振って、「被害は甚大だ。森全体が丸裸にされてるよ。残っているのは葛だけで、あとはなにもない。森林を覆う樹冠部がごっそり消えて、いたるところに木が倒れていた」

オットーが興味深そうにたずねた。「なにか救えそうな木は？」

ルーシーはうんざりしたように彼を見て、「象牙甲虫にやられたのよ、バカね。こっちに持ちこまれるのはごめんだわ」

アンダースンはたずねる。「僧院に招かれたという話だけど？　あんたはグラハマイトだろう？」

「クリティポン師はじゅうぶん悟っておられるから、キリストの教えもニッチの教えも仏教を敵視しているわけではないとわかっておられるのさ。仏教とグラハマイトの価値観は多くの点で合致する。ノアと殉教したセウブ師とは、おたがい完全に補完的な人物だし」

アンダースンは笑いを押し殺す。「そのクリティポン師とやらが、グラハマイト派が母国でどんなことをしているかを知ったら、見方が変わるかもしれないよ」

ハッグはむっとしたようだ。「わたしはそこらの野焼きの説教者じゃない。科学者だ」

「気を悪くさせるつもりはなかったんだ」アンダースンはンガウを取り出して、ハッグに勧める。「これに興味があるんじゃないかな。つい最近、市場で見つけてね」

ハッグはンガウを見ておどろいた。「市場でだって？　どこの？」

「そこらじゅうのよ」ルーシーが口添えする。

「あんたの留守中に出回ったんだ」アンダースンがいう。「食べてみてくれ。悪くないぜ」

ハッグはンガウを手にとって、じっくり調べる。「変わってるな」

「なんだかわかるかい？」オットーが質問する。

アンダースンは自分もひとつンガウを取って皮をむきながらも、話は聞き逃さない。自分ではグラハマイト派の人間に直接ものをたずねたりはしないが、他の人間がそうするのは大歓迎だ。

「クオイルはライチだというんだけど」ルーシーがいう。「合ってるかしら？」

「いや、ライチじゃないな。それはたしかだ」ハッグはンガウを手のなかでころがしてみる。「見た目は古い文献に出てくるランブータンに似てるな」ハッグは考えこむ。「しかし、わたしの記憶がたしかなら、ランブータンの関連種のなにかだ」

「ランブータン？」アンダースンは、親しげであいまいな表情を崩さない。「おかしな名前だな。タイ人はみんなンガウと呼んでるよ」

ハッグはンガウを食べて、種を手のひらに吐き出し、自分の唾液に濡れた黒い種を吟味する。「ほんとうに繁殖するかな？」

「植木鉢に植えてみればわかるだろう」

ハッグは苛立たしげな目をむける。「カロリー企業が作ったものじゃなきゃ、繁殖するだろう。タイ人は繁殖しない品種は作らない」

アンダースンは笑い飛ばす。「カロリー企業がトロピカルフルーツを作るとは考えてもみなかったね」

「パイナップルは作ってるぞ」

「そうだった。忘れてたよ」アンダースンは間をおいて、「あんたは、どうしてそんなに果物に詳しいのかね？」

「新アラバマ大学で生物分類学と生態学を学んだんだ」

ってた」

「それ、グラハマイトの大学だよな？　てっきり、野焼きの始め方しか教えないのかと思

アンダースンの挑発にほかのみんなは息をのんだが、ハッグは冷たい目で見返すだけだ。

「わたしを挑発するなよ。そういう人間じゃないんだ。エデンの園をとりもどそうと思うなら、何世代もの知識が必要になるだろう。ここに来るまえ、わたしは一年間、収縮前のアジアのエコシステムにどっぷり浸かっていたんだ」手を伸ばしてまたンガウの実を取る。

「カロリー企業がこれを見たら頭にくるだろうな」

ルーシーが手探りでンガウを取る。「クリッパー船にこれを満載して、海のむこうに送り返すことができると思うの？　逆にカロリー企業をもてあそんでやるのよ。国民は連中に大金を払うわ、ぜったいに。新しい味だもの。贅沢品として売ればいい」

オットーはかぶりを振る。「瘤病に侵されてないことを説得する必要があるだろうな。赤い皮は人びとを不安にさせるから」

ハッグがうなずく。「その作戦はやめておいたほうが無難だ」

「だけど、カロリー企業はやってるわ」ルーシーが指摘する。「好きなところに種子や食料を送ってる。世界を舞台にね。なぜあたしたちもやっちゃいけないの？」

「ニッチの教えに反するからだよ」ハッグが穏やかな口調でいう。「カロリー企業は、すでに地獄に居場所を獲得してる。自分も焦ってその仲間入りする必要はない」

アンダースンが笑う。「おいおい、ハッグ。本気でいってるんじゃないだろうな。ちょっとした企業魂に反対するなんて。ルーシーがせっかく乗り気になってるのに。なんだったらクレートの横っ腹にあんたの顔をプリントしてもいいんだぜ」グラハマイト流の祝福のポーズをして見せる。「聖なる教会やらなんやらに承認されて、ソイプロなみに安全だ」にやっとして、「どう思う？」

「そういう罰当たりなことにはかかわりたくない」ハッグは顔をしかめる。「食べ物はそれが生まれた場所から来て、そこにとどまるべきだ。金儲けのために世界各地に送られて時間をムダにすべきじゃない。人類はかつてそれをやって、その結果、破滅がもたらされた」

「またニッチの教えか」アンダースンはもう一個ンガウの皮をむく。「グラハマイト正統派のどこかに、金のはいりこむニッチがあるにちがいない。お宅の枢機卿たちはじゅうぶん太ってるからね」

「教えは健全なものだ。たとえ羊が道に迷おうとも」ハッグは唐突に立ちあがる。「仲間に入れてくれて礼をいうよ」険しい顔をアンダースンにむけながらも、テーブル越しに手を伸ばしてもう一個ンガウを取ってから大股に立ち去った。

ハッグがいなくなるが早いか、全員が肩の力を抜く。「やれやれ、ルーシー、なんだってあいつを呼んだりしたんだ？」オットーがたずねる。「気味が悪くてしかたないよ。うしろからグラハマイトの宣教師がのぞいているのがいやで、おれは収縮地帯を出たんだぞ。なのにきみときたら、わざわざあいつを呼び寄せなきゃならんのか？」

クオイルもむっつりとうなずく。「共同大使館に別の宣教師もいるって聞いたよ」

「連中はどこにでもいるわ。ウジ虫とおなじよ」ルーシーは手を振って、「それ、もうひとつちょうだい」と要求する。

みんなふたたびむしゃむしゃと食べだした。アンダースンはそれをながめながら、これだけ旅慣れた連中なのに、ンガウの起源についてほかに考えがないのだろうかと不思議に思う。それにしても、ランブータンというのは興味深い可能性だ。海藻タンクや栄養培地が破壊されるという悪いニュースがあったにもかかわらず、すでにこの日は思ったよりも悪くない方向に進んでいる。ランブータンか。デモインの本部と研究所に伝えておかなければ。この謎の植物の起源を解く鍵になる。どこかに、その歴史的記録があるはずだ。もどって書物にあたり、それが見つかるかどうかを――

「おや、珍しいやつが来たぞ」クオイルがつぶやく。

みんながふりむいた。ぴしっとプレスの効いた麻のスーツに身を包んだリチャード・カーライルが階段をのぼってくるところだ。日陰にはいると、カーライルは帽子を脱いでそれで風を送る。

「あいつ、大嫌いよ」ルーシーがつぶやき、またパイプに火をつけて強く吸いこむ。

「なにをニヤニヤしてるんだろう？」オットーがいう。

「知らないわよ。あいつ、飛行船を失ったんじゃなかったの？」

カーライルは日陰で足を止め、店内の客をざっとながめてアンダースンたち全員に会釈する。「じつに暑い日だねぇ」大きな声で呼びかける。

オットーは、赤ら顔に丸い目でカーライルをにらみつけ、ぼそっという。「あの野郎がクソいまいましい政治に手を出さなきゃ、おれはいまごろ金持ちだったのに」

「そう大げさにいいなさんな」アンダースンはまたンガウを口に放りこむ。「ルーシー、オットーにパイプを吸わせてやれよ。殴りあいのケンカになって店から放り出されたんじゃかなわん」

ルーシーはアヘンで目がどんよりしていたが、オットーのほうにパイプを振る。アンダースンはテーブルに身を乗り出してルーシーの手からパイプをむしりとり、オットーに渡してやってから、立ちあがって空のグラスを取った。「みんなもなにか飲むか？」仲間たちはそれぞれにかぶりを振る。

アンダースンがカウンターにやって来ると、カーライルがにやりと笑う。「哀れなオットーを落ちつかせてやったか？」

アンダースンはちらりとうしろを振り返る。「ルーシーは最高のアヘンをやってるよ。オットーは歩くのもままならないだろうし、ましてやケンカなんかできやしない」

「悪魔のドラッグだな、アヘンは」

アンダースンは空のグラスをかかげて乾杯のふりをする。「アヘンもそうだが酒もな」

カウンターのむこうをのぞきこむ。「いったいサー・フランシスはどこへ行った？」

「その疑問に答えを出すためにこっちに来たんだと思ってたよ」

「でもないさ」アンダースンがいう。「だいぶ損したかい？」

「多少はね」

「ほんとに？　平気な顔に見えるぞ」アンダースンはファランのみんなのほうを身振りで示す。「ほかのみんなが頭にきてるよ。あんたが政治にちょっかい出して、アカラットや通産省のご機嫌取りばかりやってるって文句たらたらだ。なのに、あんたときたらご機嫌そのものだ。タイ人といっても通るな」

カーライルは肩をすくめる。エレガントな服装で髪もきちんと整えたサー・フランシスが奥の部屋から姿を現わす。カーライルはウィスキーを注文し、アンダースンは空のグラスを持ちあげて見せる。

「氷はないよ」サー・フランシスがいう。「ロバもどき使いどもがポンプを動かすのにもっと金を出せというんだ」

「じゃあ払えよ」

サー・フランシスはアンダースンのグラスを受け取りながらかぶりを振る。「金玉をひねり上げられてるときに駆け引きだなんて、相手はまたひねり上げてくるだけだ。それに、あんたたちファランとちがって、おれは石炭グリッドへのアクセス権を手に入れるために環境省の役人に賄賂を渡すことはできないしな」

うしろをむいて、クメール・ウィスキーのボトルをおろし、生のままで一杯そそぐ。この男にはとかくの噂があるが、真実がひとつでも含まれているのだろうかとアンダースンは思う。

いまや呂律のまわらない口で「ぐぞ飛行船」がどうこうとぶつくさいっているオットーの話では、サー・フランシスはむかしチャオプラヤと呼ばれた王家の高官で、権力闘争に巻きこまれて王宮を追放された。この説は、サー・フランシスが糞の王の下僕だったが引退したのだとか、クメールの王子で、東国を飲みこむためにタイ王国が拡張してからは名前を変えて生きているのだとかいう説とおなじくらい怪しい。サー・フランシスが高位の人間だったにちがいないという点に異論を唱える者はいない――それ以外に、彼が客を見下した態度を取る説明がつかないからだ。

「現金払いだよ」カウンターにグラスを置きながらサー・フランシスはいう。

カーライルは笑った。「われわれのクレジットカードは安心できるのを知ってるだろ」

サー・フランシスは首を横に振る。「あんたたちは、アンカーパッドで大損しただろ。みんな知ってるよ。金はいま払ってくれ」

カーライルとアンダースンはコインを取りだす。「そんな仲じゃないと思ってたんだがな」アンダースンは文句をいった。

「これが政治さ」サー・フランシスは微笑する。「あんたたちは、明日もここにいるかもしれない。拡張地域の浜辺に打ちあげられたプラスチックみたいに波にさらわれちまうかもしれない。街角で売られてる情報誌は、ジェイディー隊長を王宮のチャオプラヤ顧問にしようと呼びかけてる。彼がそこまで出世すれば、あんたたちファランは……」片手で銃を撃つまねをして、「みんなおしまいだ」肩をすくめる。「プラチャ将軍のラジオ局は、ジェイディーを虎だの英雄だの呼ばわりして、学生連合は通産省を閉鎖して、白シャツ隊の管理下に置くべきだと主張してる。通産省は面子丸つぶれってとこだな。ファランと通産省は、ファランとノミみたいなもんだ」

「いいね」

サー・フランシスは肩をすくめる。「あんたらにおうぞ」

カーライルが眉をひそめる。「だれだってにおうよ。このクソ暑さのせいでね」

アンダースンがとりなす。「あんなふうに面子をつぶされて、通産省ははらわたが煮えくりかえる思いだろうな」生ぬるいウィスキーをひと口飲んで顔をしかめる。この国へ来るまでは室温の酒が好きだったのだが。

サー・フランシスは受け取ったコインを数えてレジにしまう。「アカラット大臣はまだにやにや笑ってるが、日本人は失った積み荷の補償を求めてるし、白シャツ隊はぜったいにそんなものを出さない。だからアカラットはバンコクの虎がしでかしたことの穴埋めをするか、日本人に対しても赤っ恥をかくことになるだろうな」

「日本人は出ていくと思うか？」

サー・フランシスは不快そうに顔をゆがめる。「日本人はカロリー企業とおなじで、いつだって取り入ることばかりを考えてる。連中が出ていくものか」サー・フランシスはカウンターのむこう端へ移動する。ふたりはまた置き去りだ。

アンダースンはンガウを取り出してカーライルに勧める。「ひとつどうだ？」

カーライルはンガウを受け取ると、高く持ちあげてチェックする。「こりゃいったいなんだい？」

「ンガウだよ」

「ゴキブリみたいだな」眉をひそめる。「きみは実験好きなやつだ。こいつはきみに返すよ」ンガウを押し返し、ズボンで入念に手をふく。

「こわいのか？」アンダースンは挑発する。

「妻も新しい物好きでね。ついつい手を出してた。新しい味覚に目がなかったんだよ。目新しい食べ物を見るとがまんできなかったんだ」肩をすくめる。「来週になってもきみが血を吐いたりしないか見てからにするよ」

ふたりはスツールにくつろぎ、ほこりと熱気ごしに白くきらびやかなビクトリー・ホテルの方向を見る。路地の奥を見ると、ひとりの洗濯女が古い高層ビル群の残骸のそばでたらいを出して洗濯をはじめる。別の女が、肌にからみつくサロンの下に手を入れてていねいに体を洗っている。子供たちは裸で土の道を走り回っている。百年以上もまえに旧拡張地域に敷かれたコンクリートのかけらを飛び越えながら。通りのはずれには、海を押しとどめる堤防がそびえる。

「きみはいくら損した?」とうとうカーライルがさぐりを入れてくる。

「大金だよ。あんたのおかげでな」

カーライルはその皮肉には反応しない。酒を飲み干し、手を振っておかわりを注文する。

「氷がないってのはほんとかい?」サー・フランシスに念を押す。「それとも、おれたちが明日にはもういないと思ってるのか?」

「それは明日になったら訊いてくれ」

「じゃあ、明日もここに来たら氷はあるんだな?」カーライルがたずねる。

サー・フランシスはまたニヤッと笑う。「あんたらが積み荷をおろすためのロバもどきやメゴドントにいくら出すかによるな。世間じゃファランのためにカロリーを燃やして金持ちになる話でもちきりだ……だからサー・フランシスには氷がない」

「しかし、おれたちが撤退したら酒を飲む客はいないんだぞ。たとえあんたが世界中の氷を手に入れたってね」

サー・フランシスは肩をすくめる。「なんとでもいえばいいさ」

タイ人の背中にむかってカーライルは顔をしかめる。「メゴドント組合に白シャツにサー・フランシス。どっちをむいても気前のいい連中ばかりだぜ」

「仕事の経費ってやつだな」アンダースンはいう。「にしても、あんたが店にはいってくるときの笑顔を見て、まったく損してないのかと思ったよ」

カーライルはウィスキーのおかわりを受け取る。「きみたちがみんなそろって飼い犬をチビスコシスで死なせたみたいな顔してるのを見たいだけさ。それはともかく、たとえ損害をこうむったにせよ、わたしたちはプレム運河刑務所の暑苦しい独房に鎖でつながれてるわけじゃない。だったら笑顔にならない理由はない」身を乗り出して、「これで一巻の終わりってわけじゃないんだよ。長い目で見れば。アカラットはまだ奥の手を隠してるのさ」

「白シャツ隊を追いこみすぎないことだな。でないと噛みつかれるぞ」アンダースンは忠告する。「あんたもアカラットも、関税だ汚染クレジットの変更だとやかましい。ねじまきだってそうさ。おかげで、いまじゃおれの部下まで、さっきサー・フランシスがいってたのとおなじことをいってる。タイじゅうの新聞が、こぞってわが友ジェイディーを女王陛下の虎と呼んで褒め称えるしまつだ」

「きみの部下？　オフィスに飼ってるあのおどおどしたイエローカードの蜘蛛野郎のことかい？」カーライルは笑い飛ばす。「そこがきみたちの問題だな。きみたちがみんなしてすわりこんでぶつくさ文句を垂れたり夢物語をしているあいだに、わたしはゲームのルールを変えてるんだ。きみたちはみんな、収縮時代の考え方をしてる」

「飛行船を失ったのはおれじゃないけどね」

「あれはビジネス上の経費さ」

「五機のうち一機をなくして、ただの経費ではすまされないと思うがな」

カーライルは渋い顔になる。身を乗り出して声をひそめた。「いいかい、アンダースン。白シャツ隊とのこのもめごとは、見かけとはちがうんだ。連中がやり過ぎるのを待っていた人がいるんだよ」言葉を切って、アンダースンに理解する間をあたえる。「というか、わたしたちの仲間には、そうなるように仕向けてる者もいる。わたしはついさっきアカラット本人と話していたところだ。だから断言するが、このニュースはわれわれに有利なものになる」

アンダースンがせせら笑うと、カーライルは指をふって釘を刺す。「笑えよ。いまはそんなバカなというがいい。しかし、わたしが降参するまえに、きみはわたしの尻にキスして新たな関税システムに感謝するだろう。そして、われわれみんなの銀行口座に補償金がはいるのさ」

「白シャツ隊は断じて賠償金なんか出さないぜ。農地を焼き払おうが、積み荷を没収しようがね。ぜったいにだ」

カーライルは肩をすくめる。ベランダに照りつける焼けつくような陽光に目をむけ、観察する。「モンスーンが来る」

「それはないな」アンダースンは苦にがしげに灼熱の太陽を見やる。「その時期はもう二カ月もまえに過ぎた」

「いいや、ちゃんと来るさ。今月じゃないかもしれない。来月でもないかもしれないが、ちゃんと来る」

「それで？」

「環境省は都市の堤防ポンプの交換装置の到着を待っている。必要不可欠な装置だ。ポンプ七基をね」言葉を切って、「さて、その装置はどこにあると思う？」

「教えてくれ」

「インド洋のはるか彼方だよ」カーライルが急に酷薄そうな微笑を浮かべる。「たまたまわたしが所有している、コルカタのとあるハンガーのなかにある」

バーから空気がなくなってしまったような気がする。アンダースンは周囲を見回し、そばにだれもいないのをたしかめる。「なんてこった。バカか、あんた。その話はうそじゃないだろうな？」

これで、すべて筋が通る。カーライルは大口をたたいている。確信があるからだ。こいつは、いつだって海賊なみに大胆に危険を冒す。だがカーライルの場合、威嚇と本心を見分けるのはむずかしい。カーライルがアカラットと相談したといったとしても、それはただ秘書たちと話をしただけだろう。すべては口だけだ。でも、これは……。

アンダースンは口をひらきかけたが、サー・フランシスがこちらへ来るのを見て、急いでそっぽをむく。カーライルがいたずらっぽく目を輝かせる。サー・フランシスが手もとにウィスキーのおかわりを置いたが、アンダースンはもう飲む気にならない。サー・フランシスが遠ざかるが早いか、彼はカーライルのほうに身を寄せる。

「あんたはこの町を人質に取ってるのか？」

「白シャツ隊は部外者が必要だってことを忘れてるようだ。われわれは新たな拡張時代のまっただ中にいて、すべての糸はたがいに結びついているのに、連中はまだ収縮時代の役所の考え方から抜けられないでいる。自分たちがすでにどれほどファランに依存してるかわかってないのさ」肩をすくめ、「現時点で、彼らはチェス盤の上のコマにすぎない。だれが自分たちを動かしているかもまるでわかっていないんだから、やろうとしてもわれわれを止めることなどできやしない」

ぐいっとウィスキーをあおって顔をしかめ、空いたグラスを勢いよくカウンターに置く。

「白シャツ隊のジェイディーのやつに、みんなで花を贈るべきだな。やつは完璧な仕事をしたよ。町の石炭ポンプを半分オフラインにして……」肩をすくめる。「タイ人とつきあう利点は、連中がじつに敏感な国民だってことだ。おどしをかける必要すらない。なにもかも自分で察しをつけて、きちんと手を打ってくれる」

「ずいぶんな博打だな」

「なんだってそうじゃないか？」カーライルは皮肉な笑みを浮かべてアンダースンに同意する。「ひょっとしたら、明日にはまた変異した瘤病でみんな死んでるのかもしれないよ。あるいは、われわれがタイ王国随一の金持ちになってるかも。なにもかも博打さ。タイ人は本気でギャンブルする。だったら、われわれもそうすべきだ」

「あんたの頭にゼンマイ銃をつきつけて、その脳みそとポンプを引き替えにしたいもんだ」

「その意気だ！」カーライルは笑う。「それがタイ人流の考え方だよ。もっとも、わたしには警備がついてるがね」

「なんだって？　通産省の警備か？」アンダースンは渋い顔になる。「アカラットには、あんたを守るような力はないぞ」

「とんでもない。彼には将軍たちがついてるよ」

「あんた酔ってるんだろ。プラチャ将軍の友人たちは、軍のあらゆる部門をにぎってる。タイ全体がいまだ白シャツ隊の手に落ちたわけじゃないただ一つの理由といえば、前回プラチャ将軍がアカラットをつぶす前に国王が介入したからだ」

「時代は変わるんだよ。プラチャの白シャツ隊とそのやり口は、大勢の人を怒らせた。人びとは変化を望んでいるんだ」

「こんどは革命の話か？」

「王宮が望めば革命になるだろうな」カーライルは平然とカウンターの奥に手を伸ばして、ウィスキーのボトルを取って注ぐ。逆さにしても中身はグラスの半分もない。アンダースンにむかって片眉をあげて見せる。「ああ。これできみも話を聞く気になっただろ」アンダースンのグラスを指さす。「それ、飲むのか？」

「この話はどこまでいくんだ？」

「きみも乗りたいかね？」

「どうしておれに話をもちかける？」

「そんなことを訊いてどうする？」カーライルは受け流す。「工場を建てたとき、イエイツはジュール代として通常の三倍の金をメゴドント組合に支払った。そこらじゅうに金をばらまいた。そんなふうに金を使えばどうしたって目立つよ」

　暇つぶしのポーカーをやりながら日中の熱気がやわらぐのを待っている他の客たちにうなずきかける。仕事や売春に出かけるにもこう暑くてはたまらない、あるいは受け身で翌日を待っている人びと。「ほかのみんなは子供だ。大人の服を着たガキどもだ。きみたちはちがう」

「おれたちが金持ちだと思うのか？」

「ああ、ごまかさなくてもいい。うちの飛行船できみたちの荷物を運んでるんだからね」カーライルはアンダースンを見る。「きみたちの商品がもともとどこから来たものかはわかってる」意味ありげな目をむける。「コルカタに来るまえにね」

アンダースンは気に留めないふりで、「だから？」

「大量の荷物がデモインから来てる」

「中西部の投資家がついているから、おれと話す価値があるってわけか？　だれだって、金のある投資家をもってるもんだろ？　金持ちの未亡人がよじりゼンマイの実験に興味をもったとしたらどうだい？　深読みのしすぎだよ」

「そうかな？」カーライルはバーの中を見回してアンダースンのほうに身を寄せる。「みんなきみのことを噂してるよ」

「どんなふうに？」

「種子にえらく興味を示してるって」ンガウの皮を意味ありげに見やる。「ちかごろじゃ、だれもが遺伝子ハンターだ。しかし、秘密情報のために金を出すのはきみだけだ。きみだけが、白シャツ隊や遺伝子リッパーのことを訊き回ってる」

アンダースンは冷笑する。「ローリーと話したんだな」

カーライルは小首をかしげる。「こういえば安心するかどうか知らんが、簡単ではなかったよ。きみのことは話したがらなくてね。まるでダメだった」

「ローリーも、もうちょっとよく考えるべきだったな」

「わたしがいなければ、あいつは若返り治療を受けられない」カーライルは肩をすくめる。「うちは日本に発送代理人がいるからね。きみには、ローリーにこの先十年の安楽な生活をオファーできなかった」

アンダースンは苦しい笑い声をあげる。「いうまでもないな」顔は笑っていても、腹の中は煮えくりかえっている。ローリーとは話をつけなければならないだろう。それからこんどはカーライルもだ。まずかったな。苦い顔でンガウを見る。自分の最近の関心の的をみんなのまえで見せびらかしてきた。グラハマイト派の連中にまで。そのあげく、このざまだ。あまりに安直に気を許してしまうのがいけない。ややもすると手の内を見せていいラインをすっかり忘れてしまう。そしてある日、バーでだれかに平手打ちを食らうはめになるのだ。

カーライルは続ける。「ある人たちと話すことさえできればな。ある提案について話し合いたいが……」言葉が尻すぼみになり、褐色の目が、アンダースンの表情に同意の印をさぐっている。「きみがどこの企業の仕事をしているかはどうでもいい。きみがなにに興味をもっているのかわたしが正確に理解してるとするならば、おたがいおなじような方向にゴールをさがしているんじゃないかな」

アンダースンはカウンターを指ではじきながら考える。カーライルが姿を消したとしたら、そもそも世間は騒ぐだろうか？　熱心すぎる白シャツ隊がやったことだと言っても通りそうだが……。

「チャンスがあると思ってるのか？」アンダースンはたずねる。

「タイが武力で政府を改革するのは初めてのことじゃないからな。スラウォン首相が自分の首と豪邸を十二月十二日のクーデターで失っていなければ、ビクトリー・ホテルは存在しないだろう。タイの歴史では、政府の変更は珍しいことじゃない」

「ちょっと気になるんだが、おれに話をもちかけてるくらいなら、あんたは他の連中にも声をかけてるだろう。たぶんあまりにも多くの相手にね」

「ほかに声をかける相手がどこにいる？」カーライルは首を振ってファラン・ファランクスのほかのみんなのほうを示す。「彼らじゃ話にならんよ。考慮の余地もない。だが、きみたちは……」カーライルは尻切れトンボに口をつぐみ、自分のいったことを考えてから、身を乗り出す。

「なあ、アカラットはこういったことにちょっと経験がある。白シャツ隊は敵を作りすぎた。それもファランだけじゃない。われわれのプロジェクトに必要なのは、勢いをつけるちょっとした助けだけなんだ」ウィスキーをちびりと口にふくんで味をみると、グラスをカウンターにおろす。「成功すれば、その結果はわれわれにとって大いに有望だ」しっかりとアンダースンを見つめる。「きみにとっても非常に有望だよ。中西部にいるお友だちにもね」

「あんたにはどんな得がある？」

「貿易だよ。いうまでもなく」カーライルはにやりと笑う。「タイ人がこういう極端に保守的な生き方をやめて外国に目をむければ、わが社は繁栄する。とにかく良いビジネスになる。作物の凶作があっても、きみたちファランがコー・アングリット島に居座って、数トンのユーテックス社やソイプロ社の製品をタイに売るのを許可してくれと頼みこんでいるのを想像できない。あの検疫の島にくすぶっているんじゃなく、自由貿易を味わえるだろう。きみにとっては魅力のある話だと思うがね。わたしが儲かることはまちがいない」

アンダースンはカーライルのようすをうかがい、この男がどこまで信用できるのか判断しようとした。二年間の飲み仲間で、ときには女遊びもして、握手ひとつで運送契約をむすんできた仲だが、カーライル個人のことはあまり知らない。オフィスがわりの自宅にはファイルがあるが、中身はささやかなものだ。アンダースンは考えこむ。種子バンクはすぐそこに待っている。融通の利く政府とともに……。

「きみの後ろ盾になってくれるのは、どの将軍だい？」

カーライルは笑う。「それをいったら、わたしのことをバカで、秘密も守れないと思うだけだろ」

この男は口だけだ、とアンダースンは判断する。正体がバレないうちに、さっさと静かにカーライルが姿を消すように手を打たなければ。「おもしろそうだ。おたがいのゴールについてはもうすこし相談する必要があるだろうが」

カーライルはなにかいおうと口をひらいて思いとどまり、アンダースンを観察する。微笑して、かぶりを振った。「ダメだダメだ。信じてないんだな」肩をすくめて、「もっともだ。だったら、ちょっと待ってくれ。二日たったら、もっと感心すると思うよ。相談はそれからだ」思わせぶりにアンダースンを見つめる。「その場所はわたしが選ばせてもらうよ」そういって酒を飲み干す。

「なぜ二日後に？　いまと二日後でなにが変わるんだ？」

カーライルは帽子を頭に乗せて微笑する。「なにもかもだよ、親愛なるファランくん。なにもかもだ」

9

エミコが目覚めると、蒸し暑い午後だった。伸びをして、焼けたオーブンにはいっているような暑さの中で浅く息を吸う。

ねじまきたちのための場所がある。その知識が頭の中で鳴り響いている。生きる理由ができた。

二段ベッドの上の段との仕切りになっているウェザーオール社の厚板に手を当てて、木目をさわりながら、このまえこれほど満ち足りた気分になったときのことを思い出す。記憶のなかの日本。源道さまが遺してくれた贅沢を。自分の部屋。蒸し暑い夏の日にもひんやりした空気を送ってくれるエアコン。泳ぐスピードによって、カメレオンのように色が変わり、発酵する玉虫色の弾丸魚。ゆっくり泳ぐ青い魚。素早く泳ぐ赤い魚。かつては、軽くガラスを叩いて、明かりを落とした水中を赤い矢のように泳ぐのを見守ったものだ。もっとも色鮮やかな花のなかに輝くねじまきの本質。

当時のエミコもまた、まぶしく輝いていた。上等な作りで、しっかりと訓練を受け、べッドでの相手、秘書、通訳、オブザーバー等々、主人に対する各種の奉仕をみごとにこなしていた。源道さまは彼女を自慢の小鳩のように愛(め)で、真っ青な天空に放った。エミコはそれほど大事にされていたのだ。

ウェザーオールの厚板の節目がエミコを見下ろしている。上の段とエミコのスペースを仕切り、上から生ゴミが降ってこないようにするただひとつの装飾物。亜麻仁(アマニ)油のにおいがして、狭苦しい牢獄は不快そのもの。日本では、こんな木材を人の住居に使ってはならないという規則があった。このスラム街のタワーでは、だれも気にしない。

エミコの肺は焼けつきそうだ。他の住人たちのうめき声やいびきに耳を澄ましながら浅い息をつく。上の段からはなにも物音がしない。きっとプエンタイはまだ帰っていないのだ。さもなければ、エミコは痛めつけられ、いまごろ足蹴(あしげ)にされたりファックされたりしているはずだ。虐待されることなく一日を乗りきれることのほうが珍しい。プエンタイは帰宅していない。ひょっとしたら死んだかも。このまえ見たとき、まちがいなく首のファガン・フリンジが分厚くなっていたし。

エミコは体をくねらせてベッドから這いだし、そこからドアまでの狭い隙間で背筋を伸ばす。もう一度伸びをしてから、手を伸ばしてプラスチック・ボトルを手探りする。古いボトルは黄ばんで、薄くなっていた。人肌に温まった生ぬるい水を飲む。夢中で飲みながら、氷がほしいと切実に思う。

二階上の割れたドアをはずして、そこから屋上に出る。太陽の日差しと熱気がエミコを包む。叩きつけるような日差しにもかかわらず、エミコが寝ている狭い空間よりは涼しい。周囲には洗濯物を干すロープが垂れ下がり、そこにかかったパーシン・スカートやズボンがさやさやと海風に揺れている。太陽は西に沈みかけ、寺院の塔の先端をぎらぎらと光らせている。運河とチャオプラヤ川の水がぎらぎらとまぶしい。小型のゼンマイボートや三胴クリッパー船が赤い鏡のような水面をすべっていく。

北方のはるか彼方、牛糞を焼くオレンジ色の煙と熱気で見えないけれど、あの肌の白い、傷のあるファランが信じられるなら、どこかにねじまきたちの住む村がある。石炭や翡翠やアヘンの取り分をめぐって戦っている軍隊よりもさらに北に、失われた仲間たちの集団がエミコを待っている。エミコは日本人であったためしがない。彼女は最初からただのねじまきだった。そしていま、ほんとうの同族たちがエミコを待っているのだ。その村へ行く方法さえ見つかれば。

さらに一瞬、喉から手が出そうな思いで北の方角に目を凝らしてから、まえの晩に用意しておいたバケツのところへ行く。上のほうの階は水が使えない。この高さまで水を押し上げる水圧がない。かといって公共のポンプで水浴する危険を冒すわけにはいかない――だから毎晩、水を入れたバケツを苦労して運び上げ、日が沈むのを待ちかねて水を浴びるのだ。

人気のない屋上で夕日を見ながら、エミコは行水する。日課になっている、入念な清めの儀式だ。バケツ一杯の水と小さな石鹸のかけらで。エミコはバケツの横にしゃがみこみ、ぬるい水をすくって体にかける。寸分たがわず台本通りに慎重に、まるで「序の舞」のように、ひとつひとつ形の決まった動作で少ない水を大切に使う儀式だ。

ひしゃく一杯の水を頭からかぶる。水が顔を流れ落ち、乳房から肋骨、そして太股を伝って焼けたコンクリートにしたたる。もう一杯すくって黒髪を濡らす。水は背筋を流れて腰まわりを濡らす。もう一杯。水銀のように全身を伝う。それから、石鹸をとって髪につけ、全身がうっすらとつややかな泡をまとうまで肌をこすり、前夜の屈辱を洗い落とす。そしてまた一杯水をすくい、最初の一杯をかぶったときとおなじように慎重に体を流す。水は石鹸と汚れを洗い流す。一部の屈辱までも。たとえ一千年かけてこすっても、汚れがすべて落ちるわけではないだろうが、そんなことは気にならないぐらい疲れていたし、洗い落とせない傷にも慣れてしまった。汗やアルコールや精液や見下されること、そういうものなら洗い落とせる。もうじゅうぶんだ。疲れて、これ以上体をこすっていられない。いつも、あまりに暑くてあまりに疲れている。

石鹸の泡を洗い落としたとき、バケツにまだ水が残っているのに気がついてエミコはうれしくなった。ひしゃくに一杯すくって、喉を鳴らしながらそれを飲む。そして、大胆な身のこなしでバケツを頭の上に持ちあげると、一気にざぼっと思い切りよく水をかぶった。

水が体に触れて足下にはねてたまるまでのその瞬間、エミコは清らかなのだ。

外の通りに出て、エミコは真っ昼間の路上の活動に溶けこもうとする。水見先生に教わったぎこちない体の動きにメリハリをつけ、美しく見せる歩き方で。じゅうぶん気をつけて、もともとの動作をおさえて訓練の結果を生かせば——パーシン・スカートをはいて、腕を振らないようにすれば——ほぼ合格だ。

歩道に沿って、お針子たちが足踏み式ミシンの横に集まり、夜の屋台がくるのを待っている。軽食屋が売れ残りの皿をきれいに重ねあげ、昼食の最後の客を待っている。夜の食べ物屋台が、通路にまではみ出して小さな竹のスツールとテーブルを並べている。昼がおわり、熱帯地方の暮らしのはじまりを告げる儀式だ。

エミコはじろじろ見ないようにした。このまえ日のあるうちに街路を歩くような無茶をしてから、ずいぶんたつ。狭い部屋を買いあたえたとき、ローリーはエミコに細ごまと指示をあたえた。プロエンチットにエミコを置いておくわけにはいかなくて——娼婦やポン引きやドラッグ中毒者にもできることとできないことがある——賄賂も安くてすむし、住人たちが隣にどんな落伍者が住んでいるか干渉しないスラム街に住まわせたのだ。だが、彼の指示は厳格だった。出歩くのは夜間だけ、明るいところをうろちょろするな、部屋を出たらまっすぐクラブへ行って、寄り道をしないで帰ること。指示を守らなかったら、生き残れる望みはほとんどないぞ、と。

明るい人混みを縫って歩きながら、エミコは緊張していた。ここにいる人たちのほとんどは彼女のことなど気にも留めない。昼間出歩く利点は、みんな自分の生活に手一杯で、たとえ奇妙な動きが目についても、エミコのような存在にかまっているひまがないということだ。緑色のメタンランプがちらつく深夜は、人目こそすくないが、ひまをもてあました人の目がある。ヤーバやラオラオなどのドラッグや酒でハイになっているうえ、しつこく追い回す時間もチャンスもある。

環境省の保証書つきの串に刺したスライス・パパイヤを売っている女が、不審そうな目つきでエミコを見る。エミコは必死で冷静さを保つ。上品な歩き方で道を歩きながら、自分は違法に遺伝子を改造されたのではなく、ちょっと人とちがうだけだと言い聞かせようとする。心臓が肋骨に当たりそうなほど高鳴る。

ペースが速すぎる。もっとゆっくり歩くのよ。急ぐことはないんだから。ゆっくり。焦らないで。正体を現わしちゃダメよ。オーバーヒートしないように。

手のひらが汗ばんでいる。エミコの体のなかで、唯一まともに冷たさを感じる部分だ。その手を扇子のように大きく広げて、心地よさを吸収しようとする。公共のポンプのところで立ち止まると、水で肌を濡らし、たっぷり飲んだ。バクテリアや寄生虫に感染する危険がほとんどない新人類で良かった。微生物は新人類の体内では生きられない。すくなくとも、その点はプラスだ。

新人類でなかったら、ファランポーン駅に乗りこんでゼンマイ電車の切符を買い、荒廃したチェンマイまで行き、そこから原野へとはいりこむ。簡単なことだ。それができないのだから、知恵を使わなくては。道路は見張られているだろう。北東部やメコンにむかう道路は東部の前線と首都のあいだを移動する軍人たちでいっぱいのはずだ。そんなところに新人類がいたら、注目を引くだろう。とりわけ、ベトナム人のために戦うこともある軍隊モデルの新人類ならば。

とはいえ、道はほかにもある。源道さまのもとにいたころの記憶をひもとくと、王国の貨物はほとんど川沿いを走る電車で移動する。

エミコはモンクット通りで桟橋と堤防のほうをむき、はたと立ち止まる。白シャツ隊だ。壁にへばりついて、ふたり組の白シャツ隊が大股に通り過ぎるのをやり過ごす。彼らはエミコのほうに目もくれなかった――動かなければ目立たないから――とはいっても、ふたりの姿が見えなくなるが早いか、エミコはこそこそと自分の住むタワーへ逃げもどりたい衝動に駆られる。このあたりの白シャツはほとんどが賄賂で買われている。いまのふたりは……。エミコは震えあがる。

やっとのことで、目の前にそびえ立つガイジン倉庫と貿易事務所が見えてくる。新しく建設された商業地域だ。堤防にのぼり、目の前に広がる海を見下ろす。積み荷をおろすクリッパー船や、港湾作業員や貨物をかつぐ苦力（クーリー）、荷物を積載した台がおろされ、ラオス産の巨大なラバーホイールを履かせたワゴンで倉庫へ移送する重労働のためにメゴドントと、そのご機嫌をとる象使いたちで賑わっている。

水平線上にぽつんと見える点は、検疫ゾーンのコー・アングリット島だ。ガイジンのトレーダーや農作物企業の重役たちがカロリー企業の株をごっそりかかえて居座っている。みんな、穀物の凶作か疫病でタイ王国の貿易障壁が崩れるのを首を長くして待っているのだ。エミコは一度、源道さまに連れられて、その竹の筏でできた浮島へ行ったことがあった。ゆったりと揺れる甲板に立って、エミコを通訳にし、源道さまは自信たっぷりに先進航海技術を外国人たちに売りつけた。それがあれば、ソイプロ社の特許済み製品をよりスピーディに世界中へ送れるのだ。

エミコはため息をつき堤防の最上部を覆うように垂れ下がる聖糸（サイシン）の下へもぐりこむ。聖なる糸は堤防の両脇に垂れ下がり、遠くへ消えている。毎朝、異なる寺院の僧侶たちがその糸に祝福をあたえ、貪欲な海を押し返す物理的な防御に精神的なサポートをあたえるのだ。

源道さまのおかげで、なんの危害も加えられずに好きなように町中を歩く許可があたえられていたそのむかし、エミコは運河とポンプ、そして両者をむすびつけるサイシンを祝福する年一回の儀式を見に行くチャンスがあった。その年初のモンスーンが集まった客たちに降り注いだとき、尊敬する子供女王陛下がレバーを引っ張るのを見た。すると、聖なるポンプが唸りをあげて息を吹き返した。先祖が作った装置に比べると華奢な子供女王の姿はまるで小人だ。僧侶たちが経を唱え、市の柱（ラク・ムアン）、クルンテープの精神的心臓である柱から、新しいサイシンを、町を丸く取り巻くようにならんでいる十二基の石炭駆動のポンプまで伸ばして、わがもろき町がこれからも無事であるようにと祈った。

いまは乾季なので、サイシンはぼろぼろで、ポンプもおおむね沈黙している。浮きドックとはしけや小型ボートが真っ赤な夕日のなかで静かに波に揺られている。

エミコはまっすぐ人混みにはいっていく。だれか親切そうな人が見つかるようにと人の顔を見比べながら。正体がばれないように身じろぎもせず、通り過ぎる人びとを見守る。ついに、思い切ってひとりの日雇い労働者に声をかける。「すみません。北行きフェリーの切符はどこへ行けば買えるでしょう？」

男は全身ほこりと汗まみれだが、親しみのある笑みを浮かべた。「北っていってもどこまでだい？」

とっさに町の名前を口にする。ガイジンがいっていた場所に近いのかどうかも自信がない。「ピッサヌロク？」

男は顔を曇らせる。「そんな遠くまで行く船はないな。アユタヤのすぐ先ぐらいがせいぜいだろう。川の水位が低すぎるからね。なかにはロバもどきを引いて北へ行く人もごくわずかにいるにはいるが、それだけだよ。新型ゼンマイを装備した船とかね。それに、戦争も……」肩をすくめる。「北へ行きたいなら、まだしばらくは道が乾いてるよ」

エミコは失望を隠していねいに合掌の礼をする。川は無理か。陸路で行くか、あきらめるかだ。川で行ければ体温が上がらないようにする方法もあっただろうに。陸路では……乾季に熱帯の炎暑にさらされながら長距離を旅することを想像してみる。雨季を待つべきかもしれない。モンスーンが来れば気温も下がって川の水位も上がるだろう……。

エミコは帰路につく。堤防を乗り越え、港湾労働者の家族たちや上陸許可の出た検疫のすんだ船員たちが住むスラム街を抜ける。こうなったら陸路で行くしかない。見に行くなんてバカなことをしたものだ。ゼンマイ列車に乗れれば陸路で――とはいえ、その場合は許可証が必要になるだろう。乗車するだけでも山ほどの許可証が。だれかに賄賂をわたして密航すれば……。エミコは渋い顔になる。どのみちローリーにつながるのだ。ローリーに相談しなければならなくなるだろう。あのじいさんに泣きついて、出す必要のないものを出してくれと頼むしかない。

腹に龍、肩にはセパタクローのボールの入れ墨をした男が、通り過ぎたエミコをじろじろ見て、「ヒーチー・キーチー」とつぶやく。

ちらりとふりむくと、人相の悪い男だ。片方の手首から先がないのに気づいて、エミコはぞっとした。男が、その手のない腕を伸ばしてエミコの肩をつつく。身をよじって逃げようとすると、ぎこちない動作で正体がばれてしまう。男がにやりと笑うと、ビンロウジで真っ黒に染まった歯が見える。

エミコは路地を曲がり、男の関心を逃れようとする。またしても男がうしろから呼びかける。「ヒーチー・キーチー」

エミコはつぎの曲がりくねった小道にはいりこみ、足取りを速める。体があたたまって、手のひらが汗でべとつく。呼吸を速め、上昇する体温を放出しようとする。男はまだ追ってくる。もう呼びかけてはこないが、足音が聞こえる。エミコはまた角を曲がる。目の前にいたチェシャ猫たちがちりぢりに逃げる。ぎらりと光る残光がゴキブリのようだ。自分もチェシャ猫たちのように消え失せることができたらいいのに。壁に消え入って、この男を素通りさせられたら。

「どこへ行くんだよ、ねじまき」男が呼びかける。「あんたを見たいだけなんだ」

いまも源道さまがついていてくれれば、この男と正対していただろう。自信をもって立ちむかったのに。輸入証明や所有許可や領事査証や、ご主人さまによるこっぴどい報復が守ってくれるはずだ。たしかに人さまの所有物ではあるけれど、敬意を払われる存在だ。白シャツ隊か警察に行って保護を求めることだってできただろう。役所のスタンプとパスポートがあれば、エミコは生態的地位や自然に反する存在ではなく、ちゃんとした価値のある品物なのだ。

路地の先に新しい通りが開けていて、ガイジンの倉庫や貿易事務所がいっぱいある。だが、その通りに出る前に、男がエミコの腕をつかむ。熱い。すでに動転して顔が真っ赤だ。恨めしそうに通りを見つめるが、そこにあるのは掘っ立て小屋と乾物と幾人かのガイジンだけ。彼らはなんの助けにもならない。グラハマイト教徒だけには会いたくなかった。

男はエミコを路地に引きもどす。「どこへ行こうっていうんだ、ねじまき?」目がぎらついている。なにかくちゃくちゃ嚙んでいる——アンフェタミン・スティック、ヤーバだ。苦力たちが仕事をこなすために使うドラッグで、ありもしない体内のカロリーを燃焼させて元気を出す。男はエミコの手首をつかんで、男は目を輝かせる。さらに路地の奥の目立たないところへ連れていく。エミコは体温が上がってしまって走れない。走れても逃げ場はなかった。

「壁にむかって立て」男がいう。「そうじゃなくて」手荒くむこうをむかせる。「おれを見るな」

「お願いよ」

男は無事なほうの手にナイフを持っていた。ぎらりと光る。「だまってろ。じっとしてるんだ」

男の有無をいわせぬ声で、逃げなきゃと思いつつも、エミコは気がつくと男のいいなりになっている。「お願いよ、放して」蚊の鳴くような声で訴える。

「おまえの同類と戦ったことがあるよ。北のジャングルでな。そこらじゅうにねじまきがいた。ヒーチー・キーチーの兵士どもだ」

「わたしはそういうのじゃないわ」エミコは小さな声で反論する。「軍人じゃないわ」

「おまえとおなじ日本人だった。おまえの同類のせいで片手をなくしたんだ。いい仲間もごっそりな」手首から先のない腕を見せて、エミコの頬にぐいぐいと押しつける。首に腕をまわされ、うなじに男の熱い息がかかる。頸動脈に押しつけられたナイフで、肌にぎざぎざの傷がつく。

「お願いだから、放して」背中に男の股間が押しつけられる。「なんでもするから」

「そんな手にひっかかると思うのか？」乱暴に壁に押しつけられ、エミコは悲鳴をあげる。

「おまえみたいなやつの泣き落としで？　ひざまずけ」

外の通りでは、自転車に引かれたリキシャが石畳を走る軽い音がする。人びとが声をあげて、麻紐の値段を訊いたり、ルンピニーのムエタイの試合は何時からかだれか知っているかとたずねている。ふたたび首筋にナイフが当たり、先端が頸動脈に当たる。「日本のねじまきにやられて、大勢の戦友が森で死んでいくのを見た」

エミコはごくりと唾を飲んで低い声で繰り返す。「わたしはそういうのじゃないわ」

男が笑う。「そうだろうとも。おまえは別の生き物なんだ。川むこうの造船所に保管されてる別種の悪魔のひとつだ。この国の人間は飢えてる。おまえらは連中の米を奪ってる」

喉もとに刃物が押しつけられる。この男はわたしを殺すつもりなんだわ。エミコは確信する。この男は憎悪のかたまりだし、エミコはただのガラクタにすぎない。この男はクスリでハイになり、怒り狂っていて危険で、エミコはゴミのようなものだ。源道さまだって、こんな状況から彼女を救えはしなかっただろう。刃先が喉仏に押しつけられるのを感じて、エミコは息をのむ。

これがわたしの死に様なの？　このために生まれてきたの？　豚のように血を流して死ぬだけのために？

一瞬、怒りの火花が散る。絶望への解毒剤だ。

生き延びようという努力もしないつもり？　生きるために戦おうと考えることすらしないバカなの？

エミコは目を閉じて水子地蔵に、ついで念のために化け猫チェシャの魂にも祈る。ひとつ深呼吸して、全力でナイフを叩きつける。刃が首をかすめて一筋の傷ができた。

「なにをする（アライ・ワ）?!」男がわめく。

エミコは勢いよく男に体当たりしてナイフをふりまわす手をかいくぐる。男が唸り、どさっと倒れる音を背に、通りへと走る。ふりむきもせずに。全速力で通りへ飛び出す。ねじまきだとバレてもかまうものか。走って体温が上がりすぎ、死んだってかまわない。背後の悪魔から逃がれようとする一心で、エミコは走る。体温上昇で燃え尽きたとしても、無抵抗に殺される豚のような無駄死にはならない。

ドリアンのピラミッドのあいだを縫い、麻紐の束をジャンプして、飛ぶように進む。こんなふうに逃げるのは自殺行為だ。でも、エミコは止まらない。かがみこんで地元産のユーテックス米を値切っているガイジンを押しやる。押しのけられた男がびっくりして、あっという間に駆け抜けていくエミコに怒鳴る。

周囲の交通の流れがスローモーションになったような気がする。エミコは建築現場の竹の足場の下をくぐる。ふしぎなことに、走るのが楽だ。人びとの動きは蜜にからめとられたようにのろのろしている。うしろを見ると、あの男ははるか彼方に置いてけぼりだ。びっくりするほど動きがのろい。さっきはあんなにこわいと思っていたのに。宙づりになったような世界の異様さに、エミコは笑い声をあげて――

エミコはひとりの作業員に激突して、その男もろともひっくり返った。男が怒鳴る。

「危ないじゃないか！　前を見て歩けよ！」

体を起こそうとしても、すりむいた両手に力がはいらない。立ちあがろうとしたが、世界がかしいでぼんやりして見える。エミコはくずおれる。もう一度、起きあがろうとするも、体内の高熱に圧倒されて目が回る。地面が傾き、グルグル回っているが、なんとか立ちあがり、太陽に焼かれた壁によりかかる。ぶつかった男がわめき散らしている。頭ごなしに怒られるが、なにをいっているのかわからない。目の前が暗くなり、高熱でダウン寸前。エミコは燃え尽きつつあるのだ。

ロバもどきが引く荷車や自転車でごった返す通りに踏み出したとき、ひとりのガイジンの顔が目にはいった。目をまたたいて迫る暗闇を追い払い、よろめきながら一歩前進する。頭がおかしくなったのか？　化け猫チェシャにからかわれているのか？　怒鳴りつづける男の肩をつかんで通りに目を凝らし、ふつふつと煮えたぎる頭に浮かんだ幻覚を確認しようとガイジンの姿をさがす。肩をつかまれた作業員は大声で叫んで逃げようとするが、エミコはほとんど気づきもしない。

行き交う車のなかに、一瞬また見えた。あのガイジンだ。ローリーの店で会った傷のある白人。北へ行けといったあの人だ。ちらりと見えたと思ったつぎの瞬間、彼を乗せたリキシャはメゴドントの陰にはいり、ふたたび見えたときには相手もこっちを見ていた。目が合う。あの人だ。まちがいない。

「つかまえてくれ！　そのヒーチー・キーチーを逃がすな！」

さっき襲ってきた男が、ナイフをふりまわしながら竹の足場をくぐって出てきた。どうしてこんなにのろいのだろうと驚くほどで、想像以上にものすごくのろい。エミコは戸惑い顔で見つめる。もしかして、戦争で足まで不自由だったりするのかしら？　でもそうじゃない。歩き方は正常だ。ただ周囲のなにもかもがゆっくり動いているだけ。人も車も。

おかしい。現実とは思えない。

エミコは作業員につかみかかられ、引きずられながら、さっきちらっと見えたガイジンの姿をさがして車道に視線を走らせる。あれは幻覚だったのだろうか？

いた！　あのガイジンだ。エミコは作業員の手を振り払って車道に駆け出す。最後の力を振りしぼり、メゴドントの腹の下に走りこむ。太い足に危なくぶつかりそうになりながらむこう側に出る。ガイジンを乗せたリキシャと並走し、物乞いするように手を伸ばして……

ガイジンは冷ややかにエミコをながめる。完全に見知らぬ相手を見る目だ。エミコはよろめき、追い払われるのがオチだとわかっていながら倒れないようにリキシャにつかまる。わたしはただのねじまき。バカだった。このガイジンがわたしをゴミクズではなくて人として、ひとりの女として見てくれると期待するなんてバカだったわ。

出し抜けにガイジンがエミコの手をつかみ、リキシャに引っ張りあげる。ドライバーにむかって、走れ走れと叫び、スピードをあげさせる。三つの言語で立てつづけに指示を飛ばして、リキシャはスピードをあげはじめた。最初はゆっくりと。

ナイフを持った男がリキシャに跳びのってきて、エミコの肩口に斬りつける。エミコは、シートに血が飛び散るのをながめた。真っ赤な血しぶきが日光を受けて宙に浮かぶ。男がまたナイフをふりあげる。身を守ろう、男を撃退しようと片手をあげたかったが、疲労困憊していてそれができない。疲れと熱で体がうまく動かないのだ。男がわめき声をあげてまた斬りかかってくる。

エミコは、ふりおろされるナイフを見つめる。冬の寒さで固まりかけたハチミツをそぐように動きがのろい。ひどくのろくて、遠く感じられる。肉が切れる。高熱で視界がぼやけ、疲労が襲う。気が遠くなる。ふたたびナイフがふりおろされる。

とつぜん、ガイジンが身を乗り出した。その手に握られたゼンマイ銃がきらりと光る。エミコは見守る。ガイジンが武器を持っていたことに漠然とした興味をそそられたが、ガイジンとヤーバ中毒者との戦いは、ひどく小さく、はるか遠いところで起きているようだ。真っ暗だわ……。エミコは高熱に飲みこまれる。

10

ねじまき娘はまったく無抵抗だ。ナイフで斬りつけられても、悲鳴こそあげるがほとんどひるまない。「バイ！」アンダースンはラオ・グーにむかって叫ぶ。「速く（クワイ）、速く（クワイ）、速く（クワイ）！」

アンダースンが男を押しのけると同時にリキシャががくんと前進する。タイ人はアンダースンにむかってぎこちなくナイフをふりまわしたあげく、ふたたびねじまき娘に襲いかかり、斬りつける。彼女はまったく逃げようとしない。血が飛び散る。アンダースンはシャツの下からゼンマイ銃を引っ張りだし、それを男の顔面につきつけた。男が目を丸くする。

リキシャから飛び降り、男は物陰に逃げこもうとする。アンダースンはそれをゼンマイ銃で追いながら、男の頭にディスクをぶちこんでやるべきか、逃がしてやるべきか決めかねた。だが、男がメゴドントのワゴンの陰に逃げこんで、アンダースンの決断を奪う。

「あんちくしょうめ」アンダースンは行き交う車のあいだをのぞいて、男がほんとうに逃げたことを確認すると、銃をシャツの下にしまう。ぐったりした娘にむきなおって、「もうだいじょうぶだ」といった。

ねじまき娘はぐったり横たわったまま。服は破れ、乱れている。目を閉じて、せわしなく息をついている。上気したひたいに手を当てると、びくっとしてまぶたが小さく痙攣する。肌が焼けそうに熱い。大儀そうな黒い瞳でアンダースンを見上げ、「お願い」とつぶやいた。

肌は内側からひどい熱気を発している。瀕死の状態だ。アンダースンは引きちぎるようにして彼女の上着をはだけ、熱を発散させようとした。稚拙な遺伝子設計のせいで、彼女はオーバーヒートして燃え上がりつつあるのだ。生き物にこんな中途半端なことをするとは非常識だ。

アンダースンは肩越しに叫ぶ。「ラオ・グー！ 堤防へ行け！」なにをいわれたかわからず、ラオ・グーが振り返った。「シュイ！ 水だ！ ナム！ 海へ行けっていってるんだ！」アンダースンは運河の防潮壁のほうに手を振った。「急げ！ クワイ、クワイ、クワイ！」

ラオ・グーが勢いよくうなずく。腰を浮かせてペダルを踏みこみ、ふたたび勢いをつけて、邪魔な歩行者や荷車を引く動物たちに大声で警告を発したり罵詈雑言を吐きながら、渋滞した道を強引に前進する。アンダースンは帽子を脱いでねじまき娘に風を送る。

防潮壁に到着すると、アンダースンはねじまき娘を肩にかついででこぼこした階段をあがる。階段の両脇を守る蛇神(ナーガ)が、ヘビのような長い体をくねらせてアンダースンを上へと導く。よろめく足で高みへのぼる彼をナーガは無表情な顔で見守る。汗がしたたって目にはいる。肩に触れるねじまき娘の体は溶鉱炉のように熱い。

アンダースンは堤防を上りきった。真っ赤な太陽がアンダースンの顔を焼き、水没したトンブリ宮のシルエットを水面に落としている。太陽は、アンダースンが肩にかついでいるねじまき娘の体に負けないほど熱い。よたよたと反対側の岸辺におりて、娘を海に投げこむ。跳ね返った海水をかぶってびしょ濡れになった。

娘は石でも投げこんだように沈んでいく。アンダースンはぎょっとして、水中に身を躍らせ、沈む彼女を追いかける。このバカ。なんてバカなことをしちまったんだ。力ない腕をつかんで水中から娘の体を引き上げる。また沈んでしまわないように体を支え、顔が水面に出るようにした。娘の肌は焼けるように熱い。周囲の海水が煮えたってしまうかと半分本気で思う。さざ波に揺られて娘の黒髪が扇のように広がっている。しっかりつかまえていても、娘はぐったりしたままだ。ラオ・グーが水をかき分けてそばへ来た。アンダースンは手まねで彼を呼び寄せる。「ほら。支えててくれ」

ラオ・グーは躊躇する。

「支えろといってるんだよ。チュアター」

ラオ・グーは渋々ねじまき娘の腕の下に手を入れる。アンダースンは彼女の首筋に手をあてて脈をみた。脳はもう煮えてしまったか？　おれはもはや手遅れの状態から復活させようとあがいているのかもしれない。

ハチドリの羽ばたきを思わせる速さで脈打っている。人のような大型動物にあってはならないスピードだ。アンダースンは呼吸音をチェックしようとかがみこむ。

ねじまき娘がぱっと目をあけた。アンダースンはあわてて身を引く。娘がもがき、支えていたラオ・グーの手がすべって娘を水中に取り落とす。

「ダメだ！」アンダースンは急いで彼女を追った。

娘が水面に再浮上し、咳きこみながら暴れてアンダースンのほうに手を伸ばす。彼女の手をがっちりつかみ、岸辺に引き上げる。もつれた海藻のように服が体にからみつき、娘の黒髪は濡れて絹のようにてらてらと光った。黒い瞳がじっとアンダースンを見上げる。その肌は、幸いにも打って変わってひんやりと冷たかった。

「どうして助けてくれたの？」

街路にメタンランプがちらつき、町をこの世のものならぬ緑色に染めている。夜のとばりがおり、暗闇のなかにランプポストがちりちりと音をたてる。石畳やコンクリートがじっとりと濡れて、夜の市場でロウソクの火をのぞきこむ客たちの肌がほのかに輝く。

ねじまき娘がもう一度たずねる。「どうして？」

アンダースンは肩をすくめる。暗くて表情が隠れるのが幸いだ。自分でも納得のいく答えは見つかっていなかった。もし襲ってきた男がファランとねじまき娘のことで苦情を申し立てたら、不審に思った白シャツ隊に目をつけられるだろう。すでに自分がどれほど目立つ存在になっているかを考えると、愚かなリスクだ。アンダースンの人相を説明するのはたやすいことだし、ねじまき娘を見つけた場所からサー・フランシスのバーまでは遠くない。そこから、もっと不都合な疑念につながるだろう。

アンダースンはその懸念を押さえつける。これではホク・センとおなじだ。あのごろつき(ナック)はどう見てもヤーバ(レン)中毒でハイになっていたから、白シャツ隊に通報するはずはない。こそこそ逃げ出して、傷口をなめるのが関の山だ。

そうはいっても、早まったことをしたものだ。

リキシャに乗せたねじまき娘が気を失ったとき、これは助からないと確信して、どこか喜んでいる部分があった。彼女に気づいて柄にもなく運命の絆を結んでしまったその瞬間をなかったことにできるとほっとしたのだ。

ねじまき娘をうかがうと、異常に赤らんでいた肌色も、溶鉱炉なみの体温も、いまは引いている。ずたずたになった服を体に巻きつけて、慎ましさを失っていない。人の持ち物で好き勝手にされる生き物が慎ましさにこだわるのは、じつに哀れだ。

「どうして？」彼女はしつこくたずねる。

アンダースンは今度も肩をすくめる。「きみが助けを必要としてたからさ」

「だれもねじまきを助けたりはしないのに」抑揚のない声でいう。「あなたはバカよ」濡れた髪をかきあげる。コマ送りのようなぎこちない動きが現実離れして見える。ブラウスの破れ目からなめらかな肌が輝き、柔らかな乳房の存在がうかがえた。抱き心地はどうなのだろう？　肌はなめらかでつややかに光り、男をそそるが。

彼女はアンダースンが見つめているのに気づき、「わたしを使ってみたい？」

「いいや」気まずそうに目をそらす。「その必要はない」

「あなたと戦うつもりはないわ」

アンダースンは彼女の声にこもった黙従に急に反感をおぼえる。こんなときでなかったら、目先の変わったおもちゃとして抱いたかもしれない。妙な反感などこれっぽっちも抱かなかっただろう。だが、彼女がここまでなにも期待していないという事実が、アンダースンにはひどく不愉快に感じられる。むりやり笑顔を作って、「ありがたいけど遠慮するよ」

ねじまき娘は小さくうなずく。また外に目をやって、蒸し暑い夜と街灯の緑の光を見つめた。感謝しているのか意外に思っているのか、あるいはアンダースンがどっちに決めようがそもそも関心などないのかわからない。発熱の恐怖と逃げおおせた安心感で、かぶっていた仮面がはがれてしまったとはいえ、いまも本心は慎重に隠したままだ。

「きみを連れていくべき場所はあるかな？」

彼女は肩をすくめる。「ローリーのところね。わたしを飼っているのは彼だけだから」

「しかし、最初からそうだったわけじゃないんだろう？ 最初からずっと彼の……」言葉が尻すぼみになる。彼女を傷つけない言葉が見つからない。娘を見ていると、おもちゃ呼ばわりする気にはなれなかった。

ねじまき娘がちらりと彼を見て、また外に目をむけた。メタンガスのランプが路上に緑色をした蛍光のポケットを落とし、深い影の谷間が境界線を作っている。ランプの下を通るとき、アンダースンはほのかに照らされたねじまき娘の顔を見た。熱気でうっすらと濡れ、物思いに沈んだ顔は、すぐ暗闇に消える。

「そうね。最初からこうだったわけじゃない。むかしは……」声が尻すぼみになる。「こうじゃなかった」黙りこんでなにか考えている。「ミシモト社に雇われてた。わたしには……」肩をすくめて、「オーナーがいたわ。会社のオーナー。わたしはその人の持ち物だった。源道は――わたしのオーナーは、外国籍企業の一時的な控除を受けてわたしを王国に持ちこんだの。有効期間は九十日間。日タイ友好協定があるから、王宮の権利放棄によって延長可能。わたしは源道の個人秘書として、翻訳や事務管理や……コンパニオンをやってたわ」目立たないていどにまた肩をすくめる。「でも日本へ帰る旅費が高くて。新人類の飛行船代は、あなたたちとおなじ。わたしのオーナーは、秘書をバンコクに置いていくほうが経済的だと判断したの。ここでの仕事がおわったとき、大阪で新しい秘書にアップグレードすることに決めたわけ」

「ひどいな」

彼女は肩をすくめる。「アンカーパッドで最後のお給料をもらって、オーナーは帰国したわ。空を飛んでね」

「で、いまはローリーが？」

また肩をすくめる。「タイ人は秘書だろうが通訳だろうが新人類にやらせたがらない。日本ではOKなのよ。当たり前といってもいいぐらい。少子化で働き手はいくらでもほしいから。ここでは……」かぶりを振る。「カロリー市場はコントロールされてる。だれもがユーテックス社をうらやんでる。みんな自分の米を守ってる。でもローリーは気にしないわ。ローリーは……新しいもの好きなの」

魚を揚げるそこはかとないにおいが漂ってくる。脂っこい、胸のむかつくにおいだ。夜の市場は、ロウソクの明かりで背中を丸めて麵類やタコの串焼きやラープ料理に舌鼓を打つ客でにぎわっている。アンダースンは、ねじまき娘を連れているのを見られないようリキシャの雨よけをあげてカーテンを閉めたいと思う衝動をこらえる。環境税込みのメタンガスの緑色の炎をきらめかせ、フライパンにまばゆい火がはいる。客たちの汗に濡れた浅黒い肌はほとんど照らされない。足下にはチェシャ猫たちがたむろして、おこぼれで魚のくずをもらったり、あわよくば料理を盗み食いしようと待ち構えている。

一匹のチェシャ猫が暗闇に血を流して死んでいて、ラオ・グーはあわててそれをよける。母国語で低く毒づく。エミコがうれしそうに手を叩いて笑った。ちょっとおどろいたらしい。ラオ・グーがふりむいて彼女をにらみつける。

「チェシャ猫が好きなのかい？」アンダースンがたずねる。

エミコは意外そうに彼を見る。「あなたはちがうの？」

「母国では、チェシャ猫を始末するスピードが追いつかなくてね。グラハマイト派ですら、賞金を出して皮を買い取るしまつさ。連中がやったことで賛成できるのはそれだけだな」

「ふうん、そうなの」エミコは思うところありそうに眉根を寄せる。「チェシャ猫は、この世界には進化しすぎなんだと思う。いまでは自然の鳥にはほとんどチャンスがないものね」かすかに微笑する。「もし最初に新人類を作ってたらって考えてみて」

あの目はいたずら心か、それとも憂鬱か。

「どうなったと思う？」アンダースンが問いかける。

エミコはアンダースンと目を合わせずに、屋台の客たちに交じって丸くならんでいるチェシャ猫たちを見る。「遺伝子リッパーたちは、チェシャ猫から多くのことを学びすぎたわ」

それ以上はなにもいわないので、アンダースンは彼女の心を推し量るしかなかった。もし遺伝子リッパーにあまり知識がないころ、先に新人類が生まれていたら、不妊にされることはなかっただろう。ひと目でそれとわかる特徴的なぎこちない動作もなかっただろう。現在ベトナムで従軍中の、必殺の恐れ知らずなねじまき兵士たちのように優れた設計になっていたかもしれない。チェシャ猫の教訓がなければ、エミコは改良型の新人類として完全に人類にとってかわるチャンスがあったかもしれない。ところが、彼女は遺伝子の行き止まりだ。ソイプロ社やトータル・ニュートリエント社の小麦のように一世代かぎりという運命に生まれついてしまった。

また一匹のチェシャ猫が通りを横切る。闇の中をちらちらと発光し、また暗くなって。ルイス・キャロルへのハイテク時代のオマージュが飛行船やクリッパー船で運ばれただけで、見えざる脅威に太刀打ちできるすべもないあらゆる種類の生物があっというまに一掃されてしまった。

「失敗に気づいていてもおかしくはなかったはずだ」アンダースンはいう。

「もちろんそうね。でも、たぶんそれには時間がかかったでしょ」エミコは唐突に話題を変える。夜のスカイラインにそびえる寺院にうなずきかける。「とってもきれい。ね？タイの寺院は好き？」

アンダースンは、意見が衝突して論争になるのを避けようと話題を変えたのだろうかと思う。それとも、アンダースンに自分の妄想を退けられるのをおそれたのだろうか。そびえ立つ寺院の仏塔（チェディ）やボットをしげしげとながめ、「母国でグラハマイト派が建設中のやつよりははるかにいいね」

「グラハマイト」エミコは顔をしかめる。「ニッチと自然に関心がありすぎよ。洪水が起きた後は、ノアの方舟に夢中ね」

アンダースンはハッグのことを思う。象牙甲虫による破壊を目の当たりにして、汗をかきながらこぼしていた。「もしそうできるなら、連中はわれわれ全員を自国のある大陸から出さないようにするだろうね」

「それは無理だと思う。人間は拡張するのが好きだもの。新しいニッチを埋めようとするわ」

寺院の金色の装飾が月光のもとで鈍く輝く。世界はほんとうにふたたび収縮しているのだ。飛行船とクリッパーを乗り継げば、地球の反対側の暗い道を歩ける。驚くべきことだ。アンダースンの祖父母の時代には、旧拡張地域の郊外からシティセンターに通勤することすら不可能だった。アンダースンは祖父母から、石油収縮時代に破壊されただだっ広い地域からスクラップや残り物あさりをして、郊外のゴーストタウンを探検した話を聞いたものだ。十五キロの距離を旅するのは、彼らにとって一大旅行だった。それがいまでは……。

前方の路地の入り口に白い制服姿が現われる。

エミコが青ざめて寄り添ってくる。「抱きしめて」

アンダースンは払いのけようとしたが、相手はすがりつく。白シャツが立ち止まり、近づいてくるふたりを見つめている。ねじまき娘がよりきつくすがりつく。アンダースンは、彼女をリキシャから放り出して逃げたい気持ちと戦った。こんなことだけは避けたかった。

エミコがささやく。「いまのわたしは検疫違反なの。ニッポン・ジーンハック・ゾウムシとおなじ。動作を見れば、すぐにバレちゃうわ。廃棄されちゃう」ぴったりと身を寄せる。「ごめんなさい。お願いよ」目が懇願している。

急に同情心がこみあげて、アンダースンは両腕で彼女を抱きしめ、カロリーマンが違法な日本製のガラクタにしてやれるかぎりで守ってやった。白シャツ隊がふたりに声をかけてにやにや笑う。アンダースンはほほえみを返して軽く会釈した。顔がひきつる。白シャツ隊はなかなか目を離さない。ひとりが笑い、手首にぶらさげている警棒をくりっと回して相棒になにかいう。アンダースンの横で、エミコがどうしようもなくふるえた。無理な笑顔が顔に貼りついている。アンダースンはより強く抱きしめる。

いい、いい、いい、いい。いい、いい。

賄賂をよこせなんていうなよ。今回は見逃してくれ。頼む。

白シャツ隊はそのまま行きすぎる。

背後で、彼らが笑いだした。ファランと娘がきつく抱き合っているのがおかしいのか、まったく関係ないことがおかしいのか。どっちでもいい。白シャツ隊は遠くへ去ってしまい、アンダースンとエミコはふたたび危機を脱したのだから。

エミコがふるえながら体を離した。「ありがとう」小さな声でいう。「外へ出るなんて不注意だったわ」顔に垂れかかった髪をかきあげて振り返る。白シャツ隊員はどんどん遠ざかっている。エミコは両手をにぎりしめ、「バカな女」とつぶやく。「好きなように姿を消せるチェシャ猫じゃないのに」かぶりを振って、怒りながら自分に教訓を思い知らせる。「バカ、バカ、バカ」

アンダースンは愕然として見守る。エミコはこの残酷で蒸し暑い場所ではなくて、どこかちがう世界に適応しているのだ。いずれこの町は彼女を飲みこんでしまうだろう。それはわかりきっている。

アンダースンが見つめているのに気がついて、小さく暗い微笑を浮かべる。「永遠に続くものなんてないのね」

「そうだね」アンダースンは喉が詰まったような声でいう。

ふたりは見つめ合う。ブラウスがまたはだけていて、喉の線から、服に隠れていた乳房の曲線までのぞいている。彼女は体を隠そうともしないでただ真剣なおももちでアンダースンを見つめ返す。わざとやってるのか？　おれを挑発している？　それとも、誘惑するのは天性にすぎないのか？　たぶん彼女は自分をおさえられないのだ。チェシャ猫が巧みに小鳥をつけ狙うのとおなじように、ＤＮＡに染みこまれた本能なのだ。確信できないまま、アンダースンはエミコに近づく。

エミコは引き下がらない。それどころか、自分からアンダースンをむかえにくる。彼女の唇は柔らかい。アンダースンは片手で彼女の腰をなであげ、ブラウスをめくりあげて中に手を入れる。エミコはため息をもらして体を押しつけてくる。唇がひらいてアンダースンをむかえいれる。こうしてほしいのか？　それとも、ただ不本意ながら従っているのか？　そもそも彼女は拒否するという能力を持ちあわせているのだろうか？　エミコの乳房がアンダースンの体に当たる。両手で彼の体をなでおろす。アンダースンはふるえている。十六歳の小僧のようにぶるぶると。エミコのDNAにはフェロモンが埋めこまれているのか？　彼女の肉体は人を酔わせる。

ここが路上であることも、ラオ・グーのことも、なにもかも忘れて、アンダースンはエミコを引き寄せ、手で彼女の乳房を包み、非の打ち所のないその体を抱きしめる。アンダースンの手のひらに包まれたねじまき娘の心臓が、ハチドリのそれのようにせわしなく鼓動する。

11

ジェイディーは潮州人に一定の敬意を抱いている。彼らの工場は大規模で、なおかつスムーズに稼働している。何世代にもわたってタイ王国に根を張り、偉大なる子供女王には心から忠実だ。だが、土着のマレーシア人を疎外してきたあげく、助けを求めてマレーシアから大量流入してきた中国人難民ときたら彼らとは大ちがい。マレーシアの中国人に潮州人の半分の頭でもあれば、とっくのむかしにイスラム教に改宗して、完全にマレーシア人社会の一員になっていただろう。

ところが、マラッカやペナンや西海岸の中国人たちは、イスラム原理主義の台頭は自分たちには関係ないとばかりに同族同士で固まっていて、いまになって愚かにも自分で自分の面倒を見られなくなったからといって、潮州人たちが助けてくれるものと期待してタイ王国に泣きついてくる。

マレーシアの中国人はバカなのに対して、潮州人たちは利口だ。彼らは実質的にはタイ人といってもいい。タイ語をしゃべり、タイの名前をもっている。遠い昔に中国のどこかにルーツがあったかもしれないが、いまはタイ人なのだ。それに、彼らには忠誠心がある。ジェイディーが思うに、おなじタイ人のなかにも忠誠心があるとはいえないのがいるし、アカラットや通産省の連中にいたってはいうまでもない。

そんなわけで、ジェイディーは目の前の潮州人実業家にちょっと同情している。男は丈の長い白いシャツにゆったりした綿のズボン、サンダルという格好で、工場内を行ったり来たりしながら、石炭の配給が限度を超えてしまったという理由で工場を閉鎖されたことに文句をいっている。入れ替わり立ち替わり現われる白シャツの役人にはかならず賄賂をわたしてきたのだから、ジェイディーが工場を完全閉鎖する権利はいっさいない――いっさいだ――と抗議する。

亀の卵呼ばわりされても相手に同情すらしたくなる――中国語ではとてつもない侮辱だとわかっているから、聞いていて気持ちよくないのはたしかだが。それでも、その実業家が感情を爆発させても怒る気にはなれない。中国人はもともと激しやすいのだ。タイ人ならぜったいにぶちまけたりしない感情を中国人は爆発させる。

だからジェイディーはこの男におおむね同情的なのだ。

けれども、罵りながらジェイディーの胸を指でつつかれては同情はできない。だからいま男の胸に馬乗りになって――黒い警棒で喉笛を押さえつけながら――白シャツにはどう敬意を払うべきかを説明している。

「誤解してるらしいが、おれは他の役人とはちがうぞ」ジェイディーはいう。

男は喉をごろごろいわせて逃げようとあがくが、喉もとをがっちり押さえつけられていて逃げられない。ジェイディーはじっくり相手を観察する。「この都市は水面下にあるから石炭が配給制だってことは、もちろんわかっているな。おまえの炭素割り当ては何カ月もまえにオーバーしてるんだ」

「グガガ」

ジェイディーは、その反応を考慮して悲しげにかぶりを振る。「いいや。このまま続けさせるわけにはいかないと思う。ラーマ十二世の命が下り、いまや子供女王陛下も支持しているが、われわれは断じて上昇する海面にクルンテープを侵略させたりはしない。聖なる神の町から逃げ出したりはしない。ミャンマー軍から逃げ出した臆病者のアユタヤ人とはちがう。海は侵攻してくる軍隊じゃない。こっちがいったん引き下がったが最後、二度と追い出すことはできないんだ」冷や汗びっしょりの中国人を見下ろす。「だからおれたちはみんな自分の役目を果たさなきゃならない。ミャンマー軍に立ちむかったバン・ラジャン村の住民たちのように、町にはいりこもうとする敵を力を合わせて撃退しなければならない。そうは思わないか？」

「ングググググ……」

「よし」ジェイディーは微笑する。「話が前進して良かった」

だれかが咳払いする。

ジェイディーは不満を隠して目をあげる。「なんだ？」

真新しい白シャツ姿の若い新兵がかしこまって待っている。「隊長」両手のひらを合わせ、お辞儀をした姿勢のまま頭をあげない。「お邪魔して申し訳ありません」

「用か？」

「チャオ・クン・プラチャ将軍がお呼びです」

「忙しい」ジェイディーはいう。「この友人が、ようやく冷静になっておとなしく話し合いをしてくれる気になったようなんだ」やさしく微笑しながら実業家を見下ろす。

新兵はいう。「お伝えすることが……お伝えするように……ええと……」

「いってみろ」

「その……失礼ながら……その《手柄探しのケツ》を……ですね、省へもどせといってこいという命令で」自分でいってたじろぐ。「自転車がなければ、わたしのをお使いください」

ジェイディーは顔をしかめる。「ああ。そうか。そういうことなら」実業家を放して立ちあがり、カニヤにうなずきかける。「副官、この友人を説得してくれるか？」

カニヤは困惑して表情を曇らせる。「なにかあったので？」

「プラチャのやつ、ついにおれを怒鳴りつける覚悟を決めたようだ」

「同行したほうがいいのでは？」カニヤは中国人を見下ろす。「このトカゲ野郎はもう一日待たせておいて」

ジェイディーは部下の心づかいににやりとする。「おれのことは心配ない。ここを片づけてくれ。南へ島流しになったら知らせるよ。イエローカード難民の強制収容所の警備でキャリアをおわることになったらな」

出ていこうとするジェイディーたちに、中国人は改めて勇気を振りしぼる。「貴様らの首をとってやるからな！」

男がカニヤの警棒で殴られてぎゃっとわめく声を最後に、ジェイディーは工場を後にする。

外へ出ると、太陽がぎらぎらと照りつける。馬乗りになって中国人実業家を痛めつけていたせいで、すでに汗まみれのジェイディーは、焼けつく太陽を浴びて不快だ。ココヤシの木陰にたたずんで、伝令の少年が自転車を持ってくるのを待つ。

少年はジェイディーの汗まみれの顔を見て気づかった。「休みますか？」

ジェイディーは笑い飛ばす。「おれのことは心配ない。年のせいさ。あの中国人に手こずった。もう若いころのような戦士じゃないしな。もっと涼しい季節なら、こんなに汗をかかずにすんだろうが」

「あなたはたくさんの戦いに勝利なさった」

「すこしはな」ジェイディーはにやりと笑う。「訓練を受けた場所の暑さといったら、こんなもんじゃなかったぞ」

「ああいう仕事は副官でもできるでしょうに」少年はいう。「あなたがそんなにがんばらなくても」

ジェイディーはひたいの汗をぬぐってかぶりを振る。「おれがやらなかったら、部下たちがどう思う？　あいつは怠けてると思うだろうよ」

少年が気色ばむ。「だれもそんなふうに思ったりしませんよ！　ぜったいに！」

「隊長になれば、おまえにもわかるさ」ジェイディーは鷹揚に微笑する。「前線で指揮をとるからこそ、部下はついてくるんだ。おれには、クランクを回して風を送るとか、通産省のトンチキ野郎どもみたいに椰子の葉で仰いだりする下らん仕事をする部下は必要ない。指揮官はおれかもしれないが、おれたちはみんな兄弟なんだ。きみもタイを率いることになったら、おなじようにすると約束してほしい」

少年は目を輝かせ、ふたたび合掌の礼をする。「はい。忘れません。ありがとうございます！」

「いい子だ」ジェイディーはひらりと少年の自転車にまたがる。「ここの仕事が片づいたら、カニヤがタンデムで送ってくれるだろう」

ジェイディーは車道へとハンドルを切る。暑い季節で雨も降っていないので、頭がおかしいか仕事があるかでなければ直射日光のもとに出る人は多くないが、アーチや通路に張った防水シートが、野菜や食器や衣類などがあふれる市場に影を落とす。

ナー・プララン通りで市の柱神社(ラク・ムアン)を通りがかり、ジェイディーはハンドルから手を離して合掌し、バンコクの精神的核心をお守りくださいと小さく祈りを唱える。ここは、海面上昇に対して町を見捨てないとラーマ十二世が初めて宣言した場所なのだ。いま、町の生き残りを祈願する僧侶たちの読経の声が通りへ漏れ聞こえ、ジェイディーは平穏な気分に満たされる。両手をひたいに持ちあげる動作を三度繰り返す他のライダーたちに交じって、ジェイディーもその動作をした。

十五分後、環境省が見えてくる。赤いタイルの連なったビル群。竹藪やチークやネムノキのあいだから急勾配の屋根がのぞいている。高い白壁やガルーダやシンハーの像が省の周辺を守っているが、雨じみと、茂るシダやコケで汚れている。

まだチャイヤヌチットが省を率いていて、白シャツ隊が絶大な影響力をもっていたころ、少数の乗客とともに飛行船に乗って上空から眺めたことがある。疫病が世界に蔓延したころで、猛烈なスピードで作物を殺していた。果たして生き残るものがあるのかと思うほどの勢いで。

チャイヤヌチットは、疫病の発生時をおぼえている数少ない人間のひとりだった。ジェイディーは若い兵士にすぎなかったし、チャイヤヌチットのオフィスで配送係として働いていたのはラッキーだった。

チャイヤヌチットはなにが危機に瀕していて、なにをしなければならないかを理解していた。国境封鎖が必要だ、各省の分断が必要だ、プーケットとチェンマイの破壊が必要だとなったとき、彼は躊躇しなかった。北部でジャングル・ブルームが大発生したときは焼いて焼いて焼き尽くした。そして、チャイヤヌチットが国王陛下の飛行船で空からの視察をするとき、ジェイディーはそれに同乗するという僥倖に恵まれたのだ。

当時、タイは劣勢だった。アグリジェン社やパーカル社などは疫病に耐性のある種子を持ちこんで、途方もない利益を要求したが、愛国的な遺伝子リッパーはいち早くカロリー企業の製品のコードを解明しようと取り組んで、ミャンマー、ベトナム、クメールなどの各国がみんな倒れるなか、タイ王国を食糧危機から救おうと奮闘していた。アグリジェン社や他の企業は、知的財産の侵害を盾にとって禁輸するとおどしをかけてきたが、タイ王国はそれでもまだ生きていた。とことん追いこまれながら、タイ王国は死ななかった。他国はカロリー企業に手もなく押しつぶされたのに、タイ王国は踏ん張っていた。

「禁輸だと！」チャイヤヌチットは笑い飛ばした。「禁輸こそ、こっちの望み通りだ！やつらのいう外の世界と取引せずにすむからな！」

かくして、壁が上がった——石油危機でも無事で、内戦があって飢えた難民が殺到しても上がらなかったのに——外界の攻勢からタイ王国を守るための最後のバリアだ。

若き徴募兵のジェイディーは環境省の活発な動きに驚嘆した。白シャツ隊は数え切れないほどの問題に対処しようとオフィスを飛び出していく。他のどの役所にも、これほど強い危機感はなかった。疫病は人を待たない。周辺地域のひとつにジーンハック・ゾウムシがたった一匹でも見つかれば、ことは一刻を争う。白シャツ隊はゼンマイ列車で地方から問題の場所へ急遽駆けつけていた。

しかも、問題発生のたびに環境省の管轄は広がっていた。疫病はタイ王国の生き残りに対する最新の問題のひとつにすぎない。最初は海面上昇で、運河や堤防を建設する必要が生じた。つぎに電力契約の状況や汚染クレジットの売買、気象侵犯の監視が必要になった。白シャツ隊は、メタン採取および生産の認可を担当した。さらに、タイのカロリー援助の最後の砦である漁場の健全性と毒物累積の監視も必要だった。大陸育ちのファランのカロリー企業が漁獲物だけをむやみに攻撃したのは幸いだったが。ほかにも、国民の健康問題も追跡調査しなければならない。H7V9、チビスコシス111のb、c、d、ファガン・フリンジなどのウィルスやバクテリアについてもつねに気をつける必要があった。苦水イガイなどは、突然変異するとやすやすと海水から陸上へ進出する危険がある。瘤病も……。環境省の任務は果てしなかった。

バナナ売りの女のそばを通りかかり、我慢できずに自転車を飛びおりてバナナを買う。仕事の速い環境省の試作品部が作った生長が速い新種だ。マクマクダニの小さな黒い卵を産みつけられるとバナナの花は病気になって実を結ぶことができないのだが、この新種はそれにも耐性がある。ちゃんとしたスナックを食う時間があればいいのにと思いながら、自転車を押して歩きながらバナナの皮をむいてむさぼり食い、ネムの大木の横に皮を捨てる。

生きとし生けるものはすべてゴミを出す。生きるという行為は、コストと危険とゴミの問題を生む。そして環境省はあらゆる生活の核となり、生き残った一般の人びとの痛みを和らげ、方向性を示すとともに、他人の命と引き替えに手っ取り早く金を儲けることを考える、貪欲で長期的展望をもたない輩(やから)の逸脱に目を光らせる役割も担っている。

環境省のシンボルは亀の目だ。隠れたコストなしに、安く手早く手にはいるものはなにもないとわかっているという、長期的展望を意味する。他人に亀の子省と呼ばれようが、ゼンマイ・スクーターを自由に製造する許可が与えられないからといって白シャツ隊が潮州人に亀の卵と呼ばれようが、かまわない。ファランに歩みがのろいとバカにされるなら、それでもいい。環境省はタイ王国が持ちこたえると保証した。そしてジェイディーは、省の過去の栄光に畏敬の念を抱くしかない。

なのに、環境省のゲートの外で自転車をおりると、ひとりの男がジェイディーをにらみつけ、女が背をむける。環境省のすぐ外ですら――いや、だからこそ――ジェイディーが守っている人びとが彼に背をむけるのだ。

ジェイディーは顔をしかめ、自転車を押してゲートを通過する。

省は相変わらず活気にあふれているが、ジェイディーが初めてここに配属されたときとは様子がちがっている。壁にはカビが生え、ツタが生い茂って建物のそこかしこにひびがはいっている。一本の菩提樹の古木が壁に寄りかかって朽ち果てつつあるのが、劣化を際だたせる。十年ものあいだ、朽ち果てるままに放置されている。ほかの使えなくなったものに交じっているので、目立たない。建物は難破船のようだ。ジャングルの木を切って建てられたものが、ふたたびジャングルに乗っ取られようとしている。通路にはびこるツタを片づけなければ、建物は完全に埋もれてしまうだろう。環境省が国民の英雄であった時代はこうではなかった。当時、人びとは環境省の役人のまえで僧侶のように三度平身低頭した。彼らの真っ白な制服は尊敬と憧れの的だった。いま、ジェイディーの目には自分が通り過ぎると民間人がおびえるのが見える。おびえて逃げるのだ。

まるでいじめっ子だな、と自虐的に考える。水牛に交じってのし歩くいじめっ子にすぎない。優しい心で民衆を導こうと思っていても、気がつくと恐怖という鞭をふるっている。環境省全体がそれとおなじだ。すくなくとも、いまもなお自分たちが直面している危機を理解している者、まぶしい純白の防護ラインは守らねばならないといまもなお信じている者たちは。

おれはいいじめっ子なんだ。

ジェイディーはため息をつき、管理部のまえに自転車を停める。ペンキを塗り直さないとどうにもならないが、財政緊縮で金がない。ジェイディーは建物をながめながら考える。環境省はやりすぎて危機に陥ってしまったのか、それとも驚異的な成功をあげたせいなのか。人びとは外の世界に対する恐怖を失ってしまった。環境省の予算は年ごとに縮小し、逆に通産省の予算が増えている。

将軍のオフィスの外に椅子がある。白シャツの役人たちが、巧妙にジェイディーを無視して通り過ぎる。自分がプラチャのオフィスの前で待っていると思うと、なにやら満足感でいっぱいだ。高位の人物に呼びつけられるのはそうそうあることではない。こんどばかりは、なにか作戦が図に当たったのだろう。若い男がおずおずと近づいてきて合掌の礼をする。

「クン、ジェイディー？」

ジェイディーがうなずくと、青年はぱっと笑顔になる。髪は短く、眉もほとんど影のようだ。僧院から出てきたばかりと見える。

「そうだといいと思っていました」ためらい、そして一枚のカードを差し出す。古いスコタイ風の絵で、戦う若い男が描かれている。顔は血にまみれ、敵をリングに倒したところだ。デフォルメした顔だが、ジェイディーはそれを見て微笑せずにはいられない。

「これをどこで手に入れたんだね？」

「自分はこの試合のとき、村にいたんです。こんなチビで——」腰のあたりを手で示す。「たぶんこのくらいの身長だった。あなたがディタカーに倒されて血だらけになっていたときは、これで終わりだと思いました。あの相手はあなたには大きすぎた。すごい筋肉で……」

「おぼえてるよ。いい試合だった」

青年はにやりとした。「そうですね。すばらしかった。ぼくも戦士になりたいと思ったくらいです」

「で、いまはこうなった、と」

青年は短髪の頭をなでる。「はあ。まあ、試合は思ったよりたいへんです……しかし……」言葉を切って、「これにサインをいただけませんか？　カードに。お願いします。父にあげたいんですよ。いまだにあなたの試合のことをほめてます」

ジェイディーは笑顔でサインをする。「ディタカーはおれが戦った相手のなかでいちばん頭が冴えてるわけじゃなかったが、強かった。どの試合もああいうふうにスッキリいくといいんだが」

「キャプテン・ジェイディー」声にさえぎられた。「ファンと交流がすんだかね」

青年は合掌の礼をして素早くその場を去る。ジェイディーは走り去る青年を見送りながら、若い連中がみんなダメというわけじゃないのかもしれないと思う。もしかしたら……

ふりむいて、将軍と対面する。「あれはファンじゃありませんよ」

プラチャ将軍がジェイディーをねめつける。ジェイディーはにやりと笑った。「それに、いい戦士だったのは、わたしのせいとはいえませんしね。当時は環境省がスポンサーでした。あなたもだいぶ儲けたし、わたしをダシにして新兵募集をしてるでしょう、将軍閣下」

「将軍呼ばわりはやめておけ。長年のつきあいだ。なかへはいれ」

「はい、将軍」

プラチャは顔をしかめてジェイディーをオフィスのなかへ差し招く。「はいれ！」

プラチャはドアを閉めると、マホガニー製の広びろとしたデスクのむこうにすわる。天井ではクランクファンが的外れに空気をかきまわしている。部屋は広く、ブラインドのおりた窓があいていて、光ははいるが直射日光はほとんど差しこまない。細い窓の外には省の荒れ放題な敷地が見える。一方の壁に、さまざまな絵や写真が飾ってある。またしても現在の環境省の創設者であるチャイヤヌチャットの肖像画とならんで、プラチャの幹部候補生クラスの卒業写真、ここでもまた子供女王陛下の像。玉座にすわったその姿は、小さくて、ひとひねりでつぶされてしまいそうだ。そして、片隅に小さな仏壇、ピカネットとセウブ・ナカサティアンの像がある。仏壇には線香とマリーゴールドの花が供えてある。

ジェイディーは仏壇に合掌の礼をし、プラチャの向かい側の籐いすに腰をおろす。「あのクラス写真はどこで？」

「写真？」プラチャは振り返った。「ああ。あのころ、われわれは若かった。そう思わんか？　母の遺品のなかにあるのを見つけたんだ。母はあれをずっとクローゼットにしまいこんでとっておいた。あのばあさんに、こんなセンチメンタルなところがあるとはだれも思いもしなかったよ」

「見られて良かったですよ」

「アンカーパッドでは、やり過ぎたようだな」

ジェイディーはふたたびプラチャを見る。デスクの上に広げたタブロイド紙が、クランクファンの微風にあおられてかさこそ音をたてる。《タイの砦》《コム・チャド・ルーク》《プチャトカン・ライ・ワン》。その多くの一面にジェイディーの写真がのっている。

「新聞はそうは思ってませんよ」

プラチャが渋い顔になって、タブロイド紙を処理用ゴミ箱に押しこむ。「新聞は英雄好きだからな。そのほうが部数が捌ける。ファランと戦う虎だとか祭り上げられていい気になるなよ。ファランはわれわれの未来への鍵なんだぞ」

ジェイディーは、女王陛下の写真の下にかかっている師匠のチャイヤヌチットの肖像画にうなずきかける。「チャイヤヌチットもそういったかどうか疑問ですね」

「時代は変わるんだよ。国民はきみの首を狙ってる」

「だからくれてやるつもりですか？」

プラチャはため息をつく。「ジェイディー、おれたちの仲でそれはないだろう。おまえが戦士だということは知っている。熱血漢だということもな」ジェイディーが反論しようと身じろぎするのを、手をあげて制する。「わかってる。熱い心(ジェイ・ラウン)の名の通り、きみはいいやつだが、冷静な心(ジェイ・イエン)がまったくない。きみは争いごとが好きだ」唇をとがらせる。「自由を束縛すれば反抗する。罰を与えても反抗する」

「だったら好きにやらせてください。わたしみたいな変わり者がいたほうが省にとっても得でしょう」

「きみの行動は人びとの不興を買ったぞ。気を悪くしたのは愚かなファランだけじゃない。きょう日(び)、航空貨物を利用するのは全部ファランというわけじゃないからな。われわれの利害関係は深く広く及んでいる。タイ王国の利害なんだ」

ジェイディーは将軍のデスクを観察する。「環境省が、他人の利便を考えて貨物を検査していただけとは知りませんでした」

「どういえばわかってくれるんだ。わたしはもう、虎で手一杯なんだよ。瘤病、ゾウムシ、石炭戦争、通産省のスパイ活動、イエローカード、温室割り当て、ファガンの大流行……。そして、きみまで問題を起こしてくれるとはな」

ジェイディーは顔をあげる。「だれなんです？」

「なんのことだ?」

「だれがそんなに腹を立ててるんです? あなたがここまでこぼすなんて。わたしに戦うなというほどに? 通産省ですね? あなたは通産省のだれかにタマをにぎられてるんでしょう」

プラチャは一瞬、無言になった。「だれかは知らん。きみも知らないほうがいいだろう。知らなければ戦いようがないからな」デスクのむこうからカードをすべらせてよこす。

「きょう、これがドアの下にさしこまれていた」がっちり視線をとらえられて、ジェイディーは目をそらすことができない。「ほかならぬこのオフィスで。環境省のなかで、だぞ。わかるだろう? まちがいなくスパイがはいりこんでいる」

ジェイディーはカードをひっくり返す。


ニワットとスラットは良い子だ。四歳と六歳の幼い兄弟は、すでに戦士だ。あるときニワットは鼻血を流しながらも目をきらきらさせて帰宅し、正々堂々と戦ってこてんぱんにされたけど、トレーニングを積んでつぎは勝つんだとジェイディーにいった。

これにはチャヤもお手上げで、子供たちにとんでもない考え方を吹きこんでばかりいるからだとジェイディーを非難する。スラットは弟の味方をし、おまえはだれよりも強い虎だ、負けるわけがないと尻を叩く。きっとバンコクを制し、みんなに名誉をもたらすだろう、と。スラットはトレーナーを買ってでて、つぎはもっと強いパンチを出せと弟にいう。ニワットは殴ることをおそれない。恐いものなしの四歳児だ。

ジェイディーの心が折れるのは、こういうときだ。ムエタイのリングにあがって恐ろしいと思ったことは、たった一度しかない。だが、この仕事をしていて何度も恐怖に駆られたことがある。恐怖はジェイディーの一部だ。恐怖は環境省の一部だ。国境封鎖、町の焼却、五万羽の鶏を処分して汚染されていない土に埋め、消毒剤を散布する理由は、恐怖以外のなにものでもない。トンブリ・ウイルスが発生したとき、ジェイディーと部下たちは、なんの防護にもならないちっぽけなライスペーパーのマスクをつけて大量の鶏の死骸をシャベルですくって穴に放りこんだが、そのあいだじゅう、恐怖が幽霊のように渦巻いていた。ウイルスはほんとうにこんな短期間にここまで広がったのだろうか？　もっと広範囲に伝染するだろうか？　このまままさらに猛威をふるうのだろうか？　このウイルスが人類の息の根を止めることになるのだろうか？　ジェイディーと部下たちは三十日間隔離され、死が訪れるのを待った。恐怖だけが彼らの相棒だった。ジェイディーは、つきつけられるすべての脅威を食い止められない省に勤務している。つまり、二十四時間つねにおそれているのだ。

恐いのは戦うことではない。待つことと不確実さが恐い。ニワットは待つ恐怖をまったく知らない。そしていまやどっちをむいても待つ恐怖がある。それがジェイディーの心を折るのだ。あまりにも多くのものに対して、待つという戦い方しかできない。ジェイディーは行動の男だ。彼はリングで戦ってきた。白い寺院でアジャーン・ノパドン自らに祝福してもらった幸運のお守りを身につけて、ジェイディーは前に出た。カチャナブリのベトナム人暴動のときは、黒い警棒一本で単身群衆のまっただ中に踏みこみ、騒動を鎮圧した。

そんな彼にとってさえ、手強いのは待つ戦いだ。両親がチビスコシスに倒れ、食いしばった歯のあいだから咳とともに肺の肉を吐いたときも、自分の姉妹とチャヤの姉妹がともにファガンに感染し、両手の皮膚が肥厚してひび割れていくのを見せつけられたときもそうだった。環境省が中国人から遺伝子マップを盗んで不完全だが治療薬を製造したときはもう遅かった。来る日も来る日も仏様に祈り、ノンアタッチメントを実践し、ふたりの姉妹が来世はこんなふうに苦しまずにすみますようにと願った。指が棍棒のように太くなり、関節のところでちぎれていくのを見ながら。みんな祈り、そして待ったのだ。

ニワットがおそれを知らず、スラットが弟をそう鍛え上げていくのを見ると、ジェイディーはつらい。介入することもできないのがつらくて、そんな自分を罵る。どうして、何者にも負けないという子供の夢を壊さなければならないんだ？　どうしておれが？　ジェイディーはそんな役割をしたくない。

かわりに、彼は子供たちにタックルさせて、こう怒号を浴びせる。「おまえたちは虎の息子だ！　獰猛な虎だ！　ものすごく獰猛なんだ！」すると、子供たちははしゃいで笑い声をあげながら、何度も何度もタックルしてくる。ジェイディーはわざと負けて、リングの外で学んだトリックを見せてやる。ストリートで戦う者が身につけなければならないトリック。ストリートの戦いはいつも型破りで、たとえチャンピオンでも知らないことがある。ジェイディーは子供たちにその戦い方を教えるのだ。なぜなら、彼が知っているのはそれだけだから。そしてもうひとつの——待つということは——どのみち、教えて教えられるものではない。

ジェイディーはそんなことを考えながら、プラチャがよこしたカードをひっくり返す。石のかたまりがふたをして心が閉じてしまったかのようだ。内臓をそっくり道連れにして自分の心が井戸に飛びこみ、空っぽの抜け殻が残った。

チャヤ。

目隠しをされ、両手を背中で縛られ、足首も縛られて背中を丸めて壁にへばりついている。その壁には、「環境省に敬意をこめて」と殴り書きされていた。色が茶色いから、きっと血で書いたものだ。チャヤの頬があざになっている。彼女は、今朝、朝食のグリーンカレーを出し、笑いながら送り出してくれたとき着ていた青いパーシン・スカート姿だ。

ジェイディーは呆然としてその写真を見つめる。

息子たちは戦士だが、彼らはこんな戦いがあることを知らない。当のジェイディーも、こんな事態にどう対処すればいいかわからない。喉頸(のどくび)につかみかかってきた顔の見えない敵。敵はジェイディーのあごに悪魔の鉤爪を立て、こうささやく。「おれには、おまえを傷つけることができるんだぞ」と。敵は顔も見せず、姿もまったくわからない。最初、ジェイディーは声が出なかったが、やっとのことで声をしぼり出す。「妻は生きてるんですか？」

プラチャはため息をつく。「わからん」

「犯人は？」

「わからん」

「そんなはずないでしょう！」

「わかっていれば、すでに彼女を無事奪還しているはずだ！」プラチャは腹立たしげに顔をなで、ジェイディーをにらみつける。「きみについては山ほど苦情がきてる。数え切れないほどの部署からな！　だれが犯人でもおかしくないんだ」

ジェイディーは新たな恐怖におそわれる。「息子は？」はっとして立ちあがる。「こうしちゃいられない——」

「すわりたまえ！」プラチャがデスクのむこうから身を乗り出してジェイディーをつかむ。「学校へ様子を見に行かせたよ。きみの部下たちをね。信用できるのはきみだけに忠実な彼らしかいない。息子さんたちは無事で、省へ連れ帰る途中だ。頭を冷やして自分の置かれた立場を考えろ。このことは騒ぎたてたくはないだろう。相手が焦って決断するようなことはさせたくない。奥さんを無傷で無事に取りもどしたい。騒ぎたてれば、まずい立場になるやつが出かねない。そうなったら、チャヤは無事ではすまないぞ」

ジェイディーはまだデスクに置かれたままの写真をじっと見つめる。立ちあがって、歩き出す。

「きっと通産省だ」アンカーパッドでの一夜を思い返す。滑走路のむこうでジェイディーと部下の白シャツ隊を監視していたあの男。小馬鹿にした態度でビンロウジをくちゃくちゃやって血のような赤い唾を吐き、暗闇に消えていった男。「通産省だ」

「ファランかもしれんし、糞の王かも——あいつは、きみが頑として八百長をやらないのを良く思ってなかったからな。ほかの黒幕のしわざであってもおかしくない。密輸で儲けるはずの金をすった親玉とか」

「そういう連中はみんな、ここまで姑息な手は使わない。通産省だ。男が——」

「やめろ！」プラチャがデスクを叩いた。「だれだって姑息な手段を使うさ！　きみはあっという間に大勢の敵をこしらえたからな。王宮のほうからだって苦情がきてるぐらいだ。だれが犯人でもおかしくない」

「これはおれのせいだっていうのか？」

プラチャはため息をつく。「非難しあっても無意味だ。起きてしまったことだ。きみは敵を作った。わたしはそれを許してしまった」両手で頭をかかえこむ。「きみには公式に謝罪してもらう必要がある。敵をなだめるような会見を」

「いやだ」

「いやだと？」プラチャは苦い笑い声をあげる。「そのバカげたプライドを捨てたまえ」チャヤの写真を指さして、「敵がつぎにどう出ると思う？　最後の拡張以来、この手の騒ぎは初めてだ。どんな代償を払っても金がほしい、いくらかかっても金持ちになりたい」顔をしかめる。「連中はまちがいなくチャヤを斬殺するぞ。敵はけだものなんだ。

アンカーパッドでの行為について公式に謝罪しろ。降格にする。左遷して、たぶん南部地域でイエローカード難民の整理と強制収容所の管理をするんだな」ため息をもらし、もう一度写真を見る。「慎重の上にも慎重にことを運んだうえで、並外れた幸運に恵まれれば、ひょっとしてチャヤはきみのもとにもどってくるかもしれん。

そんな目でわたしを見るな。きみがいまでもムエタイのリングにあがっているなら、わたしは有り金全部きみに賭けるよ。だが、これはムエタイとは異なる戦いなんだ」プラチャは身を乗り出し、ほとんどすがるようにいう。「頼むから。いうとおりにしてくれ。ここは折れるんだ」

12

アンカーパッドが閉鎖されるなど、どうしてホク・センにわかるだろう？　自分が出した賄賂が、すべてバンコクの虎によってただの紙切れになってしまうなど、わかるはずもない。

アンダースン・レイクとの会話を思い出し、ホク・センは顔をしかめる。まるで神をあがめるかのようにあの青白い怪物のまえに腰をかがめて、頭をさげているあいだ、あいつは怒鳴り散らし、新聞でホク・センの頭を叩く。どの新聞も一面はジェイディー・ロジャナスクチャイ。バンコクの虎、タイの悪魔なみにたちが悪い災厄だ。

「しかし――」ホク・センは抗議しようとしたが、アンダースンはみなまでいわせない。

「すべて手配済みだといったじゃないか！」声を荒らげる。「おまえをクビにしない理由をひとつでもいってみろ！」

ホク・センは攻撃されて小さくなり、言い返すなと自分を押さえつけていた。ことを荒立てたくない。「だれもが原料を失いました。これはカーライル&サンズのせいです。ミスター・カーライルは通産大臣のアカラットと親しすぎて、白シャツ隊と敵対しています。なにかというと彼らを侮辱して――」

「話をそらすな！　海藻タンクは先週税関を通過するはずだったんだろ。賄賂は払ったといったじゃないか。なのに、おまえはリベートをとっていたことがわかった。これはカーライルじゃなくて、おまえのせいだ。おまえがしくじった」

「バンコクの虎が悪いんです。あの男は天災も同然です。地震や津波とおなじだ。わたしが知らなかったからといって――」

「うそはもう聞き飽きた。おれがファランだから頭が悪いと思ってるのか？　おまえが帳簿を操作してるのに気づかないと？　どうごまかして、こっそりと――」

「うそなんてついて――」

「言い訳は聞きたくない！　おまえの言葉が信じられるか！　なんとでもいえ。おまえの考えも、おまえの気持ちも、おまえの言葉も知ったこっちゃない。知りたいのは結果なんだ。一カ月以内にラインの信頼性を四十パーセントにあげろ。それができないならイエローカード難民の塔へ帰れ。選ぶのはおまえだ。おまえをクビにして別の監督を雇うまで一カ月猶予をやる」

「ですが――」

「わかったな？」

ホク・センはうつむいて顔をしかめる。アンダースンに表情が見えなくて良かった。

「もちろんです、レイク先生。わかりました。おっしゃるとおりにします」

返事を最後まで聞かず、アンダースンはホク・センを残して大股にオフィスを出ていった。これだけでもじゅうぶん屈辱的で、ホク・センは大型金庫を硫酸で溶かして工場の図面を盗んでやろうかと思った。怒りで頭が白くなり、キャビネットのところへ行ってから、正気をとりもどした。

工場に損害が出たり、金庫が破られたりすれば、真っ先にホク・センが疑われるだろう。もしもこの国で生活を立て直したいと思うなら、これ以上、名前に汚点をつけるわけにはいかない。イエローカードを取り上げ、物乞い中国人を国境の彼方へ蹴りもどして、イスラム原理主義者の手にゆだねるのに、白シャツ隊にはほとんど口実は必要ないのだ。辛抱しなければ。もう一日、このタマデ工場で生き延びなければ。

そこで、ホク・センは従業員を急かして大金のかかる復旧作業にゴーサインを出し、慎重にたくわえてきた自分の現金すら使って作業を潤滑に進めることにした。アンダースンの要求がエスカレートすることなく、外国人の悪魔につぶされないように。ラインのテストをし、古い運転リンクを破棄し、スピンドルに転用できるチーク材を集めてまわる。

笑い屋チャンに賞金を出させて、町中のイエローカードから旧拡張地域の建物のなかで、崩れて、使えそうな骨組みが出ているものはないかと噂を聞きこむ。モンスーンの雨が降りはじめ、川を使って新しいチーク材のスピンドルが移送可能になるまえに、ラインの製造工程を完全復活させられるものならなんでもいい。

ホク・センは、欲求不満で歯ぎしりする。すべてがあと一歩で達成できる。なのに、ホク・センの生き残りを左右するのは、どうやっても動かないラインと、なにをやってもうまくいかない人びとときている。こうなったら、最後の手を使おうかと思うほどだ。アンダースン・レイクが仕事を離れてなにをしているか知っているんだぞといってやりたい。ラオ・グーから報告がはいるので、アンダースンが足を運んだ場所はすべてわかっている。図書館やバンコクの古い個人住宅へ行き来していることも、種子に夢中になっていることも。

そしてこんどは、異様な、じつにおどろくべきことがわかった。それが起きるが早いか、ラオ・グーはあわててホク・センにご注進に及んだニュース。ねじまき娘のことだ。遺伝子操作によって生まれた違法なクズ。アンダースンが犯罪に酔ったように夢中になってしまった娘。ラオ・グーは声をひそめて、アンダースンがその娘をベッドに連れこんだと報告した。一度ならず。のめりこんで。

驚きだ。胸が悪くなる。

これは使える。

もしもアンダースンがほんとうにホク・センを工場から追い出そうとしたら、最後の手段として使える武器だ。ラオ・グーには、今後も目と耳を使って、すでにわかっている以上の情報を集めるようにいっておこう。最初にラオ・グーを雇うことにしたのは、まさにこんなことがあるかと思ったからだ。腹が立ったという理由だけで、この逆襲材料をムダにしないようにしなければ。つき転ばされて床に顔面を打ちつけたような気がしていても、ホク・センはアンダースンをよろこばせるためにサルのように跳び上がる。

工場の床を横切り、キットを先に立てて別の問題箇所へむかう。問題。つねに問題が増える。

周囲では、復旧活動の音がひびく。電動機構の半分は床からはがされ、リセットされていた。ビルのはずれで、九人の仏僧が安定した調子で経を唱えながら、サイシンと呼ぶ聖なる糸をいたるところに張り、この場を荒らす霊に——その半分はタイ人がファランといっしょに仕事をしていることに怒った収縮幽霊らしい——祈り、工場がまともに稼働するのを許してほしいと訴える。ホク・センは僧の姿を見て、また金が出ていくのかと渋い顔になる。

「新しい問題っていうと、なんだね？」ホク・センは切断圧縮機のあいだを抜け、ラインの下にもぐりこみながら質問した。

「ここです。いまお見せしますんで」キットがいう。

しょっぱい海藻のにおいが強まり、むわっとする熱気が空中にたちこめている。キットは海藻タンクを指さす。ずらりとならんだ三ダースのタンク。ふたがないから繁殖タンクの表面が見えている。水面は深い緑色の海藻でおおわれ、作業員がネットでタンクの表面をなでてその上澄みをすくっている。そのネットを人の背たけほどの網のラックに移し、そのあと持ちあげて麻紐にひっかける。頭上には、おなじものが何百とあった。

「タンクです」キットがいう。「汚染されてます」

「だから?」ホク・センはタンクに目をやって、不快感を隠す。「なにが困難なんだ?」

もっとも健康なタンクでは、表面の海藻の厚さは十五センチ、弾力性があり、生き生きしたクロロフィル・グリーンで、海水と生命の生なましいにおいがたちのぼる。透明なタンクの側面に水がしたたり、床に細い線を描いている。水分が蒸発すると、そこに白い塩の花が開く。まだ生きている細長い海藻が何本も、排水溝から錆びた鉄の格子へと流れ出て、下の暗闇に消えていく。

豚のDNAとなにかほかのもの……亜麻だったっけ、とホク・センは思う。イエイツは、この海藻にとって鍵となるのは亜麻だと信じていた。それが、これほど有益な上澄みを作るのだと。しかし、ホク・センは最初から豚タンパク質が気に入っていた。豚は運が良い。この海藻もそうあるべきだ。それでも、その可能性にもかかわらず、トラブルばかりだった。

キットはおずおずと微笑しながら、いくつかのタンクは海藻の生産レベルが低く、上澄みの色が薄く、活発に生産しているタンクにくらべるとエビのすり身に似た生臭いにおいがすると説明した。

「バニヤットがいうには、これは使えないそうです。交換部品が来るまで待たなければならないと」

ホク・センはざらざらした笑い声をあげてかぶりを振る。「交換部品は来ない。バンコクの虎がアンカーパッドにおろした積み荷を全部焼き払ってしまったからな。いまあるもので間に合わせないとならんだろう」

「しかし、汚染されてるんですよ。何らかのベクターが発生している可能性もあります。ほかのタンクにも問題が広がりかねません」

「それは確かなのか？」

「バニヤットは——」

「バニヤットはメゴドントに踏みつぶされた。このラインをすぐに動かさなければ、ファランはわれわれ全員を飢え死にさせるだろうよ」

「しかし——」

「タイ人が五十人いれば、みんなおまえの仕事をやりたいというぞ。イエローカード難民なら千人だって」

キットは口をつぐんだ。ホク・センがまじめな顔でうなずく。「このラインを動かすんだ」

「白シャツの検査がはいれば、不純物が混じっていることがわかってしまいます」キットはタンクの縁についている灰色の泡をなぞる。「こんなものはあるべきじゃないんです。海藻はもっと色鮮やかでないと。こんなふうにあぶくが出たりはしません」

ホク・センはむっつりとタンクを調べる。「ラインを動かせなければ、みんな飢え死にだ」もっといってやろうとしたが、マイが部屋に駆けこんできた。

「お客さんですよ」

ホク・センは苛立たしげな目で少女を見る。「新しいスピンドルの件か？　どこかの寺院の塔からでもチーク材をかっぱらってきたとか？」なにかいいかけたマイは、その罰当たりな発言に愕然として口をつぐんだが、ホク・センはおかまいなしだ。「スピンドルを持ってきたんじゃなければ、会ってるひまはない」キットをふりむく。「水を抜いて、タンクを洗ったらどうかな？」

キットはあいまいに肩をすくめる。「やってできないことはないでしょうが、バニヤットは、新しい栄養培地がなければ、一からやり直すことはむりだといってました。おなじタンクの培地を再利用するしかないでしょうし、問題はぶり返すと思います」

「漉すことはできないのか？　フィルターにかけるかなにかして」

「タンクと培地を完全にクリーンにすることは不可能ですから、いずれベクターになってしまうでしょう。そうすると、残りのタンクにも汚染が広がります」

「いずれ、だと？　それしかいうことはないのか？　いずれってなんだ？」ホク・センは渋い顔をする。「いずれどうなろうと知ったことか。問題は今月だ。この工場が生産を再開できなければ、おまえのいういずれ、いずれを心配する機会もなくなる。おまえはトンブリに逆戻りして、鶏の臓物を拾い食いしながらインフルエンザにかかりませんようにと祈ることになるんだ。おれはイエローカード難民用のタワー行きさ。明日のことなど心配するな。きょう、みんなそろってミスター・レイクに放り出されるかどうかを心配しろ。想像力を使え。このタマデ海藻を繁殖させる方法を見つけるんだ」

初めてのことではないが、ホク・センはタイ人と仕事をしなければならないことを呪った。タイ人には、中国人が仕事につぎこむ起業家精神が欠けている。

「クン？」

マイだ。まだぐずぐずしている。ホク・センににらまれて、少女はたじろぐ。

「お客さんが、これが最後のチャンスだといってます」

「最後のチャンス？　見せてもらおうじゃないか」ホク・センは大股にメインフロアへむかい、仕上げ室の仕切りのカーテンを乱暴にめくった。メインホールでは、メゴドントたちがスピンドル・クランクによりかかり、ありもしない金を燃やしている。ホク・センは、はたと立ち止まって、両手についた海藻の粉をぬぐう。ひどくバカらしい気がする。

工場のまんなかにドッグ・ファッカーが立っていて――春祭りのまっただ中にチビスコシスがあるようなものだ――商品のテストをおこなう品質保証ラインが唸ったりカタカタいうのを見ている。老骨（オールドボーンズ）、馬面（ホースフェイス）マー、犬犯（ドッグ・ファッカー）。三人ともずいぶん堂々としている。ファガン・フリンジに感染し、鼻のないドッグ・ファッカーと、イエローカードには情け容赦なく、警察を恐れない、険しい顔をしたその悪仲間だ。

アンダースン・レイクが上の階で帳簿のチェックをしていたこと、マイがアンダースンではなくてホク・センのところへ報告しに来たこと、まったくどちらもまぐれもいいところだ。

ホク・センは上の監視窓から見えないところにいる自分のほうへ来いとドッグ・ファッカーに身振りで指示したが、腹立たしいことにドッグ・ファッカーは前に出て、流れる生産ラインや重い足取りで動くメゴドントのようすを観察しつづける。

「非常におもしろい」ドッグ・ファッカーはいう。「ここが、ご自慢の改良型ゼンマイを作っている場所なのか？」

ホク・センは相手をにらみつけ、工場を出ろと身振りで促す。「ここでその話をするのはまずい」

ドッグ・ファッカーはとりあわない。オフィスのある監視窓に目をやり、じっと見上げている。「で、あそこがあんたの仕事場か？　あの上の部屋が？」

「長いことじゃないけどな。もしファランにあんたの姿を見られたら」ホク・センはむりやり形式張った笑みを見せる。「頼むよ。外で話そう。そのほうがいい。あんたがいると怪しむ連中がいるから」

ドッグ・ファッカーは長いことだまって上階のオフィスを見つめている。こいつは壁を透視できるのではないかと薄気味悪い。あの部屋にある、貴重品をしっかり隠してある巨大な鉄の金庫が見えているのではないか。

「お願いだよ」ホク・センはぶつぶついう。「それでなくても作業員たちはこのことをさんざん噂するだろうし」

ギャングは唐突にふりむいて、手下どもにうなずきかけ、先頭を切って出ていく。ホク・センは急いでその後を追いながら胸をなで下ろしたくなるのをこらえた。「あんたに会いたがってる人がいる」ドッグ・ファッカーはそういって、外のゲートを示す。

糞の王だ。よりによってこんなときに。ホク・センは監視窓をふりあおぐ。留守にしたらアンダースンは怒るだろう。

「ああ、もちろんだ」ホク・センはオフィスのほうを指さす。「ちょっと書類をまとめてきたいんだが」

「いまだ」ドッグ・ファッカーは拒否した。「彼を待たせるわけにはいかない」ホク・センについて来いと合図をする。「いまがダメならそれでおわりだ」

ホク・センは心を決めかねて躊躇し、マイを差し招く。ドッグ・ファッカーが手下を引き連れてゲートへむかうあいだに、マイが駆け足でやってくる。ホク・センはかがみこんで小声でいった。「アンダースンに、おれはきょうはもどらないと伝えてくれ……新しいスピンドルのありそうな場所を思いついたんだ」強くうなずく。「そうだ。そう伝えてくれ。スピンドルのことを」

マイがうなずいて駆け出そうとする。ホク・センはそれを止めて、そばへ引き寄せる。「いいか、ゆっくり、簡単な言葉で話すんだぞ。ファランが誤解して、放り出されてはかなわん。おれがクビになるときは、おまえもクビになるときだ。それを忘れるなよ」

マイは愛想よく笑う。「ご心配なく（マイペンライ）。あなたが一生懸命仕事をしてるっていって、ご機嫌にさせておきます」少女は急いで工場へと駆け戻る。

ドッグ・ファッカーが肩越しに笑顔でのぞきこむ。「あんたはイエローカードの王ってだけだと思ってたよ。ここじゃ、かわいいタイ人の娘もあんたの命令を聞くのか。イエローカードの王にしては悪くないな」

ホク・センは顔をしかめる。「イエローカードの王とは、いただけない称号だな」

「糞の王だってそうだよ。名前は七難隠す、ってね」工場内をじっくり観察する。「ファランの工場にはいるのは初めてだ。じつに立派だな。大金がかかってる」

ホク・センは硬い笑みを浮かべる。「ファランは、どれだけ金を使うかとなると狂ってるからな」作業員たちの視線が集まっていることにホク・センは緊張する。いったい彼らのうちの何人がドッグ・ファッカーを知っているだろう。今度ばかりは工場で働くイエローカード難民がそれほど多くないのがありがたい。イエローカードなら、だれの相手をしているか即座にわかっただろう。ホク・センは、注目される緊張感と不安を押し殺す。むろん、ドッグ・ファッカーのほうはホク・センを動揺させるのが狙いだ。それが駆け引きの一部なのだから。

おまえは、新トリ・クリッパーの長、タン・ホク・センだ。つまらん戦略に浮き足立つな。

こう唱えて自分を落ちつかせながら外のゲートまでやってきて、ホク・センははたと立ち止まる。

ホク・センのためにドアをあけ、ドッグ・ファッカーが笑った。「どうした？　車を見たことがないのか？」

傲岸かつ愚かな相手に平手打ちをくれてやりたくなるのをこらえて、「バカめが」と、ホク・センはつぶやく。「これじゃあ目立つのがわからないのか？　工場のまえにこんなぜいたくな車を停めておくなんて、どんな噂になるか知れたもんじゃない」

背中をかがめて車に乗りこむ。ドッグ・ファッカーが相変わらずにやにやしながら後に続く。残りの手下たちもぞろぞろと乗りこんだ。オールドボーンズが車を出せと指示すると、エンジンがうなりをあげて、車が走り出す。

「石炭ディーゼルか？」ホク・センは思わず声をひそめてたずねる。

ドッグ・ファッカーはにたりと笑い、「ボスは炭素付加料金をたんまり払ってるからな……」と、肩をすくめる。「これぐらい小さなぜいたくさ」

「しかしコストが……」ホク・センはあとの言葉をのみこむ。この鋼鉄の大物を加速させるには、たいへんなコストがかかる。とてつもない無駄遣い。糞の王の独占ぶりの証拠だ。もっとも羽振りが良かったマレーシア時代ですら、ホク・センはここまでぜいたくをしようと思ったこともなかった。

車内は暑いのに身震いがする。どっしりと重い車には——まるで戦車だ——、昔ながらの頑丈さがある。まるでスプリングライフ社の金庫に閉じこめられて外の世界から孤立した気分になる。ホク・センは閉所恐怖に飲みこまれる。

ホク・センがそんな恐怖をおさえようとしているのを、ドッグ・ファッカーはおもしろそうに見ている。「ボスの時間をムダにしてくれるなよ」

ホク・センはドッグ・ファッカーの視線をとらえた。「失敗すればいいと思ってるんだろ」

「たしかに」ドッグ・ファッカーは肩をすくめる。「おれが任せられたら、あんたたちが国境のむこうで死んでも手は出さなかったろうな」

車はスピードをあげ、ホク・センは革のシートに押しつけられる。

窓の外を見ると、バンコクの町は完全にホク・センと切り離されて遠ざかっていく。日焼けした肌の人びと、ほこりまみれで荷を引く動物たち、魚の群れのような自転車の集団。通り過ぎる車に注目が集まる。人びとはポカンと口をあけ、声は聞こえないもののホク・センたちのほうを指さしてなにか叫んでいる。

車のスピードはおどろくべきものなのだ。

イエローカード難民たちがタワーの入口に群がっている。午後の炎天下、マレーシア系中国人の男女が、希望を捨てていないかのような顔で、すでに消えつつある仕事にありつくチャンスを待っている。それでもやはり、彼らは元気いっぱいに見せかけようとしている。骨と皮ばかりの手足だが、もしだれかがそれを燃やしていいといえば、まだ燃やせるカロリーがあるかのように。

糞の王の車が到着し、だれもが注目する。ドアがあくと、人びとは波打つようにひざまずき、全員がへりくだって、自分たちに住むところをあたえてくれる保護者であり、イエローカード難民の重荷をすすんで肩に背負ってくれ、マレーシア人の真っ赤なマチェーテや白シャツ隊の漆黒の警棒から一定の保護をあたえてくれるバンコクでただひとりの男に三顧の礼をする。

ホク・センはイエローカードたちの背中をざっとながめながら、だれか知り合いはいるだろうかと思う。一瞬、自分があのなかに交じって糞の王に礼をしていないのが意外な気がする。

ドッグ・ファッカーは先に立って暗いタワーにはいっていく。上のほうの階から、ネズミが走り回る音や、密集した人びとの汗のにおいが漂ってくる。あんぐり口をあけた二基のエレベーターシャフトのまえで、ドッグ・ファッカーはくすんだ真鍮の伝声管をあけて、手短にきっぱりと怒鳴る。ふたりは待ちながら、たがいの目を見る。ドッグ・ファッカーは退屈そうに、ホク・センは注意深く不安を押し隠しながら。上のほうから歯車が回り、金属が石をこする音が聞こえる。エレベーターがおりてくるのが目にはいる。

ドッグ・ファッカーはゲートを引きあけて、乗りこむ。エレベーターの操作係の女性が伝声管に怒鳴りながらゲートを閉め直す。ドッグ・ファッカーがゲートのむこうからにやりと笑う。「ここで待ってろ、イエローカード」そしてあっという間に上階の闇へと消えていく。

一分後、もう一基のエレベーターのバラスト係の姿が見えてくる。彼らは押し合いへし合いエレベーターをおりると、集団で階段へむかう。そのひとりがホク・センに気づき、彼の表情を見誤った。

「もう場所はないぞ。すでにじゅうぶん受け入れた」

ホク・センはかぶりを振る。「うん。そうだろうとも」つぶやいたときには、すでに男はふたたびバラストを落とすため、パタパタとサンダルを鳴らして階段をあがり、上階へと姿を消していた。

ビル内にいるホク・センのところからは、遠くの長方形の窓から熱帯のぎらつく太陽が見える。集まった難民たちは、みんなすることもなく、行き場もなく、ただ通りをながめている。通路をのそのそ歩いている者も何人かいた。赤ん坊の泣き声が、熱したコンクリートに反響する。どこか上のほうからセックスにおよんでいるうめき声も聞こえる。プライバシーなどあきらめてしまった彼らは、通路や開けた場所で動物のように交わる。なにもかも見慣れた光景だ。自分もこのおなじビルに住んで、おなじ狭い空間で暑さにうだっていたとは驚きだ。

時間の歩みがのろい。糞の王は気が変わったのかもしれない。ドッグ・ファッカーはもう戻ってきてもいいはずだ。視野の端になにかが動いた気がしたが、見えたのは影だけだ。

ときとして、ホク・センはグリーン・ヘッドバンドがチェシャ猫になった夢をみる。姿を変え、思っても見なかったところに現われる――風呂で頭からお湯を浴びているとき、飯を食っているとき、あるいは便所にすわっているときに――ちらちらと光って実体化し、ホク・センにつかみかかってはらわたをえぐり、見せしめとして町に首をさらすのだ。ジェイド・ブロッサムや第一妻の姉のときのように。ホク・センの息子たちのように……

エレベーターがきしみ、それからすぐにドッグ・ファッカーがおりてくる。操作係の女はいない。ドッグ・ファッカーが自分でブレーキをあやつっている。

「よし。逃げなかったな」

「この場所はこわくない」

ドッグ・ファッカーは値踏みするようにホク・センを見る。「うん。もちろんそうだろう。あんたは、ここの出だからな」足を踏み出し、薄暗い塔に合図をする。ホク・センがただの影だと思ったところから警備係が現われる。ホク・センは声が出そうになるのをこらえたが、それでもドッグ・ファッカーは彼がおどろいたのを見逃さず、微笑した。「身体検査しろ」

警備係がホク・センの上半身から下半身、股間のあたりを軽く叩いて身体検査をする。それがおわると、ドッグ・ファッカーが手まねでホク・センをエレベーターのなかへ招いた。ふたりの体重の見当をつけて、伝声管にむかって大声で指示を出す。

上のほうから、バラストケージに男たちが乗りこむ物音がする。そして、ホク・センたちを乗せたエレベーターが上昇をはじめ、何階分もの地獄のなかを上がっていく。熱気が強まる。熱帯の太陽をフルパワーで浴びるビルの中心部は、まるでオーブンだ。

ホク・センはここの階段で眠ったときのことをおぼえている。ほかの難民たちが寝返りを打つたびに体臭が鼻をついて息をするのも苦しかった。空腹で腹と背中がくっつきそうだった。そして、熱い生き血が両手にかかったときのことがフラッシュバックする。ウィスキーボトルの鋭利な欠け口を喉に突き刺されながらも、イエローカード仲間が手を伸ばしてホク・センに命乞いをする。

ホク・センは目を閉じて、その記憶を追いやった。

おまえは飢え死にしかけていた。ああするしかなかったんだ。

だが、自分を納得させることはむずかしかった。

エレベーターは上昇を続ける。そよ風が心地よい。空気が涼しい。ハイビスカスと柑橘類の香りがする。

ひらけたホールがちらりと目にはいる――オープン式のプロムナード、手入れの行き届いた庭園、広いバルコニーはライムの木で縁どられている。こんな高さまでどれほどの水を運び上げたのだろう。どれほどのカロリーをつぎこんだのか。そんな権力を手に入れた男のことを考えると、興奮と不安が同時にこみあげる。すぐそこまで来た。もうすこしだ。

エレベーターがビルの屋上に到着する。日差しを浴びたバンコクの町が目の前にひろがっている。子供女王が謁見し、ソムデット・チャオプラヤが裏で糸を引いている王宮の黄金の尖塔。モンクットの丘に建つ寺院の塔は、堤防が決壊しても残るただひとつのものだ。旧拡張地域の、劣化して倒れそうな尖塔。そして、三百六十度広がる海。

「良い眺めだろう、イエローカード？」

広い屋上の奥に純白の東屋が建っていた。潮風を浴びてさやさやと優美に揺れている。東屋の屋根の下で籐椅子に寝ころんでいるのは、糞の王だ。太った男だ。瘤病に免疫のあるドリアン市場を買い占めたマレーシアのパール・コー以来、ホク・センはここまで太った男を見たことがない。ペナンのスイーツスタンド経営者のアー・デンほどは太っていないかもしれないが、それにしても不自由なカロリー経済を考えると、この男はおどろくほど太っている。

ホク・センはゆっくり歩み寄る。あごが胸につくほど深くお辞儀をしながら、糞の王への敬意をこめて両手をほとんど頭上にさしあげるように合掌の礼をする。

太った男はホク・センを観察する。「おれと取引したいのか?」

ホク・センは言葉につまり、うなずく。相手は辛抱強く待つ。召使いが冷やした甘いコーヒーを持ってきて糞の王にさしだす。ひと口飲んで、「喉は渇いてるか?」とたずねる。

ホク・センは腹を据えてかぶりを振る。糞の王は肩をすくめ、またひと口すする。無言で。白ずくめの召使いが四人、麻のテーブルクロスをかけたテーブルを運んでくると、それを糞の王のまえにセットした。糞の王はホク・センにうなずきかける。

「こっちへ来い。かしこまることはないから、食って、飲んでくれ」

ホク・センのために席が用意され、糞の王は、ユーテックスの平打ち麵焼きそば、カニとグリーンパパイヤのサラダ、ラーブムー、ガエンガイそしてユーテックスの飯をホク・

センに勧める。どの料理にも、皿に盛ったスライス・パパイヤを添えて。「こわがらなくていい。チキンは最新のジーンリップ製品だし、パパイヤはマレーシアの、東北にあるうちのプランテーションで収穫したばかりだ。この二シーズンは瘤病の兆候はない」

「どうやって——？」

「瘤病の症状が出た木は、その周囲の木も含めて一本残らず焼き払う。ついでに、緩衝地帯も周囲五キロに広げた。そのうえUV滅菌済みだから、用心はじゅうぶんだろう」

「ははぁ」

糞の王は、テーブルの上の小型改良ゼンマイをあごで示した。「一ギガジュール？」

ホク・センはうなずく。

「で、これを売りたいのか？」

ホク・センはかぶりを振る。「いや、製法のほうを」

「なんで、おれに売りつけようと思った？」

ホク・センは肩をすくめ、緊張を気取られないようふんばる。以前なら、この手の取引はお手の物だった。いわば第二の天性だ。とはいえ、そのときはこれほど追い詰められてはいなかったのだ。「あなたがうんといわなければ、よそを当たります」

糞の王はうなずき、コーヒーを飲み干す。召使いがおかわりをそそぐ。「なら、どうしておれのところへ来る？」

「あなたが金持ちだからですよ」

これには、糞の王も声をあげて笑う。腹を波打たせ、全身を揺らして。召使いたちは微動だにしないで見ている。糞の王はようやく笑いをおさえ、口もとをぬぐって首を横に振る。「もっともな答えだな」にこやかな表情が消える。「しかし、おれは危険な男でもあるんだぞ」

ホク・センは緊張をひた隠し、ずばりと切り込む。「国民の大半がわれわれを拒んだとき、あなたは受け入れてくれた。同族である中国系タイ人ですら、そこまで懐が広くはなかったのに。女王陛下がわれわれの入国を許してくれたのはありがたかったけれど、安全なすみかをあたえてくれたのはあなたです」

糞の王は肩をすくめる。「どうせこのあたりのタワーは使う者もいなかったしな」

「そうはいっても、同情を示してくれたのはあなただけです。善良な仏教徒ばかりの国のはずなのに、国境のむこうへ追い返そうとするんじゃなくて避難所を提供してくれたのはあなただけだった。あなたがいなかったら、いまごろは死んでいたでしょう」

糞の王は、しばしホク・センの表情を観察する。「顧問連中はバカだといったがね。そんなことをすれば、白シャツ隊を敵に回し、プラチャ将軍に刃向かうようなものだからね。へたすりゃメタン取引にも累が及ぶ」

ホク・センはうなずく。「その危険を冒すだけの影響力があるのはあなただけですから」

「で、この驚異的なテクノロジーの産物の代償になにをよこせというのかな？」

ホク・センは覚悟を決める。「船です」

糞の王がおどろいて顔をあげる。「金じゃないのか？　翡翠でも、アヘンでもなく？」

ホク・センはかぶりを振る。「船です。高速のクリッパー船を。ミシモト設計の。登録済みでタイ王国と南シナ海全域に貨物を輸送する許可があるもので、女王陛下の庇護と……」一拍置いて、「あなたの支援があるものがほしいのです」

「ほほう。頭の切れるイエローカードだな」糞の王はにやりと笑う。「それに、おまえの感謝の念は本気のようだ」

ホク・センは肩をすくめる。「いまいったような許可と保証を出すのに影響力を発揮できる人物は、あなたしかいないのです」

「つまり、イエローカードをほんとうに合法な存在にできる人間は、ということだな。白シャツを説得して、イエローカードを運送王にすることを許可させるただひとりの人間ということか」

ホク・センは動じない。「あなたの組合が町を照らしているのです。あなたの影響力は空前絶後です」

意外にも、糞の王はむりやり椅子から立ちあがる。「うん、まあ、そういうことだな」

ふりむいて、重い体でパティオを横切り、テラスの端まで行くと、両手を背中に組んで眼下の町を眺める。「そうだな。いまでも多少はコネがある。影響力を行使できる大臣もいるが」ホク・センを振り返る。「それにしても、欲張りな注文だな」

「見返りはそれ以上です」

「で、もしもおまえがよそにもこれを売っていたら？」

ホク・センはかぶりを振る。「船団が必要なわけじゃありません。船は一隻でじゅうぶん」

「タン・ホク・セン、このタイ王国で海運帝国を再建しようというのだな」糞の王がふいにふりむいた。「たぶん、おれ以外の人間にもすでに売っただろう」

「そんなことはないと誓うことしかできませんね」

「先祖にかけて誓うか？　みんなマレーシアで空きっ腹をかかえてさまよっている一族の幽霊に？」

ホク・センは気まずそうに居住まいを正す。「誓います」

「そこまで自信のある技術を見せてもらおうか」

ホク・センは意外そうに目をあげる。「もう巻いてみたのではないのですか？」

「いまデモンストレーションをやって見せてくれ」

ホク・センはにやりとして、「なにかいたずらみたいなものかとこわいんですか？　刃が飛び出してくるとか？」と高笑いする。「お遊びはしませんよ。仕事で来てるんですから」周囲を見回す。「ぜんまいを巻く係はいますか？　どのくらいのジュールが入れられるか、おたがい目で見てみましょうよ。巻いてみればわかります。ただ、ていねいにやらないと。これを動かすトルクの関係で、通常のぜんまいに比べたら弾力性はないのでね。落としてはまずいです」ひとりの召使いを指さし、「そこのきみ、このゼンマイを回転スピンドルにセットしてくれ。どれほどのジュールを放りこめるか見てみたい」

召使いは戸惑った顔を見せる。糞の王が、やれといわんばかりにうなずく。海からのそよ風がさやさやと庭を吹き渡るなか、召使いの青年は改良型ゼンマイをスピンドルにセットして回転にとりかかる。

ホク・センはふとこれまでにない不安に駆られる。ちゃんとしたゼンマイをひとつ持っていくことをバニヤットに伝え、巻きあげはじめるとすぐに故障してひびがはいってしまった不良品とはちがい、品質保証チェックを通過したものであることを確認してある。バニヤットは、ここに積んであるものならだいじょうぶですよといっていた。だがいま、召使いがペダルを踏もうと身を反らすのを見て、懸念が沸き起こる。もし不良品を選んでしまったら……バニヤットがまちがっていたら……そのバニヤットは狂ったメゴドントに踏みつぶされてしまった。ホク・センは最後の確認ができなかった。だいじょうぶだとは思うが……でも……。

召使いがペダルを踏みこむ。ホク・センは息を詰める。召使いのひたいに汗の粒が浮かび、抵抗感におどろいてホク・センと糞の王のほうを見る。ギアをチェンジする。ペダルが回り出す。最初はゆっくり、しだいに速く。勢いがつき、ギアをさらに強く踏みこんで、ますます多くのエネルギーをゼンマイにそそぎこむ。

糞の王は考え深げに見守る。「おまえたちの改良型ゼンマイ工場で働いていた男を知っている。二、三年まえのことだ。おまえとちがって富を広げなかった。大勢いるイエローカード仲間を相手にしなかった」言葉を切る。「白シャツ野郎どもがその男を殺したんだ。道のまんなかで、袋だたきにして。外出禁止令に違反したからという理由でな」

ホク・センは、路上に倒れている男の記憶を押さえつけ、肩をすくめる。見るも無惨な姿になって命乞いしていた……。

糞の王は考え深い目をする。「そしていま、おまえもその会社で働いている。偶然にしてはできすぎな気がするな」

ホク・センは無言だ。

糞の王はいう。「ドッグ・ファッカーはもっと気をつけるべきだった。おまえは危険な男だ」

ホク・センは強くかぶりを振る。「立ち直りたいだけです」

召使いはまだペダルを踏み、ゼンマイになおもジュールをそそぎこみ、小さな箱に強制的にエネルギーを送りこむ。糞の王は見守り続ける。事態の進展に驚きを隠そうとしながらも、目を丸くせずにはいられない。すでに、召使いはこのサイズのどんなゼンマイが受け入れられるよりも多くのエネルギーを押しこんでいる。ペダルが軽くうなる。ホク・センがいった。「こんなふうに人間が巻こうとしたらひと晩かかりますよ。メゴドントにやらせないと」

「どういう仕掛けなんだ？」

「新しい潤滑剤があって、それで折れたり引っかかったりすることなく、従来よりもかなり圧力が高まるんです」

召使いの青年はなおもゼンマイにパワーをそそぎこむ。ほかの召使いやボディガードまで集まってきて、彼が箱を操作するのをある種の畏敬の念をもって見つめている。

「おどろいたな」糞の王がつぶやく。

「もっと効率の良い動物につなげば――メゴドントなりロバもどきなり――カロリーからジュールへの変換はほぼロスなしです」ホク・センはいう。

糞の王は、召使いがジュールを送りつづけるゼンマイを見つめる。笑みを浮かべて、

「おまえのゼンマイをテストしよう、ホク・セン。巻きあげとおなじようにうまく使えるようなら、船を提供する。仕様書と設計図を出してくれ。おまえたちとはビジネスができる」召使いに手を振って酒を注文する。「乾杯だ。新しいビジネス・パートナーに」

安堵感がホク・センを満たす。ずっとむかし、両手を血に染め、命乞いする男を見捨てて以来初めて、酒が全身にしみわたり、ホク・センは満足した。

13

ジェイディーは初めてチャヤに会ったときのことをおぼえている。ムエタイの試合に出るようになったころで、だれとの試合だったかすら思い出せないが、リングからおりて、伝説の王者ナイカノムトムよりも動きが良かったとほめられたことは忘れられない。その晩は仲間とラオラオで祝杯をあげ、千鳥足で店を出た。みんな声をあげて笑い、酔っぱらってセパタクローのボールを蹴ろうとしたりバカ騒ぎをして、だれもが勝利と活気で高揚していた。

そして、そこにチャヤがいた。マリーゴールドや寺院への供物に使う遺伝子改変された新種のジャスミンの花を売る店先に木のパネルをはめて両親の店を閉めようとしているところだった。にっこりほほえみかけると、酔っぱらったジェイディーと仲間を見てチャヤはいやな顔をした。だがジェイディーは、まるで過去に知り合いだった人とようやく巡りあったかのような、自分たちは宿命の恋人同士だという認識にショックを受けた。

食い入るようにチャヤを見つめて呆然としているジェイディーの視線に仲間が気づいた。

バイオレット・コームが蔓延し、被害を受けた村むらを焼却するために被災地域にはいったきり、いなくなってしまったサティポンやジェイポーンや、ほかのみんな。いきなりのぼせあがってチャヤに見とれている自分の視線にみんなが気づいて、さんざんにからかわれたのを、ジェイディーはおぼえている。彼らのようすを見たチャヤに蔑むように一瞥され、ジェイディーはよろよろとその場をあとにした。

ジェイディーは女をひっかけるのに苦労したためしはなかった。ムエタイの試合に熱狂したり、白シャツ姿にしびれる女もいた。ところがチャヤは、あっさりと彼を見透かし、背をむけたのだ。

立ち直って、またその店に行く勇気を絞りだすには一カ月かかった。最初はきちんとした服を着て寺に供える花を買い、釣りをもらっておとなしく店を出た。それから何週間もかけてたびたび顔を出しては言葉を交わして、親しくなっていった。はじめのうち、あのときのバカな酔っぱらいが見直してもらおうとしているのだとバレていると思っていたが、何回も通ううちに、チャヤは両者が同一人物だとは気づいていないらしいことがわかった。あの晩、通りにいた傍若無人な酔っぱらいのことはすっかり忘れていたのだ。

ジェイディーは、結婚したあともふたりの出会いのことにけっして触れなかった。あの晩、路上でチャヤに見抜かれた自分を認めるのはあまりにも恥ずかしい。彼女が愛した男が、あのもうひとりの愚か者でもあったと告げるのは。

そしていま、彼は覚悟を決めてそれより耐えがたいことをしようとしている。父親が正装の真っ白なシャツを身につけるのをニワットとスラットが見守る。真剣な面持ちの息子たちのまえに、ジェイディーはひざまずく。

「きょう、なにを見ても、恥ずかしいと思ったりするな」

ふたりはまじめな顔でうなずくが、理解しているわけではないのはわかっている。プレッシャーと必要性を理解するにはまだ幼すぎるのだ。ジェイディーはふたりを強く抱き寄せ、そして目もくらむ陽光の下に出ていく。

カニヤが自転車リキシャでジェイディーを待っている。心の内を言葉にするほど礼儀知らずではないけれど、その目に同情の色を浮かべて。

無言のまま通りを走り抜ける。環境省が前方に見えてきて、リキシャはゲートを通過する。主人がもどってくるのを待つ召使いやリキシャの車夫や馬車でゲートは大混雑だ。すでに目撃者たちも到着している。

ジェイディーたちを乗せたリキシャは寺へとむかう。プラー・セウブ寺院は、生物多様性の殉教者に敬意を表して省内に建立された。ここは白シャツ隊の隊員が誓いを立て、王国を守る者として正式に聖職位を授与される場所だ。その後、彼らは初めての階級をもらう。この場所こそはジェイディーたちが――

ジェイディーははっとして、ほとんど怒りで跳び上がりそうになった。寺の本殿へあがる階段のまわりはどこもかしこもファランだらけだ。環境省の構内には外国人ばかり。貿易商、工場経営者、それに日本人。日に焼けて汗まみれでくさい生き物どもが、省内でもっとも神聖な場所を犯している。

「落ちついてください」カニヤがつぶやく。「アカラットの仕業です。取引の一部なんですよ」

ジェイディーは不快感を隠せない。さらに我慢がならないのは、アカラットがソムデット・チャオプラヤの隣に立って、なにやら話しかけていることだ。ジョークでもいっているらしい。ふたりの関係は密接になりすぎた。視線をそらすと、プラチャ将軍が階段の一番上から無表情に見下ろしているのが目にはいる。そのまわりには、ジェイディーがともに仕事をし、ともに戦った仲間たちがつぎつぎと寺のなかへはいっていく。ビロンバクディもそこにいて、失った金の復讐を果たして満面の笑みを浮かべている。

人びとはジェイディーが到着したのを見る。群衆が静まりかえった。

「落ちついてください」カニヤがまたつぶやく。人びとが階段をおりてきて、ジェイディーを寺の中へと招き入れる。

仏陀とセウブ師の黄金像が集まった群衆を静かに見下ろしている。周囲の壁に描かれた絵は、古いタイ王国の陥落の図だ。ファランどもが世界に疫病をばらまき、食物連鎖がおかしくなって動物も植物も壊滅状態に陥り、ラーマ十二世はわずかな生き残りの軍勢をかき集めている。国王陛下の両脇を固めるのは猿王ハヌマーンとその臣下の猿たち。上昇する海面と疫病に立ち向かうクルットとキリムカと半人カラの軍団。ジェイディーはそうした絵をひとしきりながめて、聖職授与のときにどれほど誇らしい気持ちになったかを思い出す。

省内では場所を問わずカメラはいっさい許可されていないのだが、鉛筆片手のゴシップ誌記者たちはちゃんと来ている。ジェイディーは靴を脱いで中へあがる。最大の敵をこうして引きずりおろしたあと、おべっかを使うジャッカルどもがついてくる。ソムデット・チャオプラヤがアカラットとならんでひざまずく。

ジェイディーは女王の摂政にと指名された男を見やり、先王ほどの慧眼を持つ人物がだまされてソムデット・チャオプラヤを子供女王の摂政に据えるなどという事態がなぜ起こり得たのだろうと不思議に思う。この男には美点といえるものはほとんどない。女王の身近に、その腹黒さで有名な人間がいることを考えると身震いがして——。

ジェイディーは息をのんだ。アンカーパッドで見た男が、アカラットの隣にひざまずいていたのだ。ネズミのような冴えない顔で、油断なく、横柄に。

「冷静に」ジェイディーの先に立って進みながら、カニヤがさりげなくいう。「チャヤのためです」

ジェイディーは怒りと、くだんの男を見たショックを押さえつける。カニヤのほうに身を乗り出して、「あいつが妻を誘拐したんだ。飛行場にいたやつだ。ほら見ろ！　アカラットの横を」

カニヤはそっちのほうをざっと見て、「それがほんとうだとしても、これをすませないと。ほかに方法はありません」

「本気でそう思ってるのか？」

カニヤは小さくうなずく。「残念です、ジェイディー。できることなら――」

「気にするな、カニヤ」ジェイディーは、男とアカラットのほうにうなずきかける。「ただ、あのふたりをおぼえておけ。権力のためならなんでもやる連中だ」カニヤを見る。「それを忘れるなよ」

「忘れません」

「セウブ師に誓うか？」

カニヤは慎み深くへりくだった表情を見せながらも、うなずく。「あなたのまえで三度合掌の礼ができるなら、そうしたいところです」

引き下がるカニヤの目に涙が見えたような気がする。ソムデット・チャオプラヤが立ちあがって、儀式を見るために前に進み出る。僧侶たちの読経がはじまった。結婚式や建物の新築定礎式など、もっと幸福な儀式なら僧侶の人数は七人か九人いる。だがきょうの僧侶たちは、ジェイディーが辱めを受ける監視役なのだ。

アカラット大臣とプラチャ将軍が立ちあがって、集まった群衆の前に出る。僧侶の読経と線香の香り、そして低い音調のパーリ語が部屋を満たし、聞く者に思い出させる。すべては泡沫であり、セウブ師でさえ、自然界に対する哀れみに圧倒されながらも絶望の淵で無常を知ったことを。

僧侶たちの読経の声が止む。ソムデット・チャオプラヤが、アカラットとプラチャ将軍を自分の前へと手招く。自分よりも位が下だと思い知らせ、お辞儀をさせるために。古くからの敵が、王族と王宮への敬意という、彼らと自分を結びつけるただひとつのものに敬意を表するのを、ソムデット・チャオプラヤは無表情に見守る。

ソムデット・チャオプラヤは長身で体格が良く、高みから彼らを見下ろしている。険しい顔立ちだ。この男には、その性向や腹黒さなどとかくの噂がある。とはいえ彼は、子供女王が即位するまで摂政を務めるように決められた男なのだ。王家の出ではないし、将来的にもそうなることは断じてあり得ないだろう。それだけに、子供女王がこの男の影響下に生きるのかと思うと、ジェイディーはぞっとする。この男の運命が子供女王の運命としっかり結びついているという事実さえなければ、おそらくは……。ジェイディーが冒瀆的な考えを押さえつけているとき、プラチャとアカラットが近づいてくる。

ジェイディーはひざまずく。アカラットに礼をしていると、周囲のゴシップ誌の記者たちが必死にペンを走らせる。アカラットが満足げに微笑したので、ジェイディーは危うく殴りかかりそうになって思いとどまる。いつかこの礼はするからな。ジェイディーは慎重に立ちあがる。

アカラットが身を寄せてくる。「よくやったな、キャプテン。もう少しで、きみが本気で後悔していると信じるところだったよ」

ジェイディーは平静な表情を崩さず、群衆と記者たちに向き直り――息子たちがいるのを見て心がふさがれる思いがする。父親の屈辱に立ち会わせるために連れてこられたのだ。

「わたしは自分の権限を逸脱しました」そういって、台座の端から冷たい目で見ているプラチャ将軍に目をやる。「雇い主のプラチャ将軍の名誉を汚し、環境省の名誉を汚しました。環境省は、わたしの人生にとって我が家でした。その力を己のために利用したこと、部下や上司を誤った方向に導き、道徳的に破綻に至ったことを恥じています」言葉に詰まる。ニワットとスラットは祖母であるチャヤの母親に抱かれて見守っている。三人そろって、ジェイディーがみずから屈辱を味わうのを見ている。「どうかわたしを許していただきたい。過ちを正すチャンスを与えていただきたい」

プラチャ将軍が大股に近づいてくる。ジェイディーはふたたび膝をついて、服従の印に礼をする。プラチャ将軍はそれを無視し、頭を垂れるジェイディーの目の前を素通りして、聴衆に語りかける。

「独立調査委員会は、収賄、腐敗、権力乱用の容疑で有罪であると結論しました」ジェイディーをちらっと見下ろす。「さらに、今後は環境省で任務を果たす資格なしと結論しました。ジェイディーは出家し、九年間の苦行を課することとします。資財は没収し、息子たちは環境省が引き取って保護しますが、家名は抹消するものとします」

ジェイディーを見下ろし、「仏陀に慈悲があるなら、きみもいずれは自分のプライドと強欲さがこの結果をもたらしたことを理解するだろう。今生(こんじょう)で理解に至らなかったとしても、来世で進歩する希望があることを望むよ」背をむけて、なおもお辞儀を続けるジェイディーのそばを去る。

アカラットが演壇に立つ。「われわれは、環境省の謝罪とプラチャ将軍の失敗を認めます。今後、協力関係が向上することを期待します。いまや、このヘビの牙は抜かれたのですから」

ソムデット・チャオプラヤは、政府の二大巨頭にたがいに敬意を示すよう促す。ジェイディーはうなだれたままだ。群衆のあいだにため息が流れる。そして、人びとは、その目で見たものを話題にするため流れるようにその場を後にしていく。

ソムデット・チャオプラヤが去ってからようやく、ふたりの僧がジェイディーに立つよう促す。剃髪したまじめな顔の僧侶たちのサフラン色の法衣は古くて色あせている。彼らはこれからジェイディーを連れていく場所について指示する。ジェイディーはいまや寺の人間だ。正しい行いをするために、これから九年間の苦行に耐えるのだ。

アカラットがジェイディーのまえに進み出る。「さて、ジェイディー。きみもようやく限界を知ったようだ。きみが警告を聞かなかったのは残念だよ。こんなことにならずにすんだのに」

ジェイディーはむりして合掌の礼をして、「望み通りにしました」とつぶやく。「さあ、チャヤを解放してください」

「悪いが、なんの話かわからんね」

ジェイディーは相手の目をさぐった。うそがあるのかどうか。だが、わからない。あんたはおれの敵なのか？　それとも敵は別にいるのか？　チャヤはもう死んでいるのか？　まだ生きていて、あんたの仲間の監獄の監房に名もなき囚人として捕らわれているのか？　無事なのか死んだのか、どっちなんだ？

ジェイディーは不安を押し隠す。「妻を返せ。さもないと、あんたを追いかけて、マングースがコブラを殺すように殺してやるぞ」

アカラットはびくりともしない。「軽がるしくおどしをかけたりしないことだな、ジェイディー。これ以上、きみがなにかを失うのを見たくない」それとなくニワットとスラットのほうを見やる。

ジェイディーはぞっとした。「おれの子供たちに手を出すな」

「きみの子供たち？」アカラットは笑い声をあげる。「きみにはもう子供はいない。もうなにもないんだ。プラチャ将軍が友人で良かったな。わたしだったら、あの子たちふたりを路上に放り出して、瘤病にかかった食べ物のクズを物乞いさせていただろうよ。それが、ほんとうの教訓ってものだからな」

14

バンコクの虎をつぶせば、もっと満足感があるはずだった。ところが正直なところ、関係者の名前がつぎつぎと出てくるわけでもなく、謝罪会見は、タイ独特の単調な宗教儀式や社会的行事と大差ないものに見えた。じっさい、白シャツ隊の隊長の失脚はおどろくほどあっさりしたものだ。

環境省内の寺院に案内されて二十分もたたないうちに、気がつくとアンダースンは高飛車なジェイディー・ロジャナスクチャイが通産大臣アカラットにへりくだってお辞儀をするのを無言で見ていた。仏陀とセウブ・ナカサティアンの黄金像が鈍い輝きを放ちながら、その厳粛な瞬間を見守っている。参加者はみんなまったく表情に変化がない。アカラットぐらいは勝ち誇ったような笑みを浮かべてもいいだろうに、それさえなかった。そして数分後、僧侶の淡々とした読経がおわると、だれもが立ちあがって帰っていく。

それでおわりだ。

そんなわけで、いまアンダースンはプラー・セウブ寺院のボットの外で、敷地の外へ案内されるのを待っている。呆れるほど延々と続く荷物検査とボディチェックに耐えて環境省の構内へはいったあと、この場所についてなにか有益な情報を手に入れられるかもしれないと夢想しはじめた。貴重な種子バンクがどこに隠されているかも少しはわかるのではないか、と。バカげている。それは自分でもわかっていた。だが、四回目のボディチェックをすませると、ここでギボンズに巡りあうことになるのだとほとんど確信した。ひょっとしたら、子供自慢の父親よろしく、新種のンガウを大事そうに抱いているギボンズと。

そのじつ、アンダースンを出迎えたのは白シャツ隊で、彼は自転車で引くリキシャでまっすぐ寺の入口の階段へ連れていかれ、そこで靴を脱いで裸足になり、厳しいチェックを受けてからほかの客といっしょに中へ案内されたのだった。

寺はネムノキの茂みに取り囲まれているので、構内のようすはほとんどわからない。アグリジェン社が用意した飛行船が偶然ここの上空を飛んだときのほうが、当の施設のど真ん中にいるいまよりもっと情報がつかめた。

「靴を取りもどしたんだな」

薄笑いを浮かべてカーライルがぶらぶら近づいてくる。

「あの調べ方からすると」アンダースンがいう。「検疫部に鍵をかけてしまわれるかと思ったがね」

「あんたのファラン臭が嫌いなんだろう」カーライルは煙草を一本抜き出して、アンダースンにも勧める。警備担当の白シャツ隊員にじろじろ見られながら、ふたりは煙草に火をつける。「儀式は楽しめたかい？」カーライルがたずねる。

「もっと派手な仕掛けがあるかと思ったよ」

「そんなものは必要ないんだ。みんな、これになんの意味があるかわかってるからね。プラチャ将軍は面目を失った」かぶりを振る。「一瞬、目をあげたらセウブ師の像が屈辱で真っ二つに割れてるんじゃないかと思ったぐらいだよ。王国が変化するのを感じられる。空中に漂ってるよ」

アンダースンは、寺へ連れていかれるときに垣間見たいくつかの建物を思った。どれも荒れ果てていた。水垢だらけでツタがからまっていた。バンコクの虎の失墜だけでは証拠として不十分だというなら、倒木や荒れたグラウンドがいい指標になる。「あんたは、自分がやり遂げたことがさぞかし自慢だろうな」

カーライルは煙草の煙を吸いこみ、ゆっくりと吐き出す。「満足のいく一歩だったとだけいっておこう」

「連中も感心しただろうよ」アンダースンはファラン・ファランクスのほうにうなずきかける。賠償金をあてにして早くも飲んでいるようだ。真剣な目つきで見つめている武装した白シャツ隊員が見守る中、ルーシーがオットーをせっついて、《パシフィック・アンセム》を歌わせようとしている。オットーがカーライルに気づいてそばへやってくる。息がラオラオくさい。

「酔ってるのか?」カーライルがたずねる。

「完全にね」オットーはうっとりと微笑する。「残りの酒をゲートで全部飲まされたから。祝いの酒を持ちこんじゃいけないっていうんだぜ。ルーシーもアヘンを取り上げられたよ」

カーライルの肩に腕をかけ、「あんたのいったとおりだったぜ。まったくの話。白シャツ連中の顔を見ろよ。朝から苦いメロンを食いつづけたような顔しやがって!」カーライルの手をさがして握手しようとする。「連中が鼻っ柱をへし折られていい気味だ。連中も、連中のいう《善意の贈り物》も糞食らえだ。あんたはいいやつだよ、カーライル。まさにいい男だ」

疲れ果てたような顔でにやっと笑う。「おかげで、おれは金持ちになれる。リッチになれるんだ!」高笑いして、またもやカーライルの手を取る。「いい男だ」

ルーシーが列にもどれと大声で呼びかける。「リキシャをつかまえたわ、もどってきなさいよ、酔っぱらい!」

オットーは千鳥足でルーシーの待つところへもどり、彼女の手を借りてリキシャに乗りこむ。白シャツが冷ややかにそれを見守る。将校の制服を着た女が階段の上から無表情にふたりのようすを観察している。

アンダースンはその女に目をむけて、「彼女はなにを考えてると思う？」女性役人のほうをあごで示しながら、たずねる。「ファランの酔っぱらいが自分の組織の敷地をのそのそと這いずり回るのをどう思っているだろう？」

カーライルは煙草を吸いこんで、ゆっくりと煙を吐く。「新たな時代の夜明けさ」

「未来へ逆戻り、か」アンダースンがつぶやく。

「は？」

「なんでもない」アンダースンはかぶりを振る。「むかしイエイツがいったことだ。おれたちはいま、甘い場所にいる。世界は収縮しつつある」

ルーシーとオットーはやっとのことでリキシャに乗りこむ。あんたらの賠償金でたいへんな金持ちになったぞ、名誉ある白シャツ隊員に幸あれ、と叫ぶオットーを乗せて、車は走り出す。カーライルはアンダースンに眉をひそめて見せる。言葉には出さない問いかけだ。アンダースンは、カーライルの問いかけの底にある可能性の選択肢を考えながら煙草を吸う。

「直接アカラットとしゃべりたい」

カーライルはせせら笑う。「子供はみんなそんなようなことをいうよな」

「子供はこの手のゲームはしないぞ」

「アカラットを丸めこめると思うのか？　インドでやったように、彼を善良な小役人に変えられると？」

アンダースンは冷たい目をむけて、「インドというよりはミャンマーだよ」ショックを受けたカーライルの表情に笑みを浮かべる。「心配するな。われわれはもう国家を転覆させるようなビジネスはやってない。自由市場に興味があるだけだ。すくなくとも、力をあわせてそのおなじゴールをめざすことはできるはずだ。だが、そのまえにアカラットに会いたい」

「ずいぶん慎重なんだな」カーライルは煙草を地面に捨て、足で踏み消す。「あんたはもっと冒険心のあるタイプだと思ってたよ」

アンダースンは笑う。「おれはここへ冒険しに来てるんじゃない。それは、あの酔っぱらいどもに……」愕然として、その続きが出てこない。

群衆のなかにエミコがいる。日本人の集団といっしょに立っている。アカラットを取り囲み談笑しているビジネスマンや役人たちの集団のなかに、ちらりとエミコの動きが見える。

「おやおや」カーライルが息をのむ。「あれはねじまきか？　施設内に？」

アンダースンはなにか返事をしなくてはと思ったものの、喉がいうことをきかない。

いや、ちがうぞ。あれはエミコじゃない。動きはそっくりだが、別人だ。その娘は高価な服を着て、首には金のネックレスが光っている。顔もちょっとちがう。ぎこちなく片手をあげて、漆黒のつややかな髪をかきあげる。似ているが、別人だ。

アンダースンの心臓がふたたび鼓動をはじめる。

アカラットがなにを話しているか知らないが、そのねじまき娘は、愛想良く微笑する。連れの男をふりむいて紹介している。アンダースンはその顔に見覚えがある。ミシモトの総支配人だ。ねじまき娘は男になにかいわれてこくりとうなずき、急いでリキシャのほうへもどっていく。奇妙だが優美な動きで。

ほんとうにエミコにそっくりだ。なにをするにつけ、様式化されて、計算ずく。目のまえのねじまきは、どこからどこまでもあの娘を連想させる。もうひとりの、もっとずっと絶望的な立場の娘。アンダースンは生唾を飲みこみ、ベッドでのエミコを思い出す。小さくて、孤独で、ねじまきたちの村の情報を喉から手が出るほどほしがっていた。そこはど、ど、ど、どこ？　い、い、い、い、いったい、どんなところ？　だれが住んでるの？　エミコは必死で希望をもとめていた。金で飾り立て、白シャツ隊員や役人たちのあいだを優美にすり抜けていくこの娘とは大違いだ。

「ねじまきは寺院への立ち入りを許可されてないはずだが」ようやくアンダースンは話を再開する。「日本人はそこまでやるか。白シャツ隊は外で待てといっただろうに」

「それでもきっと日本人が黙ってなかったんだ」カーライルは小首をかしげて日本人の集団を観察しながらいう。「ほら、ローリーもねじまきを一体持ってるだろ。裏でフリークショーの出し物にしてる」

アンダースンは息をのむ。「ほう？　初耳だな」

「どんな相手ともファックするんだ。見物だぜ。あんなのは見たことがない」カーライルは低く笑う。「見ろよ。気づかれた。女王陛下の摂政どのがじろじろ見てる」

ソムデット・チャオプラヤがねじまき娘を凝視している。処分寸前に側頭部を一撃された牛のように目を丸くして。

アンダースンは思わず嫌悪感をおぼえて眉をひそめる。「ねじまきの相手をして、あの地位を不意にするような危険は冒さないだろう」

「わかるもんか。あの男は必ずしも清廉潔白じゃないという噂だし。おれの聞いたところじゃ、むしろ女好きだそうだ。先王の生きていたころはマシだった。自制していたんだな。ところがいまじゃ……」カーライルはそれ以上いわず、ねじまき娘のほうにうなずく。

「近い将来、あの日本人が友好のしるしに贈り物をしても意外じゃない。だれもソムデット・チャオプラヤにイヤとはいえないからな」

「また賄賂か」

「決まってる。だが、ソムデット・チャオプラヤには賄賂を送る価値がある。なんでも、いまや王宮の機能のほとんどを乗っ取ったらしいからね。それに、そうしておけばつぎのクーデターが起きたときの保証もじゅうぶんだ」カーライルは予測する。「みんな平静な顔をしているが、水面下では水がふつふつとたぎっているんだよ。プラチャとアカラットの蜜月がいつまでも続くはずはない。ふたりは十二月十二日のクーデター以来、相手をつぶすチャンスを狙ってるんだ」間を置いて、「押すところを間違えなければ、われわれはトップに立つ者を決めるのに一役買える」

「高くつきそうだな」

「あんたらにとっては高くないさ。すこしばかりの金と翡翠、それとアヘンがあればいい」声をひそめて、「あんたらの基準からすれば安いといってもいいかもしれない」

「能書きはたくさんだ。アカラットには会えるのか、会えないのか？」

　カーライルはアンダースンの背中を軽く叩いて笑う。「いやぁ、ファランと仕事するのは楽しいね。すくなくとも単刀直入だ。心配しなくてもすでに手配済みだよ」そういうと、彼は日本人のグループのほうへとって返し、アカラットにあいさつする。するとアカラットは眼光鋭く値踏みするようにアンダースンを見る。アンダースンは合掌（ワイ）の礼をする。それに対してアカラットは、地位の高い人間らしくかろうじてわかるていどの会釈を返すだけだった。

　環境省のゲートの外で、アンダースンが工場へもどろうとラオ・グーに手を振ってリキシャを呼ぼうとすると、ふたりのタイ人がさっと寄ってきて両脇を固める。

「こちらへどうぞ」

アンダースンの肘をつかみ、通りを進む。一瞬、白シャツ隊につかまったのかと思ったが、見えてきたのは石炭ディーゼルのリムジンだ。促されるまま車に乗りこみながら、彼は疑心暗鬼を押さえつける。殺すつもりなら、もっといいタイミングがいくらでもあるはずだ。

バタンとドアが閉まり、アンダースンは向かい側にすわる通産大臣のアカラットと対面する。

「アンダースン」アカラットは微笑する。「会えてうれしいよ」

アンダースンは車内をざっと見回す。逃げ出せるか、それともロックは運転席で制御されているのか。どんな仕事でもそうだが、最悪なのは人目にさらされる瞬間だ。いきなり、あまりにも多くの人があまりにも多くのことを知る瞬間。フィンランドがそうだった。群衆が見上げるなか、ピータースとレイは首に縄をかけられジタバタ足を蹴りながら死んでいったのだ。

「カーライルから、きみが提案を持っていると聞いた」アカラットがいう。

アンダースンはためらいがちに応える。「われわれには共通の利害があると承知しています」

「いいや」アカラットがかぶりを振る。「きみたちは、過去五百年のあいだ、われわれをつぶそうと試みてきた。われわれには共通点などひとつもない」

アンダースンはおずおずと微笑する。「もちろん、おたがい見解の相違はありますが」

車が走り出す。「これは視点の問題ではない。宣教師が初めてわが国に上陸して以来、きみたちはつねにわれわれを殲滅しようと模索してきた。旧拡張時代には、全土を奪おうとした。わが国の手足をぶった切ってな。わが国王たちの知恵とリーダーシップで、最悪の事態は避けられたがね。それでもまだ、きみたちは飽き足らなかった。収縮時代にはいると、きみたちがあがめ奉るグローバル経済とやらのおかげで、われわれは飢えと過剰な専門化に苦しめられた」アンダースンに険しい視線を向ける。「そして次は、カロリー疫病だ。きみたちのせいで、われわれは米作を完全に奪われるところだったよ」

「通産大臣が陰謀論者だとは知りませんでしたね」

「きみはどこの人間だ？」アカラットはアンダースンを観察する。「アグリジェン社？パーカル社？　トータル・ニュートリエント社？」

アンダースンは両手を広げてみせる。「より安定した体制を整える手助けがあるに越したことはないはずです。お手伝いできると思いますよ。ただし、合意が成り立てばね」

「そちらの望みはなんだ？」

アンダースンは真剣に相手の目を見る。「種子バンクへのアクセスです」

アカラットが激しく身を引く。「あり得ないな」リムジンはカーブを切り、スピードをあげてラーマ十二世通りを進む。アカラットの一行が前方の大通りの邪魔ものを片づけ、バンコクは流れるイメージの連続となって通り過ぎる。

「所有権をほしいといっているのではありません」アンダースンは片手を出して相手を落ちつかせる。「ただ、サンプリングできれば」

「種子バンクのおかげで、わが国はきみたちに支配されずにきた。瘤病とジーンハック・ゾウムシが地球全体に蔓延したとき、わが国が最悪の事態を免れることができたのは種子バンクがあったればこそだ。それでも、国民は大量に死んだがね。インドやミャンマーやベトナムがきみたちの軍門にくだったときも、わが国は強く踏みとどまった。なのにいま、きみたちはわが国の至高の武器をよこせというのか」アカラットは笑い飛ばす。「髪も眉も剃り落とし、だれにも尊敬されることがなくなって森の奥深くの僧院に蟄居しているプラチャ将軍を見たいと思わんでもないが、この点に関しては彼もわたしも同意見だ。ファランが、われわれの心に触れることなど断じて許すものか。わが国の手足をもぎ取ることはできるかもしれないが、頭はそうはいかない。ましてや心はぜったいに渡さん」

「新しい遺伝子素材が必要なんです」アンダースンはいう。「いろいろな選択肢を使い果たしてしまったし、疫病は相変わらず突然変異を続けている。研究結果を共有することに問題はないでしょう。それどころか、おたがいのためになります」

「きみたちはフィンランドにもおなじことをオファーしたはずだ」

アンダースンは身を乗り出す。「フィンランドは悲劇でした。それも、われわれにとっていこうとしているのは、きみたちだけではない。世界が食べつづけていくには、チビスコシスや瘤病やニッポン・ジーンハック・ゾウムシの先をいく必要がある。それ以外に道はないんです」

「きみの言いぐさを聞いていると、きみたちが特許をとった穀物や種子で世界をがんじがらめにしたあげく、ここへ来てようやく、自分たちが全人類を地獄へ引きずりこもうとしていることに気づいたってわけだな」

「グラハマイト派が言いそうなことですね」アンダースンは受け流す。「現実を見ましょうよ。ゾウムシも瘤病も待ってはくれない。そして、この混乱状態から道を切り出す科学的リソースを持っているのはわれわれだけです。われわれは、貴国の種子バンクのどこかに鍵が見つかるんじゃないかと期待しているんです」

「もし見つからなかったら?」

「そうなったら、タイ王国がだれに支配されようが関係ないでしょう。つぎに突然変異したチビスコシスで人類はみな血を吐きながら死んでいくんですから」

「無理だな。種子ストックは環境省が管理している」

「政府の体制を変える話をしていたような気がするんですが」

アカラットが難しい顔になる。「サンプリングだけでいいんだな? そっちは武器と装備と報酬を用意し、サンプリング以外の見返りは求めないと?」

アンダースンはうなずく。「もうひとつあります。人間をひとり。ギボンズという人物なんですが」アカラットの反応を観察する。「聞いたことのない名前だ」

「ギボンズ?」アカラットは肩をすくめる。われわれの知的財産を侵害しつづけているんでね」

「ファランです。われわれとおなじ。その男をひきわたしてもらいたい。われわれの知的財産を侵害しつづけているんでね」

「それはさぞかし目ざわりだろう」アカラットは笑う。「きみらと実際に会うのはじつにおもしろい。むろん、悪魔やクラスエの幽霊の話じゃないが、コー・アングリット島にへばりついているカロリー企業の連中のことは、みんなが噂してるよ。王国を飲みこもうと企んでいるってね。しかし、きみは……」アンダースンをじろじろながめて、「わたしがその気になれば、メゴドントできみを八つ裂きにしてトビやカラスの餌にすることだってできただろう。そうしたところで、だれも文句はいわん。以前なら、たとえ噂話でも、カロリーマンがわれわれにまぎれこんで王国を徘徊しているとなったら、デモや暴動の引き金にじゅうぶんだった。なのに、きみはここにいる。自信たっぷりでな」

「時代は変わったんです」

「きみが思うほどには変わってないさ。きみは勇敢なのか、それともただのバカなのか?」

「こちらもおなじことを訊きたいですね」アンダースンはいう。「白シャツ隊の目玉をつぶしてタダですむと思う人はあまりいない」

アカラットはにやりと笑い、「きみが先週来て金銭と装備を申し出ていたら、大いに感謝していたところだが」と肩をすくめる。「今週は、現状と最近の成功にかんがみて、きみの申し出をよく考えてみることにしよう」窓を軽く叩いて、運転手に車を停めるよう合図をする。

「わたしの機嫌が良くて、きみはついてたな。ほかの日なら、カロリーマンが血まみれの肉片にされてるのを見ても、きょうはいい日だといっていただろう」アンダースンにリムジンをおりろと示す。「きみの申し出は考えておくよ」

15

新人類のための場所がある。

エミコの頭には、毎日、絶え間なくその希望が流れる。そういう場所が実在すると断言したガイジンのアンダースンのことを、エミコはつねに思い出す。暗闇のなかで肌に触れる彼の両手を、うなずいて確約する真剣なまなざしを。

おかげで、いまでは毎晩ローリーを見つめながら、この人はどこまで知っているのだろうと考えるようになった。北部でなにを目にしたのか思いきって訊いてみようか、と。安全な場所への行き方も。三回ほどローリーに近づいてはみたものの声が出なくて質問できずじまいだった。毎晩、カンニカにさんざん痛めつけられ、くたくたになって家に帰ると、新人類が安全に暮らしている場所の夢を見る。主人も客もいない村の夢を。

エミコはカイゼン・スタジオでの水見先生を思い出す。若い新人類たちがキモノを着て訓練を受けた場所だ。

「あなたは何者?」

「新人類です」

「あなたの誇りはなに？」

「人にお仕えすることです」

「あなたはだれを誇りに思うの？」

「ご主人さまを」

水見先生は矢継ぎ早に質問を繰り出す。齢百歳になる、泣く子も黙る教師だった。初期の新人類で、肌にはほとんど衰えがない。彼女はカイゼン・スタジオでいったいどれほど大勢の新人類を教え導いてきたことか。カイゼン・スタジオに行けば、いつも水見先生がいた。いつだってアドバイスをくれた。怒ると容赦がないけれど、懲罰は公平だった。そして、ご主人さまの満足のいくようにお仕えすれば、最高の地位につけると教えてくれた。

水見先生は新人類たちに水子地蔵を紹介した。新人類にさえ哀れみ深く、死後は彼らを袖に隠し、遺伝子操作された玩具という地獄から真の人としてのサイクルへとひそかに連れ出してくれる菩薩さま。新人類の務めと誇りは、仕えること。来世で完全な人間になったとき、その見返りがあるだろう。奉仕は、最大の見返りをくれるのだ。

源道さまに捨てられたとき、エミコはどんなに水見先生を憎んだことか。

けれどもいま、新しいご主人さまのことを思うとエミコの胸は高鳴る。知恵に富んだ男、異なる世界へエミコを導き、源道さまが与えてくれなかったものを与えられる男。

また
うそをつかれるのに？　裏切られるのに？
そんな思いを押しつぶす。そんなことを考えるのは高い意識を持ったエミコ自身とはまるでちがうもうひとりのエミコ。ただのチェシャ猫のように、自分のニッチがなんなのかも考えず、すべてにおいて行きすぎている。新人類にはまったくふさわしくない考えなのだ。

水見先生は、新人類の本質にはふたつの側面があると教えてくれた。遺伝子のなかに存在する動物的な強い欲望に支配された邪悪な側面、すなわち繰り返し行われる組み換えや付け足しによって本来の自分とはちがってしまった自己。そして、それと平衡をとるような、教養ある側面、すなわち自分にふさわしい場所と動物的な衝動とのちがいを知っている自己だ。自分が社会的にどの位置にいるのかを心得て、ものをあたえ、生かしておいてくれるご主人さまに感謝する自己。コインに裏と表があるように、魂にもふたつの面がある。闇と光、いわゆる陰陽だ。水見先生の教えのおかげで、エミコたち新人類はおのれの魂をもつことができるようになった。誇りをもって人に仕える心構えができた。

白状すると、エミコが源道さまをひどく恨むようになったのは、あんなふうに捨てられたせいにすぎない。彼は弱い人間だった。いや、正直な話、エミコはかつてのエミコとはがらりと変わってしまったのかもしれない。エミコはあのころ、精一杯に仕えてはいなかった。悲しいけれど、それは真実だ。認めざるを得ない屈辱、主人の愛ある手なしに生きていこうと必死でがんばってはいても。でも、あの風変わりなガイジンは……たぶん……。今夜は、皮肉屋のけだものが心にはいりこむのを許しはしない。夢を見ることにしよう。

エミコはスラムタワーから、バンコクの涼しい夜のちまたへと人知れず出ていく。うっすら緑色に染まった町は、どこかカーニバルのような雰囲気がある。夜食の麵を調理する火が燃えて、農民たちが軽い食事をとっている。彼らはここで夜食をとったあと、遠くの農場へ帰って夜を過ごすのだ。エミコは夜の市場をうろついた。片目で白シャツを警戒し、片目は夜食を物色しながら。

イカ料理を出す屋台を見つけて、チリソース和えを買う。薄暗がりでのロウソクの照明は、一種の隠れ蓑になる。パーシン・スカートを着ているから足の動きも気にならない。気をつけなければならないのは腕だが、体から離さないようにゆっくり慎重に動かせば、お上品な身のこなしに見えないこともない。

母娘の売り子からバナナの葉に包んだパッド・シーユーを買う。女が麵を炒める高温で青い炎の出るメタンは、違法だけれど入手不可能ではない。エミコは簡単なカウンターにすわって麵をかっこむ。スパイスが効いていて口がひりひりする。そんなエミコを珍しそうに見る客のなかには、あからさまにいやな顔をする人もいたけれど、文句はいわれない。逆になれなれしいようすを見せる客もいる。その他の客たちは、ただでさえ面倒をかかえているので、ねじまきと白シャツのいざこざに巻きこまれるのを避けたがる。考えてみれば、皮肉な利点だ。白シャツ隊はほんとうに嫌われているので、みんなやむを得ない場合以外はかかわりあうまいとするのだ。エミコは麵を口に流しこんで、またガイジンの言葉を思う。

新人類のための場所がある。

想像してみる。ひと目でそれとわかるぎこちない動作と、しわひとつないきれいな肌をした人ばかりが住んでいる村を。なにがなんでも行ってみたい。

とはいえ、それとは相反する感情もある。恐怖ではなくて、なにかいままで考えてもみなかった感情だ。

嫌悪感？

いや、それでは言葉が強すぎる。おなじ新人類の大半が恥知らずにもおのれの義務を捨て去ったことへの反感。ともに暮らす人びとのなかに、源道さまのような立派な人間がひとりもいないなんて。仕える人のいない、まるごと新人類ばかりの村。

エミコは強くかぶりを振る。人に仕えてどうなったというの？　ローリーやカンニカのような人たちに。

それにしても……新人類ばかりがジャングルの奥で集団生活なんて。八本足の労働者をこの手に抱くのはどんな気分だろう？　そんなものを恋人にできるの？　あるいは、源道さまの工場にいたような、ヒンズー教の神さまみたいに十本の触手じみた手と、食べ物と手を載せる場所以外なにも必要としない、よだれを垂れ流す口をもつ化け物は？　そんな生き物がどうして北部へ行けるだろう？　彼らはジャングルでなにをしているの？

エミコは不快感をこらえる。カンニカに比べれば、マシにちがいない。カンニカは自分も新人類のひとりだというのに、ほかの新人類を見下す奴隷根性が染みついてしまっている。論理的に考えれば、昨夜の客以下の新人類なんているわけないのがわかる。あの客は、エミコをファックしたあと、立ち去り際に彼女に唾を吐きかけていった。

とはいえ、村の生活はどんなふうなのだろう？　象牙甲虫が食い残したわずかな植物や、ゴキブリやアリを食べるとか？

ローリーは生き抜いた組だ。あなたは？

短い竹箸で麺をかき混ぜる。仕える人がいないって、どんな感じなのかしら？　思い切ってやってみる？　考えるだけでめまいがしそうだ。ご主人さまなしでなにをすればいいの？　農民にでもなる？　丘陵地帯でアヘンを栽培したり？　噂によれば、丘陵地帯には謎の部族がいて、そこの女たちは銀のパイプで煙草を吸い、歯を黒く塗っているとか。エミコは思わず笑う。自分がそんなふうになるなんて想像できる？

物思いにふけっていて、もうすこしで見逃すところだった。運良く、テーブルをはさんで向かい側にすわっている男がたまたま身じろぎし、びっくりしたような目をして、うつむいてせっせと料理をかきこみだしたのが、エミコを救う。彼女は体を硬くした。

夜の市場が静まりかえる。

そして、貪欲な幽霊のように白シャツの男たちがエミコの背後に現われて、屋台の女に早口で話しかけている。女はせっせと仕事をしながら白シャツ隊にへつらう。エミコは白シャツ隊のまえでおののいている。麺を口にもっていきかけた細い腕が緊張で急にふるえだす。箸を置きたかったけれども、それもままならない。動けばねじまきだということを隠しようもないし、じっと凍りついたまますわって、背後の男たちが料理を待つあいだしゃべっているのを聞いていた。

「……とうとう度を超してしまったわけだ。やつの首を取ってやると、ビロンバクディが怒鳴り散らしているのを聞いたよ。『ジェイディーの首を皿に載せて見せてやる。あいつめ、調子に乗りやがって！』とね」

「手入れのために、部下全員に五千バーツ配ったそうですよ」

「それだけあれば部下たちはウハウハだろうが、ジェイディーは丸裸だ」

「とはいっても、たかが五千です。ビロンバクディがむきになるのも無理はない。彼のほうは五十万バーツは失ったはずだし」

「そこへジェイディーがメゴドント並みにずかずかと踏みこんでいったわけですからね。ビロンバクディのじいさん、ジェイディーに息の根を止められると思ったのかもしれない。牛のトラペーが父親の息の根を止めた伝説があるでしょう。あれですよ」

「もうその心配もないがな」

白シャツたちがそばに来て、エミコはおののく。これでおしまいだわ。箸を置けば、ねじまき娘だとばれてしまうだろう。すぐ近くにいるのにまだ気づかれていない。ひとりが仲間に押されたふりでエミコの首筋に触れたりしているのに。ふいに、目につかずにはいられなくなるだろう。グローワームの排泄物を塗りたくられたような見まがいようのない特徴あるひきつるような動きで、白シャツ隊がエミコの正体に気づくはずだ。証明書類も輸入許可書も期限切れの新人類。彼女はマルチングされ、牛糞や野菜クズを堆肥にするようにあっというまにリサイクルされてしまうだろう。

「しかし、まさかジェイディーがアカラットのまえにひれ伏すのを見ることになるとは思いもしなかったよ。あれはひどかったな。白シャツ隊の面汚しだ」

みんながだまりこむ。すると、ひとりが口をひらく。「おばさん。この店のメタンは色が変わってるな」

屋台の女が気まずそうににやりと笑い、娘もおなじようにあやふやな笑みを浮かべる。

「先週、環境省に贈り物をしましてね」女が言う。

白シャツはエミコの首に手をやって、さりげなくなでながらいう。エミコはふるえないように必死になる。「そうかい。聞いてないな」

女の笑みが消える。「ひょっとして、わたしの思いちがいかも」

「ふむ、帳簿をチェックしてみてもいいがね」

女は笑顔で、「わざわざお役人さまにそんなこと。いますぐ娘に取りに行かせますから。それまで、この魚でも召し上がっててくださいな。たっぷり食べられるほどお給料をもらってなさらないなら」大きなティラピアを白シャツたちに勧める。

「こいつはありがたいな、おばさん。腹が空いてたとこなんだ」バナナの皮に包んだ魚を手にして、白シャツたちは屋台に背をむけ、夜の市場の監視にもどった。自分たちが他の客をふるえあがらせたことにもおかまいなしで。

彼らの姿が見えなくなると、屋台の女はすぐさま真顔になる。娘にふりむいて、その手に札を押しこむ。「交番へ行って、このお金をまちがいなくシリポーン巡査部長に渡しておいで。またあのふたりに戻ってこられちゃかなわないからね」

白シャツにさわられた首のうしろが焼けつくようだ。あまりにも近かった。あんなにすぐそばに。なぜかときどき自分が追われる身だというのを忘れてしまう。自分はほとんど人間なのだと自分をだますことがある。エミコは残った麵を口に放りこんだ。これ以上、ぐずぐずしてはいられない。ローリーに会わなければ。

「ここを出ていきたいんです」

ローリーはバースツールをくるりとまわしてこちらをむき、けげんそうに、「本気かね、

「エミコ？」といって微笑する。「新しいご主人さまでも見つけたか？」

ほかの女たちも出勤してきて、談笑しながら神棚に合掌（ワイ）の礼をしている。優しい客や金持ちの主人がつきますようにと供え物をする娘もときどきいる。

　エミコはかぶりを振る。「新しいご主人さまじゃありません。北部へ行きたいんです。新人類が住むという村へ」

「だれにそんなことを吹きこまれたんだ？」

「ほんとうにあるんですね？」ローリーの表情から、ほんとうだったのだとわかった。心臓が高鳴りだす。ただの噂じゃなかったんだ。「実在するんですね」

　ローリーが、値踏みするような目でエミコをながめ、「かもな」バーテンのデーンに合図をして酒のおかわりを要求する。「だが、警告しておくぞ。ジャングルの生活は楽じゃない。凶作のときは虫を食って生き延びるんだ。狩りをしようにも獲物はあまりいない。瘤病とニッポン・ジーンハック・ゾウムシで植物があらかた消えてしまったからな」肩をすくめ、「鳥の二、三羽が関の山だ。おまえは水辺にいる必要があるが、ジャングルではすぐにオーバーヒートしてしまうだろう。悪いことはいわないよ。苦労するぞ。ほんとうにここから出ていきたいなら、新しいご主人さまをさがすことだ」

「きょう、もうすこしで白シャツ隊に見つかるところでした。ここにいたら、わたしは殺されます」

「連中に賄賂を払って、おまえをつかまえないでくれといってある」

「ちがうんです。夜の市場に行ったとき――」

「なんだって夜の市場へ行ったりしたんだ？　なにか食べたいなら、ここへ来ればいいのに」ローリーが顔をしかめる。

「ほんとうにすみません。どうしても行きたかったんです。ローリーさん、あなたには力があります。コネを使って、旅行許可証を取ってください。チェックポイントを通過できるように」

酒が来たので、軽くひと口飲む。カラスのような老人だ。バースツールに腰掛けて、夜の仕事のためにおかかえの娼婦たちが出勤してくるのをながめる腐りきった死神。不快感を隠そうともしないで、靴の底にくっついた犬の糞を見るような目でエミコを見る。もうひと口酒を飲んだ。「北への旅は楽じゃない。相当に高くつく」

「旅費は自分で稼げます」

ローリーはとりあわない。バーテンはカウンターをみがきあげて、助手とともに高価なクーラーから氷の入れ物を出す。

ローリーがグラスを差し出すと、バーテンがカチンと音をたて四角い氷を二個入れる。断熱材のはいった容器から出すが早いか、氷は暑さで溶けはじめる。エミコは角氷が酒に溶けるのを見守る。バーテンは氷の上から水をそそぐ。エミコ自身、暑くて火を噴きそうだ。窓があいていても、いっこうに風がはいってこないし、この時間、屋内の熱気はまだ耐え難いものだった。おまけに、ファンをまわすイエローカードはまだだれも出勤していない。店内にこもった熱気がエミコたちを包んだ。ローリーは冷えた酒をぐいっとあおる。

エミコは熱に浮かされながらそれを見守った。発汗できないのがつらい。「ローリーさん。お願いです。ほんとうにごめんなさい」ためらいがちに、「冷たい水を」

ローリーは自分の酒をちびちび飲みながら、つぎつぎにやってくる女たちをながめている。「ねじまきを飼っておくのはじつに金がかかる」

エミコはご機嫌をとるようにはにかみがちに笑みを浮かべる。とうとう、ローリーの苛立ちが顔に出る。「いいだろう」バーテンにうなずきかけ、氷水を一杯取ってやる。エミコはあわてて手を出したりしないようにしながら、顔と首筋に押しつける。安堵のあまりほとんど息が詰まりそうだ。水を飲み、ふたたびグラスを肌に押しつけて、お守りのようにかき抱く。「ありがとう」

「おまえが町を出るのに、どうしてわしが手を貸さなければならないんだ?」

「ここにいたら死んでしまいます」

「良い商売にはならない。おまえを雇うのも良い商売じゃなかった。そのうえ、賄賂を出してまでおまえを北部へ逃がすなんて、どう考えても良い商売じゃない」

「お願いです。なんでもしますから。お金も払います。いうとおりにします。わたしを使ってけっこうですから」

ローリーは笑い飛ばす。「うちには人間の娘もいるんだ」もう笑顔は消えている。「問題はだな、エミコ、おまえにはなにも出すものがないということだよ。毎晩、金を稼いでも酒に消える。賄賂を払うにも金が要る。氷もタダじゃない。わしが優しいからいいようなものの、そうでなかったら、おまえなんぞ町に放り出して白シャツ隊に処分させているところだ。おまえは金になる商品じゃないんだよ」

「お願いですから」

「優しくいってるうちにあきらめて、仕事にかかれ。客が来たとき普段着を着てるなよ」

その口調はきっぱりとした、真の権威者の言葉だ。エミコは反射的におとなしく引き下がっていわれたようにしかけ、ふと思いとどまる。あんたは犬じゃない。自分に言い聞かせる。あんたは下僕でもない。聖者の都市で悪魔どもに仕えているうちに、あきらめていたけれど、下僕のような行動をしていたら、犬のように死ぬことになるのよ。

エミコは背筋を伸ばす。「ほんとうに申し訳ないけれど、わたしは北へ行かなければならないんです、ローリーさん。いますぐに。いくらぐらいかかりますか？　稼ぎますから」

「おまえは、しつこいチェシャ猫のようだな」ローリーがとつぜん席を立つ。「懲りずに死肉をあさりに来る」

エミコはひるむ。年を取っているとはいえ、ローリーは収縮時代以前に生まれ育ったガイジンだ。立ちあがると背が高く、エミコは急に見下されてこわくなり、さらに一歩あとずさる。ローリーが暗い笑みを浮かべる。「そうだ。自分の立場を忘れるな。北へ行くならそれでもかまわん。しかし、準備が整ってわしがいいといってからだ。そのまえに、白シャツ隊に渡す賄賂を全額自分で稼げよ」

「いくらぐらい？」

ローリーの顔に血がのぼる。「いままで稼いだ額では足りないぐらいだよ！」

エミコは飛びのいたけれど、ローリーにつかまってしまう。ぐいっと自分のほうへ引き寄せて、ローリーはウィスキーくさい低音でうなる。「おまえはだれかの役に立っていた。以前はな。だから、おまえのようなねじまきがどうして自分を見失うかはわかる。だが、はっきりさせておこう。おまえは、わしの所有物なんだ」

骨張った手でエミコの乳房をまさぐり、乳首をつまんでひねりあげる。エミコは小さく苦痛の声をあげて、身をもがく。ローリーは薄青い目でヘビのようにエミコをねめつける。「おまえはどこからどこまでもわしの所有物だ」ローリーはつぶやく。「わしが明日おまえを処分したいと思えば、おまえは姿を消すことになる。だれも気にもしない。日本ではねじまきは価値のあるものかもしれないが、ここでは、ただのガラクタだ」ふたたびエミコの乳首をひねりあげる。エミコは倒れないようにふるえながら息を吸う。ローリーがにやりと笑う。「おまえはわしのものだ。それを忘れるな」

いきなり手を離す。エミコはうしろによろめき、バーカウンターの端につかまる。

ローリーは酒にもどり、「北部へ行くだけの金を稼いだら教えてやる」といった。「だが、それには仕事だ。たっぷり働いてもらうぞ。今度からは客をえり好みしている場合じゃない。客に指名されたら、ついていって満足させるんだ。またつぎのお楽しみをためしたいと思うようにたっぷり喜ばせろ。ふつうのセックスの相手なら、ふつうの人間の女がいくらでもいる。北へ行きたいなら、人間の女にできないことをやるようにするんだな」

酒を手に取って一気にあおり、カウンターに乱暴にグラスを置いておかわりを要求する。

「さあ、しけた顔をしてないで仕事にかかれ」

16

ホク・センは正面の金庫をにらみつける。朝早いスプリングライフ社オフィスで、ミスター・レイクが出社してくるまえにニセ帳簿をつくっておかなければならないのだが、金庫から目を離せない。線香の煙につつまれてそこに鎮座し、どうしても開こうとしない金庫はホク・センをあざけっている。

アンカーパッド事件以来、金庫にはつねに鍵がかけられているし、いまや悪魔と化したアンダースンはホク・センを監視し、会計状態について、しょっちゅう根掘り葉掘り質問している。それに、いまも糞の王は待っている。ホク・センはあれから二度、糞の王と会っている。糞の王はどちらのときも辛抱強かったが、ホク・センは彼がいらだちと、自分で片をつけたい気持ちをつのらせているのを感じた。チャンスの窓は閉じつつある。

仮のスピンドルの購入代金とかすめた金のつじつまをあわせるべく、ホク・センは帳簿に数字を書きこむ。無理やり金庫を開けてしまったほうがよくないだろうか？　疑いをかけられるおそれがあっても。工場には、数時間で鉄を焼き切れる工業用備品がある。糞の王を待たせ、ボスのなかのボスにみずから乗りだす気にさせる危険を冒すよりはましではないのか？　ホク・センは迷う。どちらの選択肢も、肌がピリピリするほどの危険をいっぱいにはらんでいる。金庫に傷をつけたら、たちまち街灯の柱にホク・センの顔が貼られることになるし、いま、異国の悪魔の敵になるのは非常にまずい。アカラットが優勢のいま、ファランもまた昇り調子なのだ。毎日のように、白シャツが苦汁をなめているというニュースが流れている。バンコクの虎は、いまや家族も財産も持たない剃髪僧だ。ミスター・レイクを始末してしまったら？　彼が通りを歩いているとき、通り魔がナイフで腹をぐさりと刺したら？　難しいことではない。高くもつかない。十五バーツも出せば、笑い屋チャンが喜んでやるはずだ。そうすれば、もう異国の悪魔には悩まされないですむ。

ノックの音が響いてホク・センはぎくりとする。背筋を伸ばしてでっちあげたばかりの帳簿を机の下に隠す。「はい？」

マイだ。生産ラインの痩せっぽちな少女が戸口に立っている。少女が待つあいだに、ホク・センはわずかに緊張を解く。「クン。問題が発生しました」

ホク・センは布で両手についたインクをぬぐう。「なんだ？　なにがあったんだ？」

マイは部屋をすばやく見まわす。「自分で行ったほうが早いです。実際に見てください」

マイは明らかに恐怖の匂いを発散している。ホク・センのうなじの髪の根元がぴりぴりする。マイはまだ子供だ。ホク・センはマイに目をかけてやっている。工場を修復したとき、トレイン駆動部の狭苦しいトンネルにもぐりこんで連結部を調べたマイにボーナスまで渡している……それでも、マイの態度のなにかから、ホク・センはマレー人が中国人を襲ったときのことを思いだす。あのときは、いつも忠実で感謝していた従業員たちが、急にホク・センの目を見なくなったものだった。ホク・センがもっと察しがよかったら、潮の変わり目に気づいたはずだ。マレーシアの中国人は数えられるのだと。自分ほどの——気前よく施しをし、従業員の子供たちを自分の子供のように助けていた——人物でも、首を道路わきに積みあげられるのだと。

そしていまここで、マイがそわそわしている。これがやつらの手口なのか？　罠なのか？　害にならない少女を餌として送りこんできたのか？　これがイエローカードの末路なのか？　それとも糞の王の攻撃なのか？　ホク・センは冷静を装い、わずかに椅子にもたれながらマイを見る。「いうことがあるなら」と小声でいう。「いま話すんだな。ここで」

マイはためらう。見るからにおびえている。「西洋人(ファラン)は近くにいませんか？」

ホク・センは壁の時計を見上げる。六時だ。「あと一時間か二時間は来ない。早く来ることはめったにないからな」

「お願いします。万が一、来るといけませんから」

行くしかないようだ。ホク・センは短くうなずく。「そうか、わかった」

ホク・センは立ちあがってマイのほうに歩いていく。なんてかわいい娘だ。もちろん、やつらはかわいい娘を寄越す。なんの害もなさそうに見える娘を。ホク・センは背中を掻く。垂らしているシャツの裾を持ちあげてナイフを取りだし、背中に隠したまま近づく。ぎりぎりまで待って――

マイの髪をむんずとつかんで引き寄せる。ナイフを喉に突きつける。

「だれに送りこまれたんだ？　糞の王か？　白シャツ隊か？　だれなんだ？」

マイはあえぐ。もがいたら喉を切ってしまう「だれにも送りこまれてません！」

「おれをバカだと思ってるのか？」ホク・センはナイフに力をこめ、皮膚を傷つける。

「だれなんだ？」

「だれにも送りこまれてません！　ほんとうです！」マイは恐怖で震えているが、ホク・センは放さない。

「いいたいことはないか？　守らなければならない秘密はないのか？　それを話すんだ」

喉にかかっているナイフの圧力に、マイはあえぐ。「ありません！　誓います！　秘密なんかありません！　ただ……ただ……」

「なんだ？」

マイはホク・センにもたれかかる。「白シャツ隊に」とささやく。「もしも白シャツ隊に見つかったら……」

「おれは白シャツじゃないぞ」

「キットです。キットが病気なんです。それにシームアン。ふたりともです。お願いします。どうすればいいかわからないんです。この仕事をなくしたくないんです。ファランに話さないでください。みんな、ファランがこの工場を閉めるかもしれないって知ってます。お願いです。家族のために……お願いします。お願いします」マイはすすり泣いている。

ナイフを気にせず、ホク・センが救世主であるかのように、もたれかかって懇願している。

ホク・センは顔をしかめてナイフを引っこめる。急に年をとった気分。これがおびえながら生きるということなのだ。十三歳の娘を疑うことが。小娘が自分を殺そうとしていると思いこむことが。ホク・センは気分が悪くなる。マイの目を見られない。「最初からそういえばいいんだ」ぶっきらぼうにつぶやく。「バカな娘だ。隠したってしょうがないことを隠して」シャツを上げてナイフを鞘に戻す。「友達のところへ案内しろ」

マイは注意深く涙をぬぐう。憤慨してはいない。若者にはよくあることだが、順応力が高い。危機が去ったので、いわれたとおりにオフィスを出てホク・センを案内する。

ふたりは工員が出勤しはじめている工場のフロアを横切っていく。大扉がガラガラといっぱいに開けられ、広い工場内に日が差しこむ。糞と塵（ちり）が光のなかで渦を巻いている。マイはホク・センを案内して、白っぽいほこりのかたまりを蹴飛ばしながら清浄室を通り抜け、裁断室にはいる。

頭上で、乾きかけの海藻を広げた網が放っている磯臭さが部屋に立ちこめている。マイはホク・センを切断圧縮機の先へと案内し、ラインの下をくぐる。反対側には、塩と命をいっぱいにおさめた海藻タンクがひっそりと並んでいる。半分以上のタンクに、生産の低下の徴候がある。ひと晩、収穫しないで放っておいたら、スキムは厚さ十センチ以上になっているはずなのに、海藻がほとんど表面を覆っていないのだ。

「あそこです」マイが指さしながらささやく。キットとシームアンが壁にもたれてすわっている。ふたりの男が、どんよりした目でホク・センを見上げる。ホク・センはかたわらにひざまずくが、触れはしない。

「ふたりはおなじものを食べたのか？」

「そうは思えません。このふたりは友達じゃありませんから」

「チビスコシスではなさそうだよな？　瘤病か？　ちがうな」ホク・センはかぶりを振る。「おれは愚かな老人だが、これはどっちでもない。唇から血が出てないからな」

キットがうめいてきちんとすわろうとする。ホク・センは、両手をシャツでぬぐいたい衝動と戦いながら、ぎくりとして下がる。もうひとりの男、シームアンはキット以上に具合が悪そうだ。

「こいつの仕事はなんだったんだ？」

マイはためらう。「たしか、タンクに肥料をやってました。海藻用に、魚粉の袋をあけてたんです」

ホク・センはぞっとする。男がふたり。ミスター・アンダースンのために、彼の機嫌をとるために、ホク・セン自身が完全操業を再開させたタンクのそばでぐったりしている。これは偶然か？　ホク・センは、身震いしながら、新たな視点から工場内を見まわす。タンクからこぼれた海水が床を濡らし、錆びた排水溝のそばに水たまりをつくっている。濡れた床を、こぼれた栄養を食べて生き延びている海藻がおおっている。ベクターだらけだ。タンクに悪いベクターが混じっていたら。

ホク・センは思わず両手をぬぐいかけて途中でやめる。あらためて鳥肌が立つ。清浄室の灰色の粉が掌にこびりついていて、カーテンを開けて通ったときどこに触れたかがわかるようになっている。ホク・センは潜在的病原体に囲まれている。頭上には、乾燥網が吊るされている。黒ずんだスキムで汚れたラックがずらりと並んで薄暗い倉庫を満たしている。網からしずくがひとつ垂れる。ホク・センの足元の床に落ちる。それがきっかけで、ホク・センは新たな音に気づく。工場が人でいっぱいのときにはまったく意識しなかった音だ。だがいま、この静かな早朝には、そこいらじゅうで響いている。頭上の網から降っているしとしとと雨の音だ。

ホク・センはこみあげるパニックと戦いながら、あわてて立ちあがる。あわてるんじゃない。海藻と決まったわけじゃないんだぞ。死はいろいろな形で襲ってくる。どんな病気の可能性だってある。

キットの呼吸が、静けさのなかで奇妙に耳ざわりだ。彼の胸が上下するにつれて、あえぎがもれる。

「疫病だと思いますか？」マイがたずねる。

ホク・センはマイをにらむ。「その言葉を口にするな！　悪霊を引き寄せたいのか？　それとも白シャツ隊を？　このことがばれたら、この工場は閉鎖されてしまうんだぞ。おれたちはイエローカードのように腹を減らすはめになるんだぞ」

「だけど——」

外のメインホールで声が反響する。

「静かに」ホク・センは身振りでマイを黙らせて、必死に考えた。白シャツ隊の取り調べは苛烈だ。異国の悪魔ミスター・レイクに言い訳をするだけでは、工場が閉鎖され、クビになってしまう。タワーに逆戻りして飢えるはめになってしまう。ここまできて、あとちょっとのところまできて死ぬはめになってしまう。

工場のほかの部分から朝の挨拶が響いてくる。メゴドントのうめき声。扉がガラガラと開け放たれる。だれかがラインの試験をはじめて、メイン・フライホイールが重おもしい音をたてながら生き返る。

「どうすればいいんですか？」マイがたずねる。

ホク・センはタンクと機械類を見まわす。いまだに無人の部屋を。「このふたりが病気になっているのを知っているのはおまえだけなんだな？」

マイはうなずく。「ここにはいってきたときに見つけたんです」

「ほんとうだな？　おれを探しにきたときも、だれにもいってないな？　だれもここに入ってないんだな？　だれもおまえといっしょにここに来て、このふたりを見てきょうは休もうと考えたりしてないんだな？」

マイは首を振る。「はい。ひとりで来ました。町外れでお百姓さんが舟に乗せてくれるんです。運河（クロング）を走るロングレール・ボートに。だからいつも工場に早く来るんです」

ホク・センはふたりの病人を見下ろし、それから少女を見やる。部屋には四人がいる。四。ホク・センは表情をゆがめる。四とは、またなんと不吉な数字なんだ。死につながる四（スイー）とは。三人とか、ふたりとかならよかったのに……

それともひとりなら。

ひとりというのは、秘密を守るには理想的な人数だ。少女のことを考えているうちに、ホク・センの手が、無意識のうちに、ナイフのほうに寄っていく。厄介だ。だがそれでも、四という数字よりはましだ。

少女の長い黒髪は、流れているライン設備に触れないように、頭のてっぺんでていねいにまとめられている。うなじはむきだしになっている。少女は疑いを知らない目をしている。ホク・センは顔をそむけ、ふたたび病人を値踏みする。不吉な数字について考える。四、四、四。死。一のほうがいい。一が最高だ。ふうっと息を吐いて決断する。少女に手を伸ばす。「おいで」

マイはためらう。ホク・センは少女をにらみつけて手招きをする。「仕事をなくしたくないんだろう?」

マイはゆっくりとうなずく。

「それなら来るんだ。このふたりは病院へ連れていかなきゃならん、わかるな? ここに置いておくわけにはいかんのだ。それにふたりの病人が海藻タンクのそばに倒れてるっていうのは、おれたちふたりにとってよくない事態だ。食いっぱぐれたくないならな。このふたりを連れだしてくれ。裏口で会おう。メインホールには入るんじゃないぞ。脇の部屋を通るんだ。こいつらを連れてラインをくぐって、通用口から出るんだぞ。裏口だからな、わかるな?」

マイは自信なげにうなずく。ホク・センは手を叩いてマイをせきたてる。「急げ! ぐずぐずするな! 必要なら引きずっていけ!」身振りで病人を示す。「工員が出勤してくるぞ。ひとりだって秘密を守るためには多すぎるってのに、ここには四人もいるんだ。せめて、四人をふたりにしようじゃないか。四人は最悪だ」死。

　マイはおびえながら息をつくと、決然と目を細める。しゃがんでキットの体を動かしはじめる。ホク・センはマイが作業を続けるのを確認してから部屋を出る。

　メインホールでは、工員たちがまだ笑いながら昼食の弁当を詰めている。だれも急いでいない。タイ人は怠け者だ。中国人イエローカードだったら、いまごろはもう手のほどこしようがなくなっていたことだろう。このときばかりは、ホク・センはタイ人と働いていてよかったと思う。まだいくらか時間がある。ホク・センは通用口から外へ出る。

　外の路地にはだれもいない。工場の高い壁が狭い道にそびえている。ホク・センは、朝食の屋台や湯気をあげている麺やボロをまとった子供たちのごた混ぜになっているポーシー通りに出る。リキシャが隙間をさっと横切る。

「おい（ウェイ）！」ホク・センは叫ぶ。「三輪車（サムロー）！　サムロー！　待ってくれ！」だが、遠すぎる。

　膝が悪いほうの足を引きずりながら交差点まで行くと、別のリキシャが見つかる。ホク・センは手を振ってリキシャを停めようとする。運転手は、振り返って競争相手がいないかどうかをたしかめてから、ペダルを大儀そうにこぎ、通りのわずかな傾斜を利用してホク・センのほうにむかって交差点を斜めに横切る。

「急げ！」ホク・センは叫ぶ。「早くしろ（クワイ・イーディエン）！」

　男は悪態を無視し、自転車を停める。「お呼びですか？」

ホク・センはリキシャに乗りこみ、手を振って路地のほうを示す。「急いでくれたら、客を増やしてやれるぞ」

男はうめいて、狭い道のほうにリキシャをむける。自転車のチェーンが着実な音を鳴らす。ホク・センは歯を食いしばる。「料金を倍払う。急げ！ 急げ！」ホク・センは身振りで男をせきたてる。

男はペダルにかける力をわずかに増すが、それでもまだメゴドントのようにのろい。前方にマイが姿を現わす。一瞬、ホク・センは、マイが愚かにもリキシャが着くまえに病人を運びだすのではないかと案じるが、キットの姿はない。リキシャがすぐそばまで来てはじめて、マイはなかに戻って、意識をうしなっている工員を外から見えるところまで引っ張りだす。

リキシャのこぎ手は病人を見てたじろぐが、ホク・センは男の肩越しに身を乗りだしてひきつった声でいう。「三倍出す」そしてキットの体をつかんで、男に異議を申し立てる暇を与えずにキットをリキシャの座席に乗せる。マイがふたたび工場のなかに消える。

リキシャのこぎ手はキットを見る。「その人、どうしたんですか？」

「酔っぱらいだよ」ホク・センはいう。「こいつも、こいつの友達も。ボスに見つかったら、クビになっちまうんだ」

「酔っぱらいには見えませんがね」

「きみの勘違いだよ」

「そんなことあるもんですか。どう見たって――」

ホク・センは男をにらむ。「白シャツ隊は、まちがいなく、わたしだけじゃなく、きみにも網をかけるぞ。この男はきみのリキシャの座席に、息がかかる近さにすわってるんだからな」

リキシャのこぎ手は目を見開く。体を引く。ホク・センは男と目をあわせたままうなずいて追い討ちをかける。「いまさら文句をいっても手遅れだ。だから、ふたりは酔ってるのさ。戻ってきたときに三倍払う」

マイがふたりめの工員を引きずってふたたび現われ、ホク・センも手伝って、工員を座席に乗せる。ホク・センはマイが男たちといっしょにリキシャに乗るのを手伝う。「病院だぞ」ホク・センはそういってから、顔を近づける。「ただし、違う病院だからな。わかってるな？」

マイはきっぱりとうなずく。

「よし。頭のいい娘だ」ホク・センは下がる。「よし、行ってくれ！　行くんだ！　急げ！」

リキシャのこぎ手は出発する。さっきよりもずっと速くペダルを踏んでいる。ホク・センは小さくなっていくリキシャを見送る。自転車の車輪が玉石を乗り越えるたび、三人の乗客とこぎ手の頭が揺れたり弾んだりする。ホク・センは渋い顔になる。また四人だ。間違いなく縁起の悪い数字だ。ホク・センはパラノイアを押しのけようとしながら、近頃の自分に、そもそも作戦をたてることが可能だろうかといぶかる。自分は影に跳びかかっている老人なんじゃないだろうかと。

マイとキットとシームアンがチャオプラヤ川の濁った水のなかでヒレの赤い魚（プラー）の餌になったら気が安まるだろうか？　折り重なって体をひねっている飢えた鯉の群れのなかでひょこひょこ揺れている、だれのものとも知れないたんなる部位の集合になったら、安全にならないだろうか？

四。スィー。死。

肌が病気かと思うほどぞくぞくする。ホク・センは無意識のうちに両手をズボンにこすりつけている。風呂にはいらなければ。塩素系漂白剤でごしごし洗って、それが功を奏することを期待しなければ。病気にかかっている荷物を載せているリキシャが、角を曲がって見えなくなる。ホク・センはなかに戻る。試験運転中のラインがたてている騒音と、工員同士がかけあっている朝の挨拶が響いている工場のなかへ。

偶然でありますように、とホク・センは祈る。ラインは無関係でありますように。

17

ジェイディーが眠れない夜を過ごしたことは何回あっただろう？　一回？　十回？　一万回？　もう思い出せない。月は現に行き過ぎ、太陽は夢のなかで行き過ぎ、すべてが数を数えている。数字がころげ出して着々と日にちが積み重なり、希望が砕けた。慰撫も供物も報いられない。占い師は未来を読む。将軍たちは確約する。明日だ、と。三日あれば確実だ。軟化の兆候はある。チャヤの消息についての噂も。

耐えるんだ。

焦るな。

無。

新聞には、謝罪の言葉と屈辱の儀式のもようが載っている。さらに多くの収賄と腐敗を認めたことになっている。うそだ。返却できるわけのない二十万バーツの賄賂だと。ゴシップ誌の社説でも取り上げられ、糾弾記事も出ている。ジェイディーの敵たちは、彼が盗んだ金で娼婦を買っただの、飢えた国民を尻目にユーテックス米を私的にためこんだだのといった噂を広めている。バンコクの虎も、所詮は腐敗した白シャツ隊員にすぎなかった、と。

罰金も科せられた。最後に残った資産も没収され、家が焼きはらわれて炭の山となるのを、義理の母は嘆き悲しみ、すでに家名をはぎ取られた息子たちが呆然と見守る。

ジェイディーは、近隣の僧院ではなく、クリティポン寺院の森へ追放されることが決まっていた。象牙甲虫の被害で荒れ果て、瘤病の変種がミャンマーから国境を越えて漂っている場所。因果(ダルマ)について思い巡らすために不毛の地へ流されるのだ。ジェイディーは眉を剃り落とされ、剃髪されている。よしんば生きてバンコクへ戻ることができたとしても、待っているのは死ぬまで南部の収容所にいるイエローカードたちの警備。もっとも地位の低い白シャツ隊員がやる最低の仕事だ。

なのに、相変わらずチャヤの消息は知れない。

生きているのか、死んでいるのか？　通産省の仕業だったのか？　それとも犯人はほかにいるのだろうか？　ジェイディーの無礼に激昂した大物(ジャオポル)？　環境省内部の何者か？　ジェイディーの慣習軽視に怒(いか)ったビロンバクディ？　誘拐のつもりだったのか、それとも殺害が目的か？　チャヤは逃げようと抵抗して殺されたのか？　いまもまだ、この町のどこかにある写真に写っていたあのコンクリートむきだしの暑苦しい部屋で、ジェイディーが助けに来てくれるのを待っているのか？　殺されて路地に放置され、チェシャ猫の餌になっているのか？　それともチャオプラヤ川に浮かんで、環境省の実験が大成功して生まれたボウディ鯉2・3変種の餌になっているのか？　浮かんでくるのは疑問ばかりだ。井戸にむかって叫んでみても、返ってくるのはこだまのみ。

そうしていま、ジェイディーは、ワット・ボウォーニウェートの境内に味気ない僧服姿ですわりこんで、クリティポン師の僧院が彼の更生という仕事をほんとうに受け入れてくれるかどうか知らせを待っている。修練者の着る白衣がオレンジ色になることはないだろう。いつまでたっても。ジェイディーは僧侶ではなくて、特別に苦行を課せられている身だからだ。壁の赤茶けた水垢を目で追っていくと、カビと腐敗が広がっている。

壁には菩提樹の木が描かれている。仏陀は、この木の下にすわって悟りを開いたのだ。苦しみ。すべては苦しみだ。ジェイディーは菩提樹の絵に目を凝らす。これもまた歴史の遺産のひとつにすぎない。環境省は人工的にいくつかの菩提樹を保存した。内部で象牙甲虫が繁殖し、その圧力で爆発したようにはじけなかった木を。象牙甲虫はもつれあった木の幹の内部に卵を産みつけ、孵化した幼虫がやがて幹を食い破って、つぎの木へ飛び移り、そこでまた卵を産んで、さらにまた……。

すべては一時的なものだ。菩提樹ですら、永遠に生きることはできない。

ジェイディーは眉に手を持っていき、かつては毛が生えていた目の上の青白い半月形を指でなでる。いまだに、毛を剃り落とした状態になじめない。ものごとはすべて変化する。

菩提樹の木と、仏陀の絵をじっと見あげる。

おれは眠っていた。ずっと眠っていた。だからちっともわかっていなかったんだ。

だがいま、名残の菩提樹を見あげていると、なにかが変化した。

永遠に続くものなどなにもない。寺は独房だ。独房は監獄だ。ジェイディーが監獄にすわっているあいだに、チャヤを連れ去った者たちは酒を飲み、女を買い、笑って生きている。なにものも永遠ではない。これが仏陀の教えの核だ。キャリアも、組織も、妻も、樹木も、すべては諸行無常。変化のみが真実だ。

ジェイディーは絵のほうに手を伸ばして、はがれかけた絵の具をなぞりながら、この絵を描いた人はほんものの生きた菩提樹を見本にしたのだろうかと考える。幸運にも生きているあいだに生の木を見られたのか、それとも写真を見たのだろうか。

千年後には、果たして菩提樹というものが存在したことを知る者すらいるのかどうか？　ニワットとスラットの曾孫たちは、イチジクの木がほかにもあったけれど全部なくなってしまったことを知っているだろうか？　数え切れないほどたくさんのさまざまな種類の樹木があったことを知っているだろうか？　ゲイツ社のチークや、遺伝子操作されたパーカル社のバナナだけではなくて、ほかにも山ほどたくさんの木があったことを。われわれのスピードも知恵も足りなくて、そのすべてを救うことはできなかったのだと理解してくれるだろうか？　選択せざるをえなかったことを。

バンコクの路上で説教しているグラハマイト派の宣教師たちはみんな、自分たちの聖書とそこに書かれている救済の物語について語る。ノアがすべての動物や樹木や草花を巨大な竹の筏に乗せて救い出し、崩壊した世界のかけらを筏に積みあげながら陸地をさがして無事にそこへ送りとどけた物語だ。ところが、いまやノアなど存在しない。存在するのはセウブ師だけ。セウブ師は喪失の痛みを感じはするが、それを食い止める力はほとんどない。そして、わずかな幸運で、上昇する海面を押し返す環境省の小さな泥の仏陀ともいうべき堤防があるだけだ。

菩提樹の絵がぼやけ、ジェイディーの頬は涙に濡れる。それでも彼は瞑想の姿勢のまま壁の絵を見あげるのをやめない。カロリー企業がまさかイチジクの木を標的にするなど、だれが考えただろう？　菩提樹までが死に絶えるなんて、だれも思わなかった。ファランどもが敬意を抱くのは金銭だけだ。ジェイディーは顔を拭く。永遠に続くものがあると考えるのは愚かしい。たぶん仏教すらも変化していくだろう。

ジェイディーは立ちあがって、白い僧服を体に巻きつける。いまは亡き菩提樹の下の絵の具がはげかけた仏陀像に合掌（ワイ）の礼をする。

外へ出ると、輝く月がまぶしい。緑色のメタンランプが、遺伝子改造種のチークの並木を抜けて僧院の門へむかう道をほんのりと照らしている。取り返せないものにこだわるのは愚かだ。すべてのものは死ぬ。チャヤはもうすでに戻ってはこない。変化とはそういうものだ。

門には衛兵の姿はない。ジェイディーは逆らわないと思われているようだ。チャヤを返してもらえるなら、平身低頭していうことをきくと。みずから節を屈すると。最終的にジェイディーがどんな運命をたどろうと、だれも気にしないのではないかとさえ思う。もう役目は果たしたのだ。プラチャ将軍に打撃を与え、環境省全体に恥をかかせたジェイディーが、残ろうが去ろうが、なんの意味があろうか？

聖者の都市の夜の街路へ足を踏み出し、ジェイディーは南の川のほうを目指す。王宮のある光あふれる都心へむかって、人もまばらな通りを歩く。町がファランの呪いに飲みこまれないよう食い止めている堤防のほうへ。

前方に市の柱（ラク・ムアン）神社がそびえ立つ。屋根が光り輝き、照明を浴びた仏像のまえには供物が捧げられていて、甘いお香のにおいがあふれている。この場所で、ラーマ十二世はクルンテープの町を放棄することはないと宣言したのだ。何世紀もまえにミャンマーの軍門にくだったアユタヤのように、ファランどもに屈服したりするものかと。

サフラン色の僧服に身を包んだ九百九十九人の僧侶たちの読経が続くなか、ラーマ十二世はクルンテープすなわちバンコクの町は救われるだろうと宣言し、その瞬間から、町を守る仕事を環境省に一任し、モンスーンの洪水や台風による高波に押し流されないよう巨大堤防と潮だまりの建設を託した。バンコクは倒れない。

バンコクを救う霊界の力を呼びこむべく一日中絶え間なく祈りつづける僧侶たちの安定した読経を聞きながら、ジェイディーは先へ進む。ジェイディー自身、寺院のひんやりした大理石の床にひざまずき、市の礎（いしずえ）となる柱のまえに平伏して、国王や精霊や、バンコクという町にあふれるありとあらゆる生命力の手助けをこいねがって、仕事へと出かけていったことがある。市の柱には魔除けの力があった。ジェイディーはそれに信念をもらったものだ。

いま、白衣のジェイディーは脇目もふらずに通り過ぎる。

諸行無常だ。

街路を歩きつづけて、チャロエン運河の裏のごみごみした一画にはいる。水が寄せる静かな音がする。夜も更けて海はすっかり暗く、人の姿はない。だが前方の網戸のあるポーチに、ちらちらとロウソクがまたたいていた。ジェイディーは足音を忍ばせて近づく。

「カニヤ！」

かつての副官がふりむいて、驚いた。すぐに表情が落ちついたが、ジェイディーは彼女が目の前に立っている男の姿にショックを受けたのだと気づいた。スキンヘッドで、眉さえもないこの忘れ去られた男が、満面の笑みで下から見あげているのだから。サンダルを脱いで、階段をあがる白衣のジェイディーはまるで幽霊だ。おのれのそんな姿を意識しながら、ジェイディーはそれを面白いと思わずにはいられない。網戸をあけて、そっとなかへはいる。

「もう森へ行ってしまわれたと思っていました」カニヤがいう。

ジェイディーは彼女の隣に腰をおろし、僧服を整える。外の運河の澱んだ水に目を凝らす。水銀のような月光を背に、マンゴーの木の枝が水に反射している。「おれのようなやつを進んで受け入れて泥をかぶってくれる寺はなかなかみつからなくてね。通産省を敵に回すとなると、クリティポン師ですら二の足を踏むぐらいだ」

カニヤは顔をしかめる。「通産省の勢いについてはみんなが噂してますよ。アカラットは、ねじまきの輸入を許可すると公言してます」

ジェイディーはおどろいた。「それは初耳だ。ファランのなかにはそういう連中もいるが……」

カニヤは渋い表情で、「女王陛下には全面的に敬意を払うが、ねじまきは暴動を起こさない、といってます」マンゴスチンの硬い外皮に強引に親指をめりこませ、暗闇ではほとんど黒に見える紫色の皮をむく。「牛のトラペーが父親の足跡を計っているんですね」

ジェイディーは肩をすくめる。「すべてのものは変化するからな」

カニヤは顔をゆがめる。「彼らは金を持ってますから、だれも逆らえません。金が彼らの力です。堤防に打ちつける海のように強く深く金が押し寄せているときは、だれが自分の主人で、なにが自分の義務かなんて、みんな忘れてしまうんです。われわれの敵は上昇する海面ではなくて、金なんです」

「金の魅力には勝てんよ」

カニヤは苦い顔をする。「あなたはそうじゃないでしょう。僧院送りにされる以前だって、あなたは僧侶のようなものだった」

「だから、修行僧としてはパッとしないんだな」

「そろそろ寺にもどらなくていいんですか？」

ジェイディーはにやりと笑う。「おれには窮屈なんだ」

カニヤはだまりこんで、ジェイディーを凝視する。「僧職につくつもりはないのですか？」

「おれは戦士だ。坊主じゃない」ジェイディーはとりあわない。「寺で正座して瞑想しても、なんにもならん。頭が混乱するだけだ。チャヤを失って混乱してる」

「彼女は戻ってきます。ぜったいに」

ジェイディーは秘蔵っ子の副官に悲しげなほほえみをむける。希望と信念に満ち満ちている。ほとんど笑顔も見せず、これほど憂鬱そうな目で世の中を見ている女が、この件に限っては――この件だけは特別で――良い方向に変わると信じていられるとは意外だ。

「いいや。戻ってはこないさ」

「きますってば！」

ジェイディーはかぶりを振る。「なんでも疑ってかかるのはきみのほうだとばかり思っていたよ」

カニヤは顔をゆがめる。「あなたは降伏したという印に、すべてのことをやったじゃありませんか。これ以上、恥のかきようがないくらいに！　敵はチャヤを解放するべきです！」

「そうはいかんだろうな。チャヤは誘拐されたその日に殺されたと思う。おれは妻に惚れきっているから、希望が捨てきれなかっただけのことだ」

「チャヤが死んだなんてわからないじゃないですか。まだ敵にとらえられている可能性だってありますよ」

「さっききみが指摘したとおり、おれは恥をかくだけかかされた。もしこれが教訓だったとしたら、いまごろ妻は戻っているはずだ。おれたちが考えていたのとは別の種類のメッセージだったんだよ」ジェイディーは運河の静かな水を見つめる。「きみに頼みを聞いてもらいたい」

「なんでもどうぞ」

「ゼンマイ銃を貸してくれ」

カニヤが目を丸くする。「ジェイディー……」

「心配するな。あとで返すから。いっしょにきてくれとはいわない。ただ良い武器が必要なんだ」

「わたしは……」

ジェイディーはにやりと笑う。「心配ない。おれはだいじょうぶだ。それに、キャリアを台なしにするのはおれだけでいい」

「通産省を追及するつもりですね」

「バンコクの虎にはまだ歯があるってことをアカラットにわからせてやる必要があるからな」

「チャヤを誘拐したのが通産省かどうかもわからないのに」

「じっさい、ほかにだれがいる？」ジェイディーは肩をすくめる。「おれは敵をたくさん作ったが、結局、ほんものはひとつだけだったわけだ」笑顔になって、「通産省とおれの問題だよ。そうじゃないかもしれないと思ったおれがバカだった」

「わたしも同行します」

「ダメだ。きみはここに残れ。ニワットとスラットから目を離さないでほしい。おれからきみに頼みたいのはそれだけだ」

「お願いですから、こんなことやめてください。わたしはプラチャ将軍にすがってみます。こちらから出向いて――」

カニヤが不穏なことを言い出さないうちに、ジェイディーはさえぎる。むかしなら、自分より先にカニヤが恥をかいても放っておいただろう。モンスーンの時期の滝のように謝罪の言葉がカニヤの口をついて出ても、それを許しただろう。だが、いまはちがう。

「ほかに望みは何もない」ジェイディーはいう。「不満はない。通産省へ行って、報いを受けさせてやる。これはみんな因果（カルマ）なんだ。おれは永遠にチャヤをそばに置いておく運命じゃなかったんだし、チャヤのほうもおなじことさ。しかし、自分たちの法（ダルマ）をしっかり保持していれば、それでもまだできることはあると思う。われわれにはみんなおのれの義務があるんだよ、カニヤ。自分たちの主人と部下に対してね。おれはさまざまな人生を生きてきた。子供として、ムエタイのチャンピオンとして、父親として、そして白シャツ隊員として」修行僧が着る白い僧服のしわに目を落とす。「僧侶としての人生もだ」にやりと笑い、「おれのことは心配ない。もう二、三段階クリアしないことには、現世をあきらめてチャヤに会いに行くことはできないよ」声が自然に硬くなる。「まだ終わってない仕事があるし、それを片づけるまでやめるわけにはいかない」

カニヤは苦しげなまなざしでジェイディーを見る。「ひとりでは行かせられません」

「うん。だからソムチャイを連れていく」

通産省。懲罰とは無縁に機能し、いとも簡単にジェイディーを笑いものにし、妻をさらって、ジェイディーのなかにドリアンほどもある風穴をあける役所だ。

チャヤ。

ジェイディーはそのビルを観察する。煌々と灯る明かりをまえにして、自分が荒野に立つ未開人になったような気がする。山に住む呪術師が、むかってくるメゴドントの集団を凝視しているようだ。一瞬、使命感が萎える思いがした。

息子たちに会わなければ。ジェイディーは自分に言い聞かせる。家に帰るんだ。

そうはいいながら、彼はこうして暗闇で通産省の明かりを見つめている。彼らはそこで、収縮時代などけっしてなかったかのように割り当て分の石炭を燃やしているのだ。海水を押しとどめる堤防など必要なかったかのように。

あの建物のどこかに、ひとりの男が陣取って計画を練っている。あれからずいぶん時間がたったが、アンカーパッドでジェイディーを見つめていた男だ。ビンロウジを吐き捨てると、ジェイディーなどゴキブリのようなもので、いざとなれば踏みつぶしてやるといわんばかりに悠然と立ち去った男。アカラットの隣にすわって、ジェイディーが降伏するのを無言でながめていた男。あの男がチャヤが眠る場所へ案内してくれるだろう。あの男が鍵なのだ。明かりの灯るビルのあの窓のどこかに男はいる。

ジェイディーは背をかがめて暗闇に戻る。彼もソムチャイも黒っぽい街着姿で、身元のわかるものはなにも身につけていない。このほうがうまく夜陰に紛れていられる。ソムチャイは動きが素早く、ジェイディーの部下のなかでも最高のひとりだ。錠前の扱いに長けていて、ジェイディーとおなじくやる気満々だった。

ソムチャイは真剣なおももちでビルを観察する。考えてみると、その真剣さはカニヤとよく似ている。いつの間にか似たような態度が身についてしまうものらしい。どうやら仕事がそうさせるのか。タイ人がほんとうに伝説にいわれるようなほほえみを見せたことはあるのだろうかとジェイディーは思う。息子たちの笑い声を聞くといつも、なにか美しいランの花が森の中で咲いたようだなと思ったものだが。

「連中は自分たちを安売りしています」ソムチャイがつぶやく。

ジェイディーは簡潔にうなずく。「通産省はそのむかし農業省の下位部門のひとつに過ぎなかったのに、いまじゃこれだからな」

「年が知れますよ。通産省はむかしから大きな役所だったのに」

「いや、ちっぽけな一部門だった。お笑いぐさだよ」ジェイディーはハイテクな対流換気口のある新しいビルのほうへ手を振る。天幕のついた玄関ポーチもある。「また新しい世界が来たんだ」

ジェイディーを嘲るように二匹のチェシャ猫が手すりに跳びのり、体をなめて毛繕いをはじめる。二匹は姿を消したり現わしたり、見つかることをなんとも思っていない。ジェイディーはゼンマイ銃を抜き出して、狙いを定める。「あれが、通産省がおれたちに与えたもんだよ。省のバッチにはチェシャ猫をつけるべきだ」

「お願いですから、やめてください」

ジェイディーはソムチャイを見る。「チェシャ猫にはカルマの代価がない。連中には魂がないからな」

「撃てば他の動物とおなじように血が出ます」

「象牙甲虫にもそういってやるんだな」

ソムチャイは首をかしげたが、それ以上はなにもいわない。ジェイディーは眉をひそめ、ゼンマイ銃をホルスターにもどす。どっちみち弾のむだだ。二匹ばかり撃ち殺しても、まだたくさんいる。

「わたしは以前、チェシャ猫の毒殺部隊にいました」ようやくソムチャイが口をひらく。

「ほう、そっちこそ年が知れるな」

「当時は家族もいました」

「知らなかった」

「チビスコシス118・Aaにやられましてね。あっというまでした」

「おぼえてるよ。おれの父親もそれで死んだ。いやなことは繰り返すものだ」

ソムチャイはうなずく。「家族がなつかしいです。生まれ変わって幸せになっているといいんだが」

「きっとそうなっているさ」

ソムチャイは肩をすくめる。「希望をもつことはできます。家族を亡くして、わたしは坊主になりました。一年間丸まる僧侶として過ごし、祈りを捧げ、いろいろと供物をあげたりしてね」そしてもう一度繰り返す。「希望をもつことはできますからね」

ソムチャイが見つめていると、チェシャ猫たちがまた大きな声で鳴く。「何千匹とチェシャ猫を殺してきました。何千もです。これまで人間は六人殺しましたが、一度たりと後悔はしていません。なのに、チェシャ猫は何匹殺してもいっこうに気が楽にならない」言葉を切って、耳のうしろの粉を吹いたようなファガン・フリンジをひっかく。「ときどき、家族がチビスコシスにかかったのは、大量のチェシャ猫を殺したカルマなんじゃないかと思うことがあります」

「まさか。連中は自然な生き物じゃない」

ソムチャイは肩をすくめる。「でも繁殖するし、ものは食べるし、生きて、呼吸をしてます」うっすらと笑う。「なでれば喉を鳴らすしね」

ジェイディーは不快そうに顔をゆがめる。

「うそじゃありませんよ。さわってみたことがあるんです。チェシャ猫は実在する生き物だ。あなたやわたしとおなじようにね」

「あいつらは空っぽの船だよ。魂はない」

ソムチャイは納得しないそぶりで、「日本製のもっとも奇怪なしろものだって、ある意味、生きているといえるかもしれない。死んだ家族が、ねじまきに生まれ変わったんじゃないかと思うと不安です。だれもがみんな収縮時代の幽霊になれるほど善人じゃありませんからね。なかには、日本の工場でねじまきに生まれ変わって働きづめに働く羽目になる者もいるでしょう。むかしとくらべると人口は激減してるんです。魂はどこへ行くんでしょうね。たぶん日本で、ねじまきに宿るのかも」

ジェイディーは、ソムチャイの言葉が示す方向に感じた不安を押し隠す。「あり得ない」

ソムチャイはまた肩をすくめる。「だとしてもです。これ以上チェシャ猫を狩るのは耐えられそうにない」

「だったら、人間を狩ろうじゃないか」

通りのむこうで、通算省のドアが開いてひとりの職員が外に出てきた。ジェイディーは早くも道をわたって、男をとらえようとしていた。ターゲットは自転車置き場へむかい、車輪のロックをはずそうとかがみこむ。ジェイディーが音もなく棍棒を抜く。ターゲットの男が顔をあげ、息をのむ。ジェイディーは上から棍棒をふりおろす。男が身をかばおうと片腕をあげたが、ジェイディーはそれをなぎはらって至近距離に踏みこみ、側頭部を一撃する。

ソムチャイが追いついた。「年寄りにしては素早いですね」

ジェイディーがにやりと笑う。「足を持て」

ふたりは男を引きずって通りを横切り、メタンランプのあいだの暗がりに運びこんだ。ジェイディーがポケットをさぐると、鍵がジャラジャラ鳴る音がする。ニヤッとして、お宝を持ちあげて見せる。手早く男を縛りあげ、目隠しと猿ぐつわをした。チェシャ猫が音もなく近づいてきて見ている。三毛の体と影と石が混ざり合った姿だ。

「チェシャ猫に食われるでしょうかね？」ソムチャイが心配する。

「気になるなら、おれに殺させてくれればよかったのに」

ソムチャイは考えこんだが、なにもいわない。ジェイディーは男を縛りおえて、「さあ行こう」といい、ふたりして走って通りをわたると、ドアに忍び寄る。鍵はすんなりあいて、ふたりは中へはいる。

電灯の明かりがまぶしい。ジェイディーはスイッチをさがしてビル全体を真っ暗にしてやりたい衝動をこらえた。「こんなに遅くまで仕事をしてるなんて、どうかしてるぜ。炭素の無駄づかいだ」

ソムチャイは気のないそぶりだ。「目当ての男は、いまもこのビルにいるかもしれませんよ」

「運がよけりゃもう帰っただろうがな」とはいえ、ジェイディーもおなじことを考えていた。チャヤを殺した男をつかまえたら、自分をおさえられる自信がない。いや、おさえる必要もないだろう。

　ふたりは明るい廊下をつぎつぎと移動していく。残っている人は少なかったが、そのだれひとりとして、通り過ぎるふたりに目もくれない。ふたりとも、気安く話しかけられない雰囲気を漂わせながら威風堂々と歩いていたからだ。ジェイディーは通りすがりに軽く会釈まででした。やがて、目当ての記録庫が見つかった。ソムチャイとジェイディーはガラスのドアのまえで立ち止まる。ジェイディーが梃棒をふりあげた。

「ガラスですよ」ソムチャイがいう。

「きみがやってみたいか？」

　ソムチャイは錠前のようすを見て、道具セットを取り出すと、シリンダー錠のタンブラーを操作しながら鍵の解除にかかる。ジェイディーはかたわらに立ってじれったそうに待っている。廊下はまぶしいくらい明るい。

　ソムチャイは錠前をいじくる。

「ああ。もういい」ジェイディーは梃棒をふりあげる。「どいてろ」

　つぎの瞬間、ガラスが割れ、その音が反響して消えていく。だれか来るかと待ちかまえたが、足音はしない。ふたりは室内にはいって、キャビネットの中身をチェックする。やがてジェイディーが職員名簿を見つけ出し、写りの悪い写真を延々チェックして、それらしい人物を選別する作業が続いた。

「むこうはおれを知ってるんだ」ジェイディーはつぶやく。「まっすぐおれを見ていた」

「あなたのことはだれでも知ってますよ」ソムチャイがいった。「有名人だから」

ジェイディーは顔をしかめる。「なにか取りにアンカーパッドへ来たんだと思うか？　それとも、ただチェックのためだったのかな？」

「あるいは、もしかしてカーライルの貨物をなんでもいいからほしかったとか。それとも着陸に失敗してランナに落ちたほかの飛行船とか。可能性は無数にありますね」

「見つけたぞ！」ジェイディーが指さす。「こいつだ」

「たしかですか？　もっと面長だったように思うんですが」

「まちがいない」

ソムチャイはジェイディーの肩越しにファイルをのぞきこんで顔をしかめる。「下っ端じゃないですか。ちっとも大物じゃない。なんの影響力もありませんよ」

ジェイディーはかぶりを振る。「いや。力はあるんだ。おれを見ていた目つきでわかる。こいつは、おれの降職の儀式のときにもいたからな。住所は書いてない。クルンテープとあるだけだ」

あたふたと人が駆けつける音がした。ガラスの割れた戸口にゼンマイ銃を構えた男がふたり立っている。「動くな！」

ジェイディーは顔をしかめ、背中にファイルをにぎりしめる。「は？　なにか問題でも?」警備員がドアからはいってきて、室内を点検する。

「何者だ?」

ジェイディーがソムチャイに目をむける。「おれは有名人だといったよな?」

ソムチャイは肩をすくめる。「だれもがムエタイのファンってわけじゃありませんからね」

「それにしても、だれだって賭け事はやるだろう。おれの試合に賭けたことぐらいあるはずだ」

警備員たちが近づいてきて、ジェイディーとソムチャイに膝をつけと命じる。拘束しようと、うしろに回りこむ。その機に、ジェイディーが繰り出した肘打ちが片方の警備員の腹に命中し、さらに回し蹴りが頭部をとらえた。もうひとりがゼンマイ銃を発砲したが、ソムチャイがその喉を一撃。男は銃を取り落として倒れ、喉笛をつぶされてゼイゼイと息をつく。

ジェイディーは意識のあるほうの警備員につかみかかって間近に引き寄せる。「この男を知ってるか?」例の男の写真を手に取る。警備員は目を見開いて、かぶりを振り、ゼンマイ銃のほうへにじり寄ろうとする。ジェイディーは手が届かないように銃を蹴り飛ばしてから、男の肋骨に蹴りを入れる。「こいつのことを洗いざらい話せ! おまえの仲間だろ。アカラットの手下だろ」

警備員はかぶりを振る。「ちがう！」

ジェイディーは男の顔を蹴飛ばして流血させ、情けない声で泣いている相手のかたわらにしゃがみこむ。「話せ。さもないと、相棒の道連れにしてやるぞ」

ふたりの視線がむかった先には、ゼイゼイいいながら潰れた喉をおさえている警備員の姿があった。

「話せ」ジェイディーがうながす。

「その必要はない」

戸口に目をやると、ジェイディーがさがしていた標的が立っていた。

男たちがどやどやとなだれこんでくる。ジェイディーは銃を抜いたが、敵に先手を打たれた。利き手に弾がめりこんで銃を取り落とす。血が流れた。背中をむけて窓へ駆け寄ろうとしたものの、男たちにつかみかかられて濡れた大理石の床で足がすべる。全員がもつれあって倒れ、どこか遠くでソムチャイのわめき声が聞こえた。両腕を背中でねじりあげられ、プラスチックの結束バンドで手首を縛られた。

「止血しろ！」男が命令する。「失血死されては困る」

ジェイディーは足下に目を落とす。腕からどくどくと出血している。敵がその血を止める処置をした。頭がくらくらするのは出血のせいなのか、敵を殺してやりたいという思いが急激にこみあげたせいなのか。敵はジェイディーを引っ張りあげて立たせた。ソムチャイも連れてこられる。だらだら鼻血を垂らし、両目があかない。歯も真っ赤だ。そのうしろの床に倒れたふたりの警備員はぴくりとも動いていなかった。

男がジェイディーたちをじろじろながめる。ジェイディーは相手をにらみ返し、視線をそらそうとしなかった。

「キャプテン・ジェイディー。仏門にはいったんじゃなかったのか」

ジェイディーは肩をすくめようとした。「寺が暗すぎたんで、かわりにここで修行させてもらおうと思ってね」

男は薄笑いを浮かべる。「それなら手配してやれるがね」部下たちにうなずいた。「こいつらを上へ連れていけ」

男たちがジェイディーとソムチャイを部屋から手荒に連れ出して廊下の奥へと連れていく。エレベーターについた。電力を使ったほんもののエレベーターで、光るダイヤルがついていて、壁にはラマキンのデザインがほどこされている。ボタンはすべて小さな悪魔の口になっていて、端のほうには二弦胡弓（ソー・ドゥアン）や三弦風琴（ジャケー）を奏でる豊満な女性像が描かれている。

エレベーターのドアが閉まった。

「おまえの名前は？」ジェイディーが男にたずねた。

男は肩をすくめる。「そんなことはどうでもいいだろう」

「アカラットの部下だな」

男は答えない。

ドアがあいて、外へ出ると十五階の屋上だった。男たちがジェイディーとソムチャイを押しやって屋上の端へ行かせる。

「そのまま進め」男がいう。「ここで待て。端に立ってろ、おれたちに見えるように」

ゼンマイ銃をつきつけられ、ジェイディーとソムチャイは屋上の端まで行かされる。眼下にはメタンランプのかすかな緑色の光が見えた。ジェイディーは、落下のようすを頭のなかに思い描く。

なるほど、死を目の前にするとこんなものなのか。奈落の底に目を凝らす。道路ははるか下だ。

「チャヤはどうなった？」ジェイディーは男に問いかける。

男は微笑した。「それが知りたくてここへ来たのか？　女房をなかなか帰さなかったから？」

ジェイディーは希望に胸をとどろかせる。じゃあ、思い過ごしだったのか？　「おれはなにをされてもかまわない。でも、妻は帰してやってくれ」

男は口ごもったようだった。すぐに答えないのは罪悪感のせいなのか？　ジェイディーにはわからない。距離がありすぎる。チャヤは、やっぱり殺されてしまったんだろうか？

「とにかく妻を解放してくれ。おれのことは好きにしていいから」

男は無言だ。

ジェイディーは、ほかになにか方法があっただろうかと思う。ここへ来たのは軽率だった。だが、チャヤはすでに失われた。それに、この男はなんの約束をしたわけでもなければ、チャヤが生きていることをほのめかしたわけでもない。それでも浅慮だったのだろうか？

「チャヤは生きているのか？」

男は薄ら笑いを浮かべて、「それがわからないのはつらいようだな」

「解放してやれ」

「個人的な恨みじゃないんだ、ジェイディー。ほかに方法があったら、あんなことは……」男は肩をすくめる。

チャヤは死んだんだ。ジェイディーは確信した。すべてはなにかの計画の一環だった。プラチャのいうことなど聞くんじゃなかった。部下たちを総動員して即座に攻撃をしかけ、通産省に思い知らせるべきだったのだ。ソムチャイにむきなおる。「こんなことになってすまない」

ソムチャイは取り合わない。「あなたはいつだって虎だった。あなたらしいですよ。ついてきたときから、こうなることはわかっていた」

「そうはいっても、ソムチャイ、ここで死んだら……」

ソムチャイは微笑する。「そしたらチェシャ猫になって生まれ変わるでしょう」

ジェイディーは思わず大笑いせずにはいられなかった。腹の底から笑い声をあげるのは痛快だ。気がつくと笑いが止まらない。笑い声が全身にあふれ、気分が高揚する。警備兵たちさえ表情をゆるめている。ジェイディーはもう一度ソムチャイが満面に笑みを浮かべているのを見て、なおさらうれしくなった。

背後に足音が聞こえ、声がした。「ずいぶん楽しそうなパーティだな。ふたり組の盗賊が、よくもそう笑えるもんだ」

ジェイディーは笑いをこらえきれず、息も絶え絶えだ。「なにかの間違いでは？　おれたちはただ仕事をしてただけだ」

「そうは思わんな。こっちをむけ」

ジェイディーはふりむく。目の前に通産大臣が立っていた。アカラット本人だ。そして、その隣には……。一気に空気が抜けて飛行船がしぼむように、ジェイディーの浮かれ気分が消える。アカラットの両脇にはボディガード。ブラック・パンサー。王家の親衛隊が警備につくとは、アカラットが王家に重んじられている証拠だ。ジェイディーの心が凍りつく。環境省の役人はだれも、これほど手厚く保護されない。プラチャ将軍その人ですら。

ジェイディーがショックを受けたのを見て、アカラットは軽く微笑する。ピアを品定めするような目でジェイディーとソムチャイをながめる。しかし、ジェイディーにはそんなことは気にならない。彼の目はアカラットの背後にいる名も知れぬ男に据えられている。地味な男。この男こそ……。パズルのピースがかっちりとはまった。「通産省の人間なんかじゃないんだな」ジェイディーはつぶやく。「きさまは王宮の人間だ」

男は素知らぬふり。

アカラットがいった。「もっと大胆不敵だと聞いていたが。きみはキャプテン・ジェイディーかね？」

「ほらね。あなたは有名人だといったでしょ」ソムチャイが小声でいう。

ジェイディーはまたぞろ吹き出しかける。この新しい発見が意味することには心の底から動揺していたが。「ほんとうに王家の後ろ盾がついているのか？」

アカラットは肩をすくめた。「通産省は日の出の勢いだ。ソムデット・チャオプラヤは開放政策に好意的なんだ」

ジェイディーは相手との距離を測った。遠すぎる。「あんたみたいなヒーヤが、ここまで汚れ仕事に乗り出してくるとは意外だ」

アカラットは微笑する。「これを見逃すわけにはいかんよ。きみは金のかかるトゲだったからな」

「その手でおれたちを突き落とすつもりなのか？」ジェイディーは挑発する。「おれを殺して、みずからのカルマを汚すのか？」アカラットを取り囲む男たちにうなずきかける。

「それとも、汚い仕事は部下にやらせるのか？　見てろよ、連中は来世はゴキブリに生まれ変わるぞ。しかるべき姿に転生するまで、一万回も踏みつぶされるんだ。情け容赦もなく人を殺してその手を血で染めた罪でな。しかも、利益を得るために」

男たちは不安そうに身じろぎして、目を見交わす。アカラットは顔をしかめる。「ゴキブリに生まれ変わるのはきさまのほうだ」

ジェイディーはにやりと笑う。「だったらやってみろよ。あんたも男だというのを証明するんだ。無防備な男を突き落として殺してみろ」

アカラットは躊躇した。

「きさまは張り子の虎か？」ジェイディーが挑発する。「やれっていってるんだ。ぐずぐずするな！　くらくらしてきたじゃないか。こんなギリギリのところで待ってるんだからな」

アカラットがジェイディーを観察し、「やり過ぎだよ、白シャツめ。こんどばかりは、やり過ぎたな」といって前へ踏み出す。

ジェイディーが身を翻し、アカラットの胸板を膝蹴りする。男たちがいっせいに騒ぎだす。ジェイディーはまたジャンプした。リングにあがっていたころにひけをとらないスムーズな動きは、いまも現役のムエタイ戦士かと思うほどだ。熱狂する観衆とギャンブラーたちの怒号。アカラットの脚を膝蹴りでへし折った。

無理な姿勢のせいで関節に焼けるような痛みが走るが、後ろ手に縛られていても、チャンピオン級の威力ある膝蹴りは健在だ。ジェイディーはまた蹴りを入れた。アカラットがうめき、屋上の端のほうへよろめく。

アカラットを屋上から蹴り落とそうと足をあげたとき、ジェイディーの背中に激痛が走る。足下がふらつき、血しぶきが飛んだ。ゼンマイ銃から発射されたディスクが彼を切り裂いたのだ。ジェイディーはリズムを失う。屋上の端が間近に迫る。ブラック・パンサーがアカラットの体をつかんでジェイディーから引き離すのがちらりと目にはいった。

まぐれ当たりでもいいとまた足を蹴った。だが、さらに何枚もの鋭いディスクがヒュンヒュンと飛んでくる音がする。ゼンマイがはじける音がして、円盤がたてつづけにジェイディーの体にめりこむ。体の奥深くに焼けつくような苦痛が花開く。ジェイディーはビルの端に勢いよくぶつかり、膝を折る。また立ちあがろうとしたが、こんどは立て続けにゼンマイ銃の音がする——敵がこぞって発砲してきた。ゼンマイのエネルギーを解放する甲高い音が耳を聾する。ジェイディーはへたりこんで立ちあがれない。アカラットが顔についた血をぬぐっている。ソムチャイは、べつのパンサーふたりと取っ組み合っている。

ジェイディーは、屋上から突き落とされる衝撃すら感じない。

落下は、予想したより短時間だった。

グレッグ・イーガン

〈キャンベル記念賞受賞〉
順列都市〔上〕〔下〕
山岸 真訳
並行世界に作られた仮想都市を襲う危機……電脳空間の驚異と無限の可能性を描いた長篇

〈ヒューゴー賞／ローカス賞受賞〉
祈りの海
山岸 真編・訳
仮想環境における意識から、異様な未来までヴァラエティにとむ十一篇を収録した傑作集

〈ローカス賞受賞〉
しあわせの理由
山岸 真編・訳
人工的に感情を操作する意味を問う表題作のほか、現代ＳＦの最先端をいく傑作九篇収録

ディアスポラ
山岸 真訳
遠未来、ソフトウェア化された人類は、銀河の危機にさいして壮大な計画をもくろむが!?

ひとりっ子
山岸 真編・訳
ナノテク、量子論など最先端の科学理論を用い、論理を極限まで突き詰めた作品群を収録

ジョン・スコルジー／ジョー・ホールドマン

老人と宇宙（そら）
ジョン・スコルジー／内田昌之訳

妻を亡くし、人生の目的を失ったジョンは、宇宙軍に入隊し、熾烈な戦いに身を投じた！

遠すぎた星　老人と宇宙（そら）2
ジョン・スコルジー／内田昌之訳

勇猛果敢なことで知られるゴースト部隊の一員、ディラックの苛烈な戦いの日々とは……

最後の星戦　老人と宇宙（そら）3
ジョン・スコルジー／内田昌之訳

コロニー宇宙軍を退役したペリーは、愛するジェーンとともに新たな試練に立ち向かう！

ゾーイの物語　老人と宇宙（そら）4
ジョン・スコルジー／内田昌之訳

ジョンとジェーンの養女、ゾーイの目から見た異星人との壮絶な戦いを描いた戦争SF。

終りなき戦い
〈ヒューゴー賞・ネビュラ賞受賞〉
ジョー・ホールドマン／風見潤訳

特殊スーツに身を固めた兵士の壮絶な星間戦争を描いた、『宇宙の戦士』にならぶ名作。

ロバート・J・ソウヤー

フラッシュフォワード
内田昌之訳

素粒子研究所の実験失敗により、二十一年後の未来を見てしまった人類のたどる運命は？

イリーガル・エイリアン
内田昌之訳

初めて地球に飛来したエイリアンが容疑者として逮捕され、前代未聞の裁判が始まった。

〈ヒューゴー賞受賞／ネアンデルタール・パララックス1〉

ホミニッド―原人―
内田昌之訳

並行世界から事故で転移してきたネアンデルタール人物理学者の冒険を描く三部作開幕篇

〈ネアンデルタール・パララックス2〉

ヒューマン―人類―
内田昌之訳

人類と並行世界のネアンデルタールとの交流が始まり、思いもよらぬ問題が起こるが……

〈ネアンデルタール・パララックス3〉

ハイブリッド―新種―
内田昌之訳

人類の住む地球に磁場の崩壊という恐るべき危機が迫っていた……好評シリーズの完結篇

ハヤカワ文庫

アーサー・C・クラーク

〈ザ・ベスト・オブ・アーサー・C・クラーク1〉
太陽系最後の日
中村 融編／浅倉久志・他訳

初期の名品として名高い表題作、名作『幼年期の終り』原型短篇、エッセイなどを収録。

〈ザ・ベスト・オブ・アーサー・C・クラーク2〉
90億の神の御名
中村 融編／浅倉久志・他訳

ヒューゴー賞受賞の短篇「星」や本邦初訳の中篇「月面の休暇」などを収録する第二巻。

〈ザ・ベスト・オブ・アーサー・C・クラーク3〉
メデューサとの出会い
中村 融編／浅倉久志・他訳

ネビュラ賞受賞の表題作はじめ『2001年宇宙の旅』シリーズを回顧するエッセイを収録。

都市と星〔新訳版〕
酒井昭伸訳

少年は世界の成り立ちを、ただ追い求めた……『幼年期の終り』とならぶ巨匠の代表作。

楽園の日々
アーサー・C・クラークの回想
山高 昭訳

若き著者の糧となったSF雑誌をもとに、懐かしき日々を振り返る自伝的回想エッセイ。

HM=Hayakawa Mystery
SF=Science Fiction
JA=Japanese Author
NV=Novel
NF=Nonfiction
FT=Fantasy

ねじまき少女（しょうじょ）

〔上〕

〈SF1809〉

二〇一一年五月二十日　印刷
二〇一一年五月二十五日　発行

（定価はカバーに表示してあります）

著者　パオロ・バチガルピ
訳者　田中一江（たなかかずえ）
　　　金子浩（かねこひろし）
発行者　早川浩
発行所　株式会社早川書房
郵便番号　一〇一‐〇〇四六
東京都千代田区神田多町二ノ二
電話　〇三‐三二五二‐三一一一（大代表）
振替　〇〇一六〇‐三‐四七七九九
http://www.hayakawa-online.co.jp

乱丁・落丁本は小社制作部宛お送り下さい。
送料小社負担にてお取りかえいたします。

印刷・三松堂株式会社　製本・株式会社明光社
Printed and bound in Japan
ISBN978-4-15-011809-9 C0197

＊本書は活字が大きく読みやすい〈トールサイズ〉です